44.1.

Gemeinsam stark
Im Schatten der Weide

Marion Dorner

Gemeinsam stark

Im Schatten der Weide

Marion Dorner

WAGNER VERLAG[R]
www.wagner-verlag.de

Ein Buch aus dem WAGNER VERLAG

Lektorat: barbara.henneke@mnet-online.de
Umschlaggestaltung: post@kayser.design.com
Titelfoto: by_RainerSturm_pixelio.de

1. Auflage

ISBN: 978-3-86683-747-8

Bibliografische Information der Deutschen Nationalbibliothek
Die Deutsche Nationalbibliothek verzeichnet diese Publikation in der
Deutschen Nationalbibliografie; detaillierte bibliografische Daten sind
im Internet über http://dnb.d-nb.de abrufbar.

Die Rechte für die deutsche Ausgabe liegen beim
Wagner Verlag GmbH,
Zum Wartturm 1, 63571 Gelnhausen.
© 2010, by Wagner Verlag GmbH, Gelnhausen
Schreiben Sie? Wir suchen Autoren, die gelesen werden wollen.

www.wagner-verlag.de
www.podbuch.de
www.buecher.tv
www.buch-bestellen.de
www.wagner-verlag.de/presse.php

Druck: DIP *...angenehm anders* , Stockumer Str. 28, 58453 Witten

Sandra stieg die Gangway des Flugzeugs hinab. Ein scharfer, kalter Wind blies durch ihr rotbraunes Haar. Sie stellte fest, sie war eindeutig zu leicht angezogen. In Deutschland war es bereits Frühling. Die Obstbäume hatten zu blühen angefangen. Es war warm und sonnig gewesen, als sie in das Flugzeug gestiegen war.

Hier in Kanada war gerade erst einmal der Winter vorüber. Die Luft schmeckte feucht. Regenwolken hingen drohend am Himmel.

Im Flughafengebäude von Toronto war Hochbetrieb. Die Leute drängten sich an ihr vorbei zur Gepäckausgabe. Überall fremdes Stimmengewirr. Jemand rempelte sie an und lief, ohne sich zu entschuldigen, an ihr vorüber. Endlich war sie an der Reihe. Mit ihrem Koffer und dem Rucksack auf ihren Schultern lehnte sie sich an eine Säule. Sie kam sich etwas verloren vor unter all den fremden Menschen. Von ihrem Platz aus konnte sie einen weiten Teil der Halle überblicken. Es war das erste Mal, dass sie geflogen war. In Deutschland hatte sie zwar noch etwas Angst gehabt, ob sie sich auch zurechtfinden würde, jetzt nicht mehr. Ihr blieb ja auch nichts anderes übrig. Sie wartete einfach! Bis hierher hatte sie es gut geschafft und der Rest würde auch noch klappen. Sandras Onkel hatte doch versprochen, sie abzuholen. Von irgendwoher drang der Geruch von frisch gebrühtem Kaffee zu ihr. Sie machte sich auf die Suche nach der Quelle.

„Sandra Weidner aus Deutschland! Bitte zum Informationsschalter drei. Miss Sandra Weidner! Please to Information Number three." Die Nachricht kam zum zweiten Mal durch den Lautsprecher, als sie sich endlich angesprochen fühlte und reagierte. Gott sei Dank war sie nicht weit weg vom Schalter Nummer drei, denn sie hatte das Gefühl, das Menschengewimmel würde immer dichter. ‚Wie in einem Ameisenhaufen', dachte sie. Sandra war wahnsinnig aufgeregt. „Ja! Ich bin Sandra Weidner!"

Fließend bekam sie von einer älteren Blondine auf Deutsch Antwort: „Dieser Herr dort drüben hat nach Ihnen gefragt." Sie wies mit dem Kopf in seine Richtung.

„Dort an der Säule? Der mit den langen Haaren?", fragte Sandra.

„Ja, genau der!", gab die Blondine zurück.

Der junge Mann beobachtete das Geschehen am Schalter gelassen, blieb aber ruhig stehen und wartete. Vielleicht war er es ja gewöhnt, dass Leute ihn anstarrten und über ihn redeten. Mit Sicherheit sogar, so gut, wie der aussah. Sandra lief bepackt wie ein Maulesel auf ihn zu. Er war ziemlich jung und sah auf den ersten Blick aus wie ein Indianer aus einem Western. Seine schulterlangen Haare waren fast schwarz. Große braune Augen schauten sie aus einem bernsteinfarbenen Gesicht an. Sein schlanker Körper wirkte athletisch.

„Miss Weidner?", fragte er, als sie bei ihm ankam. Sie nickte mit dem Kopf.

„Ich soll Sie abholen!" Damit schnappte er sich ihren Koffer und trabte davon.

‚Hallo hätte er ja wenigstens sagen können', dachte Sandra bei sich, während sie Mühe hatte, ihm hinterherzukommen. Der Typ legte ein Tempo vor, als hätte er Angst, zu spät zu einer Verabredung zu kommen. Nach zwei langen Gängen und einigen Türen wartete er schließlich auf sie. Sandra hatte geglaubt, draußen würde ein Wagen stehen, mit dem sie zur Ranch fuhren. Aber er lief weiter über ein offenes Feld zu einem kleinen Flugzeug.

„Da sind wir! Ich musste noch einiges in Toronto erledigen", entschuldigte er sich. Immerhin hatte er sie vorher eine halbe Stunde lang warten lassen.

Er stieß die Tür zu der Cessna auf und zeigte auf den Nebensitz. Ihr Gepäck ließ er in einer Art Kofferraum hinter den Tragflächen verschwinden. Langsam ließ er die Maschine rückwärts laufen, wendete und bat im Tower um Starterlaubnis. Sehr gesprächig war ihr Pilotenchauffeur nicht. Er hatte sich nicht mal vorgestellt. Doch er war durchaus interessant anzuschauen, stellte sie fest. Sie beobachtete ihn von der Seite und überlegte, was seine Augen ausstrahlten. Meist sah sie jemandem in die Augen und wusste in etwa, was für ein Mensch er war. Bei ihm sah sie nichts. Da sie keine Ahnung hatte, wie sie sich verhalten sollte, noch, was sie hätte sagen sollen, starrte sie eine Weile verlegen zum Fenster hinaus. Der Himmel wurde etwas klarer. Durch die Scheiben erblickte sie unendliche Wiesen, auf denen Vieh und Pferde grasten. Hin und wieder entdeckte sie ein paar Bäume und Sträucher. In der Ferne sah man ein bewaldetes Gebirge. Das kleine Flugzeug bewegte sich direkt darauf zu. Je näher es kam, umso höher schienen die Berge. Sie waren schon fast eine Stunde unterwegs. ‚Ob das die Ausläufer der Rocky Mountains sind?‘, überlegte sie sich. Ihren Piloten wollte sie lieber nicht danach fragen. Sie hatte Angst, sich zu blamieren. So blieb sie lieber still.

Weit unter ihnen in der Ferne konnte man ein großes weißes Gebäude erkennen. Beim Näherkommen erblickte sie mehrere kleinere Häuser in seiner Nähe. Das Flugzeug flog eine Schleife und sie sah die Landebahn direkt unter sich. Eigentlich ein abgestecktes Stoppelfeld. Sie war nicht sehr empfindlich, sonst wäre ihr bei der Landung sicherlich schlecht geworden. Trotzdem fühlte sie sich etwas wackelig auf den Beinen, als sie ausstieg.

Aus dem Hauptgebäude kam eine Frau mit roter Schürze auf sie zugelaufen. „Hallo Sandra! Wie schön, dass du da bist." Sie wurde gleich an das nicht allzu kleine Herz der Frau gedrückt.

Bisher hatte sie nur ihren Onkel kennengelernt. Damals war sie noch ein Kind gewesen. Sie vermutete stark, dass sie eben Tante Margret kennengelernt hatte. „Bist du gut angekommen? Blöde Frage! Natürlich bist du das", antwortete sie sich selbst. „Sonst wärst du ja nicht hier." Sie lachte.

Tante Margret war ihr auf Anhieb sympathisch. Onkel John, er hieß eigentlich Johannes, war der Bruder von ihrer Großmutter, die kürzlich gestorben war. Sie hatte ihn damals bei der Beerdigung ihrer Eltern kennengelernt. Sandra war damals zwölf und weil es schon so lange her war, konnte sie sich kaum an ihn erinnern. Als junger Mann war er einst mit seiner Freundin namens Margarete nach Kanada ausgewandert. Es war ein Skandal gewesen, denn sie waren damals zusammen durchgebrannt. Und sie waren noch nicht verheiratet gewesen. Sie hatten mit nichts angefangen und sich diese Ranch hart erarbeitet.

„Kenny, bring doch bitte Sandras Koffer ins Haus." Nun wusste sie auch, dass ihr gut aussehender Pilot Kenny hieß. „Kind, du wirst sicher hungrig sein." Sie hakte sich bei ihr unter und führte sie in Richtung Haus. „Und müde bist du natürlich auch. Du siehst ja richtig fertig aus!"

‚Ist das ein Wunder?', fragte Sandra bei sich. ‚Wenn du wüsstest, was ich in letzter Zeit alles mitgemacht habe.' Sie lernte schnell, dass Tante Margret gern redete und sich ihre Fragen zum großen Teil gern selbst beantwortete.

Dieses Haus war toll und übertraf bei Weitem alles, was sie sich vorgestellt hatte. Wenn man durch die Eingangstür trat, befand man sich sofort in einer großen Halle. Ein riesiger rustikaler Eichentisch dominierte in der Mitte. Geweihe hingen an den Wänden und ein offener Kamin mit einem Bärenfell davor war ein richtiger Blickfang. Einfach toll!

Zu Hause auf Weidenhof war alles klein und stilvoll eingerichtet. Zwar hatten sie dort 52 Zimmer, aber alle klein und gemütlich. Zumindest die sieben, die zuletzt noch bewohnt waren. Der Rest war so langsam vergammelt, weil kein Geld für die Renovierung da war. Das alte Kloster mit dem Tierpark hatte seit Langem nicht mehr viel Gewinn abgeworfen. Es war nicht so, dass es sie nicht interessiert hätte. Sie liebte den Weidenhof. Aber um die finanziellen Dinge hatte sie sich nie gekümmert.

Nach dem Tod ihrer Großmutter musste sie ins kalte Wasser springen und die Leitung des Guts selbst übernehmen. Zu diesem Zeitpunkt gab es jedoch schon keine Möglichkeit mehr, das Blatt noch einmal zu wenden, und sie musste verkaufen.

Bis auf zehntausend Mark verschluckten die Schulden den ganzen Erlös. Wahrscheinlich durfte sie dankbar sein, dass ihr überhaupt noch etwas blieb.

Bei dem Gedanken an Weidenhof wurde ihr ganz flau im Magen.

„Komm doch erst einmal mit in die Küche und trink etwas." Tante Margret lief voran und redete ohne Pause weiter. „Ich bin gerade beim Kochen. Die Männer sind noch draußen am Creek. Deine Sachen bringen wir später hoch." Sandra, die noch keinen vollständigen Satz gesagt hatte, schwieg und folgte ihr. „Es ist schön, dass du dir Urlaub nehmen konntest. Jetzt, wo du das Gut alleine führen musst, ist es sicherlich nicht einfach für dich."

Sandra verschluckte sich fast. „Ja, ich musste einfach mal raus. Der Tod von Oma hat mich ganz schön mitgenommen. Ihr seid jetzt die einzigen Verwandten, die ich noch habe. Darum freut es mich besonders, dass ihr mich eingeladen habt." ‚Ich bin total verrückt', dachte sie. ‚Als die Einladung kam, habe ich mein ganzes Leben aufgegeben, zumindest das, was davon übrig geblieben ist.' Irgendwann musste sie mit der Wahrheit herausrücken und beichten, dass Weidenhof verkauft war und sie beschlossen hatte, nie wieder nach Deutschland zurückzukehren. Es sei denn im Urlaub, und das auch nicht in der nächsten Zeit.

Sandra nippte an ihrem Kaffee und machte sich Gedanken über die Situation, während ihre Tante das Essen zubereitete. Sie fragte sich, was sie eigentlich erreichen wollte, indem sie sich heimlich hier einschlich. Ein Zuhause finden? Ein bisschen Liebe? Und das, was sie sich nur selbst geben konnte, nämlich Vergebung. Vergebung, weil sie glaubte, versagt zu haben. Sie meinte, es war ihre Schuld, dass das Gut unter den Hammer gekommen war. Vielleicht hatte sie sich nur nicht genügend Mühe gegeben. Die Wahrheit über das, was in Deutschland geschehen war, wollte sie erst dann allen sagen, wenn sie merkte, dass man sie hier akzeptiert hatte und mochte. Sie hoffte nur, dass man ihr dann noch ihre Lügen verzeihen konnte. Wie so oft in den letzten Wochen, drehten sich ihre Gedanken im Kreis.

Draußen ertönte Motorenlärm. Durch das Küchenfenster sah sie zwei Jeeps, die hinter dem Haus parkten.

„Oh! Die Männer sind ja schon da. Würdest du mir helfen, den Tisch zu decken?" Tante Margret eilte ihr voraus in die Halle. Aus einem Sideboard holte sie Geschirr und stellte es auf den Tisch. Während Sandra die Teller verteilte, wurde die Tür aufgerissen und eine kleine Schar Menschen stürmte herein. Ihre Hüte und Jacken legten sie in einer Nische, die als Garderobe diente, ab.

Onkel John kam auf sie zu: „Na, mein Kind! Kaum da, wirst du schon zum Küchendienst eingeteilt. Herzlich willkommen!" Er nahm sie in die Arme und hielt sie dann gleich darauf wieder ein Stück von sich weg. So stand er da, hatte seine Hände auf ihren Schultern liegen und musterte sie von oben bis unten. „Mächtig groß geworden, die kleine Sandra", stellte er fest und nickte dabei anerkennend, als wollte er andeuten, dass ihm gefiel, was er sah.

Nacheinander begrüßten sie die anderen Familienmitglieder. Sie waren zu siebt. Tim, Nat, und Lucy, die Kinder von John und Margret, und Tims Frau Katherin.

Hungrig begaben sie sich zu Tisch. An der Tafel hätten gut und gerne noch zehn Personen mehr Platz gehabt. Sandra aß mit großem Appetit. Beim Essen sprach man über die Ranch. Sie war froh, dass sie nichts über sich erzählen musste. Anschließend wurde ein Feuer im Kamin angezündet. Es war merklich kühl geworden. Alle nahmen nun in der Nähe des Feuers Platz.

„Ach Mädchen, du hast ja dein Zimmer noch nicht gesehen", fiel es Tante Margret plötzlich ein. „Komm, ich bringe dich nach oben." Das Zimmer, in dem man sie untergebracht hatte, war ein freundlicher heller Raum mit einer hellblau geblümten Tapete und hellblauen Vorhängen. „Fühl dich hier wie zu Hause", sagte sie, bevor sie wieder hinunterging.

Zu Hause, dieses Wort hatte einen tollen Klang. Sie hörte es immer noch im Ohr wie ein Echo: zu Hause, zu Hause, zu Hause ... So räumte sie ihre Sachen in den Schrank.

Draußen vor dem Fenster hörte sie geschäftiges Treiben. Sie sah, wie Kenny sich mit einem Mann auf einem Pferd unterhielt. Ein anderer führte sein Pferd gerade über den Hof und eine ältere rundliche Frau ging mit einem Eimer auf eines der Nebengebäude zu. In diesem Moment klopfte es an der Tür. Sie wandte sich vom Fenster ab. „Ja bitte!"

Lucy trat ein. Sie war blond wie ihre Brüder, gertenschlank, aber nicht sehr groß. Aus den Briefen an ihre Oma wusste sie, dass Lucy ein Nachzügler war. Sie war siebzehn und damit acht

Jahre jünger als Nat und elf Jahre jünger als Tim. „Mum möchte wissen, ob du noch etwas herunterkommst oder ob du gleich schlafen möchtest. Wir werden noch etwas fernsehen oder was spielen. Dad und meine Brüder gehen heute ins Workhouse rüber. Sie spielen mit den Cowboys Karten."

‚Ob Kenny auch Karten spielte?', fragte sie sich. „Ich werde gleich nach unten kommen. Aber ich würde gerne noch etwas frische Luft schnappen und dann gleich zu Bett gehen." Sandra merkte plötzlich, dass sie unheimlich müde war. Sie war nun schon seit mehr als zwanzig Stunden auf den Beinen.

„Ist okay!", meinte Lucy und war wieder verschwunden.

Sandra holte sich ihren Parka und Turnschuhe aus dem Schrank und ging hinunter. „Tante Margret, ich möchte gern noch etwas an die frische Luft gehen", mit diesen Worten war sie schon an der Tür.

„Halt!", stoppte sie ihre Tante. „Du solltest sie begleiten, Lucy. Wir haben nämlich einen scharfen Hund, der hier frei herumläuft."

„Aha! Danke auch für die Warnung." Sandra lächelte. Sie hatte noch nie Angst vor Hunden gehabt. In Deutschland hatte sie selbst zwei. Leider konnte sie die beiden nicht mitnehmen. Ihren treuen Schäferhund Arno vermisste sie besonders.

Lucy zog ihre Jacke an und sie verließen das Haus. „Bobby!", rief Lucy, sie hielt ihre Hände trichterförmig vor den Mund. „Bobby, komm, Hundefutter!" Dabei mussten beide lachen. Ein heller Schäferhundverschnitt fegte um die Ecke direkt auf sie zu. Ohne zu stoppen, sprang er an Lucy hoch und leckte sie ab. „Das ist unser Bobby. Bobby, das ist Sandra, unser Besuch. Sei anständig. Beiß ihr nicht gleich die Hände ab wie unserem letzten Gast", scherzte sie.

Die Freundschaft war schnell geschlossen und Bobby ließ sich gerne das Fell von ihr kraulen. Der Hund begleitete die beiden auf ihrem Spaziergang.

„Versteh ich nicht, dass du ausgerechnet hier Urlaub machst. Hier an der Grenze zu Nirgendwo. Andere Leute fahren in die Karibik oder so. Oder in die Nationalparks. Ich bin froh, wenn ich wieder in die Stadt darf. Das einzig Negative daran ist, dass ich dort zur Schule gehen muss." Lucy konnte nicht jeden Tag nach der Schule nach Hause kommen. Erst am Wochenende wurde sie mit dem Flugzeug abgeholt. Sonst war sie im Internat. „Hier ist alles so tote Hose!" Bei diesem Begriff musste Sandra lachen, weil er so typisch deutsch war.

„Ich war noch nie in Kanada", meldete Sandra sich jetzt zu Wort. „Ich stelle mir das Leben hier toll vor. Ich liebe die Natur und die Tiere." Sie gingen in Richtung Berge. Die Hügel waren dort sanft bewaldet.

„Ich werde nicht hier bleiben", sagte Lucy. „Ich will, wenn ich mein Abi schaffe, studieren. Wenn ich es gut schaffe, vielleicht sogar Medizin." Sie wechselte ohne Pause das Thema. „Was magst du für Musik? Was hört man in Deutschland so? Wo gehst du da so hin? Diskotheken? Kino? – Das muss toll sein! Hier kann man nur ins nächste Dorf gehen. Dort gibt es einen Pub, einen Laden und die Poststation. Aber wir fliegen ja sowieso jede Woche zweimal in die Stadt und holen die Post dort ab." Im Reden kam Lucy gleich nach ihrer Mutter.

Sandra fröstelte leicht und sagte statt einer Antwort: „Komm, lass uns zurückgehen. Mir wird langsam kalt."

„Die Stürme werden bald aufhören, dann wird es wärmer. Vor zwei Wochen hatten wir noch Schnee. Das Schmelzwasser hat die Weidezäune am Creek weggerissen. Die haben wir heute repariert."

Sie waren wieder im Hof angekommen. Die Frau, die sie vorhin vom Fenster aus gesehen hatte, stand vor dem Workhouse. Gelächter und Stimmengewirr drangen aus dem Inneren.

„Howdy! Das ist Moon! Sie betreut die Cowboys. Sie ist Kennys Mutter. Das ist der, der dich vom Flughafen abgeholt hat", stellte Lucy vor und zu Moon gewandt: „Das ist Sandra, unser Besuch aus Deutschland."

„Ich wünsche Ihnen eine gute Zeit hier." Sie kam gleich auf Sandra zu und gab ihr die Hand.

„Moon ist ein seltsamer Name", meinte sie zu Lucy, als sie auf das Haus zugingen.

„Ja, sie ist Indianerin. Ihr indianischer Name ist unaussprechlich, aber irgendwie hat er was mit dem Mond zu tun. Kenny hat auch einen indianischen Namen, den kann man auch nicht aussprechen, ohne sich die Zunge zu verrenken."

Tante Margret saß drinnen vor dem Fernseher und strickte Babywäsche. Katherin, Tims Frau, war schwanger, wie sie vorhin beim Essen erfahren hatte. Die beiden hatten ein eigenes kleines Haus auf der anderen Seite vom Stall.

„Ich werde gleich zu Bett gehen. Ich hoffe, ihr seid mir nicht böse, aber ich bin hundemüde", entschuldigte sie sich.

„Nein nein, geh nur! Verständlich nach der langen Reise. Gute Nacht, Kind!" Sie rief ihr noch nach: „Denke daran, das Erste, was man in einem fremden Bett träumt, geht in Erfüllung!"

Sandra war schon halb auf der Treppe. „Hoffentlich ist es was Schönes", rief sie zurück. „Gute Nacht, Tante Margret." Sie legte sich gleich ins Bett und schlief sofort ein.

Als sie am nächsten Morgen nach einer traumlosen Nacht erwachte, fühlte sie sich sehr wohl. Ausgeruht und stark! Sie stand auf und ging zum Fenster. Draußen waren schon allerhand Leute auf den Beinen. Moon lief mit einem Korb Eiern zum Haus herüber. Ein paar Cowboys holten ihre Pferde aus dem Stall. Die richtige Wildwestidylle gab es also doch noch.

Ihr letzter Freund hatte immer gesagt: „Du glaubst noch an Märchen. Mit Märchen kommt man aber im Leben nicht sehr weit." Womit er eigentlich recht hatte. Dass die Realität hart war, hatte sie auch schon am eigenen Leib erfahren.

Sie öffnete das Fenster und streckte sich herzhaft aus. Zwei Männer blickten zu ihr herauf. „Guten Morgen!", rief sie hinab. Die Männer tippten sich mit der Hand an den Hut.

Auch Moon sah herauf. „Guten Morgen, Miss Sandra!"

‚Wenn alle schon auf den Beinen sind, sollte ich mich auch anziehen', dachte sie, drehte sich um und ging zum Kleiderschrank. Mit hellblauen Jeans und einem lila Sweatshirt machte sie sich auf den Weg nach unten. Die Familie saß schon beim Frühstück. „Guten Morgen! Bin ich zu spät?", entschuldigte sie sich.

„Nein, keineswegs", gab Tante Margret Antwort. „Du hast ja schließlich Urlaub."

Dass dieses Wörtchen Urlaub einen so bitteren Nachgeschmack haben könnte, hätte sie nie geglaubt.

„Hallo Kleines!", meinte nun auch Onkel John. „Wir werden heute einige Pferde von der Winterweide hereinholen. Das wird einige Zeit dauern. Wir kommen erst am späten Nachmittag zurück. Du leistest derweil Meggy etwas Gesellschaft, nicht wahr?"

Eigentlich hätte sie ja lieber mitkommen wollen, aber sie hielt es für besser, nicht zu widersprechen. Seine Stimme war so bestimmend gewesen. Er war eben der Boss hier. „Gern", gab sie deshalb zur Antwort, während sie ihr Brot mit Butter bestrich.

John und Nat waren schon aufgestanden, als es an der Tür klopfte. Kenny berichtete, dass ein Pferd ein Hufeisen verloren hatte und nun lahm ging. Der Schmied musste sowieso bald kommen, da die Pferde, die sie vor zwei Wochen von der Winterweide geholt hatten, beschlagen werden mussten. Lucy ging nun ebenfalls zur Tür. Sie sah Sandra an und rollte dabei die Augen, als wollte sie sagen: ‚Langweile dich schön!' Damit waren alle weg.

Sie frühstückte fertig und half Meggy, wie sie liebevoll genannt wurde, beim Abräumen und Geschirrspülen. Nebenbei erfuhr sie einiges über die Ranch. Es lebten siebenundzwanzig Menschen hier, etwa um die vierhundert Pferde, ebenso viele Rinder und zwei Dutzend Hühner. Die Pferde wurden hier gezüchtet, zugeritten oder eingefahren und an Nationalparks, Reitschulen, ja sogar an den Zirkus und natürlich auch Privatbesitzer verkauft.

Der Vormittag verging ziemlich schnell und nach dem kurzen Imbiss zu Mittag wurde sie auf der Ranch herumgeführt. Es waren nur wenige Leute da um diese Zeit. Eine Weile beobachteten sie Kenny und einen älteren Cowboy namens Scott beim Arbeiten mit den neuen Pferden. Unterwegs trafen sie Moon. Sandra unterhielt sich eine Weile mit ihr, während Tante Margret ins Haus ging und sich um das Abendessen kümmerte. Sie und Moon waren schnell zum vertrauten ‚Du' übergegangen.

„Du solltest dich nicht im Nachthemd ans Fenster stellen auf einer Ranch, auf der fast nur Männer leben, die in der Regel sehr selten junge Mädchen so spärlich bekleidet sehen."

Daran hatte sie gar nicht gedacht. Sie blieb eine Zeit lang bei Moon, die nun ihrerseits das Essen für die Cowboys vorbereiten musste.

Als sie gerade zum Haus hinübergehen wollte, hörte sie das Trommeln vieler Hufe. Etwa fünfzig Pferde wurden in langsamem Galopp auf die Ranch zugetrieben. Die Gatter der großen Koppel vor dem Herrenhaus waren weit geöffnet und die Tiere liefen freiwillig in ihr Gefängnis. Nachdem das Gatter geschlossen war, stieg Onkel John vom Pferd. Er machte ein schmerzverzerrtes Gesicht und hielt sich den Rücken. Sandra war sofort bei ihm. „Onkel, ich bringe dein Pferd in den Stall." Sie wartete nicht auf Antwort, sondern nahm ihm die Zügel aus der Hand und ging davon. Tante Margret führte indessen ihren Ehemann ab. Im Stall nahm Sandra den Sattel ab und rieb das verschwitzte Pferd mit Stroh ab. Die Männer sahen sie immer wieder von der Seite her an. Es war diese Art Blick, die man schon fast spüren kann. Als sie fertig war, lief sie eilig hinaus. In der Tür stieß sie mit Kenny zusammen.

„Sorry!", stammelte sie und lief weiter. An der Haustür rempelte sie dann noch Nat an.

„Hey, was ist los? Bist du auf der Flucht?"

„Nein, ich wollte nur ... Ich dachte nur ...", stammelt sie.

„Schon okay. Entschuldigung akzeptiert", lachte der nur und schüttelte amüsiert den Kopf.

‚Puh!', fragte sie sich: ‚Wie kann man sich nur so blöd anstellen?'

Die meisten Cowboys standen noch um die Koppel herum und schauten sich die Pferde an. ‚Schöne Pferde', dachte Sandra. Sie stand in der Tür und schaute hinüber. ‚Und die Männer sind auch nicht übel', musste Sandra feststellen. Sie waren fast alle jung und sie sahen wild und gut aus wie dieses Land. ‚Keine Beziehungskisten', ermahnte sie sich.

Im Haus war sonst alles ruhig. Tante Meggy rieb Onkel John den Rücken ein und Lucy und Katharine deckten den Tisch. Nach dem Abendessen nahm der Tag einen gemütlichen Ausklang. Es wurde geredet, gestrickt, ferngesehen, aber kein Wort über Deutschland und den Weidenhof verloren. ‚Ich bin feige', dachte Sandra bei sich, als sie in ihrem Bett lag. Aber wenn sie ehrlich war, musste sie sich eingestehen, dass sie zum ersten Mal seit Langem nicht mit Sorge zurück an den Weidenhof gedacht hatte. So vergingen zwei weitere Tage. Es gab eigentlich nichts Besonderes. Nur Onkel Johns Rückenschmerzen wurden noch schlimmer.

Am Sonntag machte sich die komplette Familie ohne Ausnahme auf den Weg in die Kirche. Die Fahrt bis in den nächsten Ort dauerte etwa eine Stunde. Es war wirklich ein kleines Dorf: ein paar Häuser, die Kirche, ein kleiner Friedhof, natürlich der Pub und den Laden nicht zu vergessen. Eine Tankstelle gab es auch noch. Das kleine Gotteshaus war brechend voll. Hier draußen fühlten sich die Menschen der Kirche oder Gott wahrscheinlich näher als in der Großstadt oder in Deutschland.

Sie hatte ihre Oma ein paar Mal begleitet und die paar Leute in der riesigen Kirche hatte man abzählen können. Außerdem waren sie und der Pfarrer immer die einzigen unter fünfundsechzig gewesen. An Großmutters Beerdigung war sie das letzte Mal in einer Kirche gewesen.

Hier war die Kirche wirklich ein Ort der Gemeinschaft. Man traf seine Nachbarn einmal wieder und konnte Neuigkeiten austauschen. Es kam ihr hier alles viel persönlicher vor. Jeder kannte jeden. Der Pastor gab allen die Hand. Man begrüßte sich freundschaftlich und Sandra wurde vom Pfarrer im Gottesdienst namentlich herzlich willkommen geheißen. Sie hatte fast befürchtet, aufstehen zu müssen, lächelte aber nur freundlich in die Runde, um dann den Kopf zu senken, um ihre vor Verlegenheit geröteten Wangen zu verstecken.

In der Kirche stellte sich auch das schlechte Gewissen wieder ein. Es wäre schließlich endlich an der Zeit, allen reinen Wein einzuschenken.

Als sie am Nachmittag wieder zu Hause waren, machte sie einen ausgedehnten Spaziergang. Sie lief über zwei Kilometer bis zum Waldrand. Bobby wie immer, seit sie hier war, an ihrer Seite. Der Wald erinnerte sie an Deutschland. Zumindest war die Vegetation ähnlich. Kiefern und Birken, die gerade anfingen Blätter zu treiben, standen licht beieinander. Erst ein ganzes Stück weiter verdichteten sich Fichten zu einem Nadelwald. Inzwischen war es ein bisschen wärmer geworden. Ein sanfter Wind wehte und die Sonne schien von einem strahlend blauen Himmel.

Sie setzte sich auf einen vom Sturm gefällten Baumstamm und dachte traurig an den Weidenhof. Dort war sie sehr glücklich gewesen bis zu dem Tag, an dem ihre Großmutter gestorben war. Sandra war zwar schon 26, aber sie hatte sich wenig um die Führung von dem Gutshof, einem ehemaligen Kloster, gekümmert. Tatkräftig hatte sie zwar mitangefasst, wo es am Nötigsten war, aber wie es finanziell aussah, das hatte sie nicht gewusst. Sicher, man hatte sparen müssen, aber dass sie das Gut einmal verlieren könnte, hätte sie nie im Leben geglaubt.

Das alte Anwesen war sehr schön gelegen. Ein riesiges Gebäude, das im Kreis um einen großen Innenhof gebaut war. In seinem Zentrum stand eine riesige Weide. Der Baum war schon riesengroß, als Sandra noch ein kleines Kind war. Sie hatte sich unter den tief hängenden Zweigen häuslich eingerichtet. Einmal, sie hatte sich ein Lager aus Decken und Kissen gemacht, war sie abends unter der Weide eingeschlafen und ihre Eltern hatten sie verzweifelt gesucht. Sie schlief so tief, dass sie das Rufen nicht hörte. Einer der Hunde hatte sie schließlich verraten. Am nächsten Tag wurden die Zweige einen Meter über dem Boden abgeschnitten. Wie sehr hatte sie damals geweint.

Das Gebäude selbst hatte vier Tore, die nach den vier Himmelsrichtungen ausgerichtet waren. Vier Türmchen, wie die Jahreszeiten. Zwölf Türen, die ins Gebäude führten für die Monate, 52 Zimmer und 365 Fenster. Zu dem Gutshof gelangte man durch eine Allee aus Trauerweiden. Es war, als ob man durch einen Tunnel fuhr. Man konnte den Weidenhof nur aus größerer Entfernung sehen oder wenn man direkt davorstand. Es war wie ein Zauber. Das Ganze war sehr renovierungsbedürftig gewesen.

Die Familie Weidner betrieb einen Tier- und Freizeitpark, vermietete Pferde an sogenannte Rucksackreiter. Die Pferde konnten einem schon manchmal leidtun, wenn sie so einen unbeholfenen Stadtmenschen durch die Gegend tragen mussten, der nicht wusste, welchen Gang man einlegen musste, wo das Steuer und wo die Bremse war. Wenn es dann nicht funktionierte, waren natürlich immer die bösen Pferde schuld. Alles in allem trug sich das Ganze, so glaubte Sandra jedenfalls.

Schließlich starb ihre Großmutter ganz plötzlich und unerwartet an einem Herzinfarkt. Der alte Pferdepfleger Jakob, der bei ihnen auf dem Gutshof wohnte, hatte sie leblos in der Küche gefunden. Oma war stets strenggläubig gewesen. Wenn ein Bekannter gestorben war, hatte sie oft solche Sachen gesagt wie: „Der gute Mann ist jetzt bei unserm Herrn!" Da war Sandras Großmutter nun auch! ‚Warum musste Gott sie aber so früh holen?', fragte sie sich. Er hätte doch warten können. Besonders, wo sie auch immer so gern gesagt hatte: „Unser Herr hilft uns, er macht alles richtig."

Sandra empfand das allerdings im Moment eher ganz anders, fast als Strafe. So dachte sie erst recht, als der Orkan im letzten Herbst die große Eiche gefällt hatte und ein Teil des Tierparks unter ihr begraben wurde. Ein großer Teil der anderen Gehege wurde durch den Wind zerstört. Dann kamen nach und nach Forderungen und Pfändungen ins Haus. Den letzen Rest gab ihr ein tragisches Unglück. Sie hatten auch Raubtiere gehabt, eine Schwarzbärendame, einen Puma und zwei Löwinnen. Nach dem Sturm, als alles kaputt war, ging es im Tierpark drunter und drüber. Einige Schüler kamen, um bei den Aufräumarbeiten zu helfen. Dafür bekamen sie kostenlose Reitstunden.

Ein Mädchen hatte sich auf die Jagd nach einem flüchtenden Kaninchen gemacht. Zwischen dem Löwengehege und der Absperrung war Sturmholz aufgestapelt. Darunter flüchtete das Tier. Die Löwin hatte das Kaninchen auch gesehen und ihr Jagdtrieb war erwacht. Nachdem das elfjährige Mädchen über die Absperrung gestiegen war, lehnte es sich mit der Schulter an die Gitterstäbe und war total damit beschäftigt, unter dem Holzstapel das Häschen zu fangen. Die Kleine bemerkte die Löwin gar nicht, die herangesprungen war und mit ihrer mächtigen Pfote durch die Gitterstäbe krallte. Sie versetzte dem Mädchen einen Tatzenhieb auf den Kopf und verletzte es so stark, dass es starb, noch bevor der Notarzt da war.

Das alles war zu viel. Es ging über ihre Kräfte und kostete sie ein Vermögen. Man hatte ihr die Raubtiere mit einer einstweiligen Verfügung entzogen. Sie musste vorübergehend schließen. Die Einnahmen blieben aus, aber die Tiere wollten ihr Futter haben. Der Schuldenberg wurde immer höher und nach langem Ringen entschloss sie sich schließlich zum Verkauf. Es gab nicht sehr viele Interessenten. Schließlich verkaufte sie an diesen neureichen Schnösel. Sie war wütend auf Herrn Reinhardt, weil er das Gut gekauft hatte. Da änderte es auch nichts, dass er eigentlich ganz nett war und große Pläne mit Weidenhof hatte. Und sie war wütend auf sich. Beim Notar kam sie sich vor wie eine Versagerin. Sandra war sogar zornig auf Gott. Er hatte ihr alles genommen, was sie liebte. Wie sollte sie da an seine Güte und Gerechtigkeit glauben? Kurz bevor sie den Weidenhof verlassen musste, kam der Brief aus Kanada.

Liebe Sandra!

Es tut mir sehr leid, dass meine liebe Schwester verstorben ist. Sie war Deine einzige Verwandte in Deutschland.
Wir konnten die lange Reise leider nicht mehr auf uns nehmen, um zu der Beerdigung zu kommen.
Wir möchten Dich aber ganz herzlich einladen, uns einmal in Kanada zu besuchen. Du bist jünger als wir und wir sind sicher, dass es dir bei uns gefallen würde.

Liebe Grüße von
Deinem Onkel John mit Familie

Plötzlich hatte ihr Entschluss festgestanden. Sie wollte alle Zelte abbrechen, ein neues Leben beginnen. Was hielt sie denn noch zurück? Kurz entschlossen hatte sie sich ein Ticket gekauft, telegrafierte nach Kanada und verabschiedete sich von ihren Freunden, die sie allesamt für verrückt erklärten. Ehe sie sich recht besann, saß sie im Flugzeug mit einer Barschaft von noch 7.000 Mark in der Tasche. Das war alles, was sie noch übrig hatte.

Wieder stiegen ihr heiß die Tränen in die Augen und sie schüttelte sich vor weinen. In diesem Moment begann Bobby leise zu knurren. Ein Pferd näherte sich dem Waldrand. Kurz darauf wurde der Hund still. Er wedelte stattdessen mit dem Schwanz. Gleich darauf erkannte sie den Grund für sein Verhalten. Der Reiter war Kenny. Bobby lief mit freudigem Gebell auf ihn zu und das Pferd stoppte. Mit einem Blick zum Himmel meinte er zu Sandra: „Sie sollten besser zur Ranch zurückkehren. Man wird sicher schon auf Sie warten. Es ist schon spät."

Sie schüttelte sich. Es musste wirklich schon spät sein, denn es war kalt geworden. Die Sonne stand schon tief.

„Wenn Sie zu Fuß gehen, wird es dunkel sein, bevor Sie auf der Ranch ankommen. Steigen Sie auf!" Er schlüpfte mit seinem Fuß aus dem Steigbügel und gab ihr die Hand.

‚Ob er wohl bemerkt hatte, dass ich geweint habe?', fragte sie sich. Fest stand jedenfalls, dass sie ihn noch nie so viel an einem Stück reden gehört hatte. Mit einem Ruck hob sie vom Boden ab und saß augenblicklich hinter ihm. In leichtem Galopp ritt er auf die Ranch zu, die nur noch als winziger Punkt zu sehen war. Sandra überlief wieder ein kalter Schauer. Sie bemühte sich, Kenny so wenig wie möglich zu berühren, außer wo sie sich mit ihren Händen an ihm festhielt. Aber es war fast unmöglich, denn sein Oberkörper wiegte sanft mit den Bewegungen des Pferdes vor und zurück. Seine langen Haare wehten ihr dabei ins Gesicht.

Früher, als sie noch ein Kind war, hatte sie oft geträumt, einmal mit Winnetou über die Prärie zu reiten. Das war damals, als die Filme im Fernsehen kamen und sie noch an Märchen geglaubt hatte. Sie lächelte bei dem Gedanken. Die augenblickliche Situation kam ihren Träumen recht nahe. Mit ihr war manchmal die Fantasie durchgegangen, besonders in der Pubertät.

„Danke fürs Mitnehmen", sagte sie, als sie abstieg. Er nickte nur mit dem Kopf und ritt schweigend in Richtung Stall.

Drinnen waren schon alle um den großen Eichentisch versammelt. „Entschuldigung! Ich habe die Zeit vergessen. Kenny hat mich mitgenommen, sonst wäre es sicher noch später geworden."

„Das macht fast gar nichts. Wir haben auch gerade erst angefangen", lenkte Tante Margret ein. „John hat solche Rückenschmerzen, dass er bereits zu Bett gegangen ist."

Nach dem Essen besprachen sie, dass sie alle am nächsten Tag in die Stadt fliegen wollten. Alle außer Sandra. Lucy musste wieder zur Schule. Nat hatte etwas zu erledigen und blieb ebenfalls eine Woche weg. Katherin musste zur Schwangerschaftsvorsorge und Onkel John musste zum Arzt gehen, ob er wollte oder nicht. Tim war der Pilot. Das Flugzeug war voll. Es blieb ihr nichts anderes übrig, als wieder mit Tante Margret das Haus zu hüten.

Am nächsten Morgen wurden die letzten Vorbereitungen getroffen. „Wir hätten dich gerne mitgenommen", meinte Tim. Er ahnte, wie gerne sie mitgekommen wäre. „Das nächste Mal bestimmt."

„Macht nichts! Ich bringe die Zeit schon irgendwie rum. Könnte ich vielleicht ein Pferd haben und etwas in der Gegend herumreiten?"

„Natürlich kannst du das! Da wendest du dich am besten an Kenny. Wir haben bestimmt was für dich", war seine Antwort. Sie grinste und war gespannt, ‚was' sie bekommen würde. Das hörte sich doch so richtig nach einem gemütlichen Klepper zwischen alt und Scheintod an. Aber immerhin ...

Gleich nachdem das Flugzeug gestartet war, wurde Sandra von ganz fremden Klängen erschreckt. Das Telefon klingelte. Es war das erste Mal, seit sie hier war. Eine Weile später kam Tante Margret aufgeregt aus Johns Büro gelaufen. „Oh je, was machen wir denn bloß? Der Schmied will heute schon kommen. Er wird bald da sein." Sie schlug mit einer hilflosen Geste die Hände zusammen. „Was machen wir den bloß?", wiederholte sie. „Die Männer sind schon fast alle aus dem Haus. Kenny und Scott wollten heute wieder mit den Neulingen arbeiten. Ich glaube, die sind noch hier. Geh bitte hinüber zu Kenny und sag ihm Bescheid. Er wird schon wissen, was zu tun ist." Sie schien großes Vertrauen in ihn zu haben.

Bevor sie sich auf den Weg machte, beruhigte Sandra ihre Tante. „Ja, mach ich! Aber mach dir bitte keine Sorgen. Wir kriegen das schon hin. Ich werde auch mithelfen. Zu Hause war ich immer dabei, wenn der Schmied da war."

„Meinst du, dass du das wirklich kannst?", fragte sie etwas zweifelnd.

„Klar! Ich hatte auch zwanzig Pferde", erinnerte sie ihre Tante und schon war sie aus dem Haus. Sandra war froh, dass es endlich etwas für sie zu tun gab, und so hatte sie gar nicht bemerkt, dass sie in der Vergangenheitsform gesprochen hatte. Zögernd klopfte sie am Workhouse an. Moon war etwas erstaunt. Sonst klopfte nie jemand.

„Ist Kenny da?", fragte sie. „Wir haben da ein Problem. Der Schmied kommt und alle sind fort."

„Er wird gleich noch mal herkommen. Du kannst warten." Kaum hatte Moon ausgesprochen, da kam er auch schon herein. Sein Anblick bereitete ihr ein bisschen Herzklopfen. Er hatte seine Haare zu einem Pferdeschwanz gebunden, sodass sein markantes Gesicht noch mehr zur Geltung kam. Seine großen braunen Augen funkelten sie an.

Sandra erzählte ihm von dem Telefonanruf. „Der Schmied wird in einer Stunde hier sein. Er hat gerade angerufen. Tante Margret ist ganz aufgeregt, aber ich kann euch helfen. Du musst mir nur sagen, womit ich anfangen soll." Im Eifer des Gefechts war ihr das Du einfach so herausgerutscht, aber er ging gleich darauf ein.

„Wenn du glaubst, dass du das schaffst. Hast du überhaupt schon mit Pferden zu tun gehabt?", fragte er skeptisch.

„Versuch es doch einfach mal mit mir. Ich mache das nicht zum ersten Mal", gab sie etwas schnippisch zur Antwort. Er maß dem aber keine Bedeutung zu.

„Ich glaube, ich werde besser Scott holen", meinte er, als hätte er sie nicht verstanden.

„Nein, bitte. Lass es mich versuchen", flehte sie fast.

Er sah ihr kurz in die Augen und dann nickte er. „Okay! Scott werden wir aber trotzdem brauchen."

Auch Moon, die noch immer dabeistand, nickte. Kenny erklärte ihr auf dem Weg zur Koppel, dass die neuen Pferde sich schon etwas an Menschen gewöhnt hätten und etwas zutraulicher wären. Sie waren schon letztes Jahr eingefangen worden und man hatte sie nur über den Winter auf einer geschützten Weide untergebracht, wo sie im Winter gefüttert worden waren. „Ich hole jetzt noch ein paar Führungsstricke, dann binden wir ein paar Pferde hier an."

Während er die Stricke holte, bückte Sandra sich kurz entschlossen unter dem Gatter durch und lief auf die Herde zu. Sofort hatte sie ein Pferd am Stirnpony gefasst und führte es auf den erstaunten Kenny zu. So hatte sie es in Deutschland immer gemacht, wenn sie gerade nichts zum Festhalten hatte. Und so brachte sie ihm die Pferde, eins nach dem anderen. Er legte ihnen die Stricke um, band sie geschickt zu einem Halfter und zeigte ihr einen Knoten, um die Pferde anzubinden. Als sie das letzte Pferd holen wollte, kreiste ein Flugzeug über ihnen und setzte zur Landung an. Die Pferde liefen aufgeregt durcheinander, aber Sandra blieb einfach stehen, bis sie sich wieder beruhigt hatten. Kenny war zu der Maschine gegangen und half beim Ausladen. Bald schon glühte das Feuer heiß. Mit den mitgebrachten Propangasflaschen ging das sehr schnell.

„O. K. Nun hole das erste Pferd", meinte Mr Grant zu ihr.

Kenny hatte entschieden, sie sollte dem Schmied zur Hand gehen, aber das erwies sich als kein guter Vorschlag. Sie verstand kaum, was er von ihr wollte. Zu den Fachausdrücken eines Hufschmieds reichte ihr Englisch nicht aus. Als sie ihm zum wiederholten Male den Hobel statt der Zange und den Hammer statt der Feile gegeben hatte, hob sie im Wechsel mit Kenny doch die Hufe der Pferde, solange der Schmied schnitt, hobelte und Eisen aufschlug. Das klappte recht gut. Bis zum achten Pferd, einer kleinen gescheckten Stute. Sandra hielt gerade ihren rechten Hinterhuf, als sie ihn zurückzog und plötzlich ausschlug. Mit einem Schmerz, der ihr die Tränen in die Augen trieb, flog sie einen Meter weiter in den Staub. Die Stute hatte noch nachgetreten und sie an der Schulter getroffen. Außerdem hatte sie den Strick zerrissen und galoppierte zur Herde zurück. Kenny war sofort neben Sandra. Er fasste sie an Hüfte und Schulter und drehte sie vorsichtig um. Sie wollte ihren Schmerz nicht zeigen und gleich wieder aufstehen, aber er drückte sie zu Boden.

„Bist du verletzt? Hast du irgendwo Schmerzen?", fragte er besorgt. Als sie verneinte, half er ihr beim Aufstehen. Der Schmerz in ihrer Schulter zeigte sich trotzdem auf ihrem Gesicht und erzählte etwas anderes. Sandra drehte den Kopf zur Seite, damit er die Tränen nicht sah, die in ihren Augen glitzerten. Als er sich zur Koppel umdrehte, wischte sie verstohlen mit der Hand übers Gesicht. Sie war froh, als in diesem Moment Tante Meggy mit Kaffee und belegten Broten kam.

Nach der Mittagspause ging es problemlos weiter. Bis zum Abend, kurz bevor das Flugzeug mit Onkel John zurückkam, waren zwanzig Pferde beschlagen. Die kleine gescheckte Stute hoben sie für den nächsten Tag auf.

Als Sandra gehen wollte, packte Kenny sie am Arm. „Das hast du gut gemacht", lobte er sie. „Du solltest aber zu meiner Mutter gehen und ihr deine Schulter zeigen. Sie wird dir etwas draufmachen, das die Schmerzen nimmt. Indianische Medizin, die Prellungen heilen dann schneller."

Ab und zu hatte sie das Gesicht verzogen. In der Tat hatte

sie nun stärkere Schmerzen als direkt nach dem Unfall. Das Lob von Kenny war jedoch die beste Medizin. Zumindest ihrer Seele tat es unheimlich gut. Dankbar lächelte sie ihn an und ging zum Workhouse hinüber.

Sie hatte die Blicke von den heimkehrenden Männern gespürt. Sie hatten sie bei der Arbeit beobachtet und immer wieder angestarrt. Jetzt waren sie im Aufenthaltsraum versammelt und warteten auf ihr Essen. Einer sagte: „He, du kannst gut mit Pferden umgehen. Wir könnten noch einen Mann gebrauchen", dabei grinste er zweideutig. Jemand, den sie nicht sehen konnte, fragte, ob sie mit Männern auch so gut umgehen könne wie mit Pferden. Sandras Wangen nahmen eine tiefrote Farbe an. Leider war sie in solchen Dingen nicht spontan genug. Noch bevor ihr eine passende Antwort einfiel, kam Moon herein.

„Ein Pferd hat ausgeschlagen und mich an der Schulter verletzt. Kenny hat gesagt, du solltest dir das anschauen", sagte sie so leise, dass es kein anderer hören konnte. Moon führte sie in ein Zimmer neben der Küche. Sandra zog ihr Sweatshirt aus und stöhnte, als sie die Arme hob. Dann knöpfte sie ihr Hemd auf und zog es ebenfalls aus.

„Das ist ganz schön blau", meinte Moon. „Ich werde dir etwas Salbe draufmachen." Aus einem Regal holte sie eine große Büchse mit grünem glibberigen Gel und strich es dick auf ihre Schulter. Allein schon die kühlende Wirkung tat ihr sofort gut. Dann nahm sie ein weißes Tuch aus dem Schrank und legte es darüber. „So, du kannst dich wieder anziehen. Aber du solltest die nächsten drei Tage zu mir kommen und dich wieder verarzten lassen. Es ist alte indianische Medizin. Sie hilft dir sicher. Lass das Tuch darauf, die Salbe färbt." Sie drehte sich geschäftig um. „Nun muss ich aber das Essen auf den Tisch bringen." Damit lief sie hinaus in die Küche zurück.

Die Tür zum Essensraum stand offen und die Männer saßen schon am Tisch. Als sie hinaustrat, tuschelten sie und lachten. Kenny war auch dabei. Er sagte nichts, sah sie nur mit seinen großen, braunen Augen an. Sie konnte seine Blicke fast körperlich spüren und bekam Schmetterlinge im Bauch. Sandra bedankte sich noch mal bei Moon und ging hinüber zum Ranchhouse. Drinnen hatten sie auch schon mit dem Essen angefangen.

„Wir sind richtig stolz auf dich. Komm Kleines, du hast heute ordentlich was geleistet." Es erfüllte sie mit Stolz, dass ihr Onkel so zu ihr sprach. „Ich bin für eine Woche aus dem Verkehr gezogen, aber wenn du möchtest, darfst du den Männern morgen gern wieder helfen."

Mr Grant, der Schmied, war auch noch da. Er blieb über Nacht. „Wie geht es denn deiner Schulter?", erkundigte er sich.

„Danke, es geht schon wieder." In der Tat war schon eine leichte Besserung zu spüren dank Moons indianischer Medizin.

Am nächsten Tag half Sandra wieder. Aber es war nicht so interessant wie am Tag zuvor. Sie hatte nur Pferde hin und her zu führen. Doch so hatte sie wenigstens etwas Sinnvolles zu tun. Bei der Arbeit nahm sie sich fest vor, endlich Schluss mit dem Versteckspielen zu machen. Heute Abend wollte sie allen reinen Wein einschenken.

Der Tag verging viel zu schnell. Es wurden dreißig Pferde beschlagen und das Flugzeug des Schmieds startete um 18 Uhr. Nach dem Essen saßen alle wieder gemütlich bei einer Tasse Kaffee zusammen. Sandra nahm all ihren Mut zusammen. „Ich muss euch etwas sagen", begann sie. „Ich habe Weidenhof verkauft. Ich habe das Gut verkaufen müssen!", betonte sie und versuchte in den Gesichtern zu lesen, die sie anstarrten. Irgendetwas schnürte ihr die Kehle zu, aber sie fuhr trotzdem gequält fort. Immer wieder musste sie, während sie erzählte, mit den Tränen kämpfen.

„Oh mein Gott!", rief Tante Meggy aus und fasste sich an die Kehle, als sie die Geschichte erzählte, wie das Mädchen von dem Löwen getötet wurde. Als sie gerade berichtete, wie sie Weidenhof verkauft hatte, war Margret aufgestanden und hatte den Arm um Sandra gelegt. Sie hatte nun endgültig die Beherrschung verloren und schluchzte hemmungslos. „Ich habe keine Ahnung, was ich jetzt tun soll. In Deutschland weiß ich auch nicht, wo ich hinsoll. Eure Einladung kam mir wie gerufen."

„Was heißt, du weißt nicht, wo du hinsollst?" Onkel John war etwas entrüstet. „Natürlich kannst du hierbleiben. Solange du willst, wirst du immer ein Zuhause bei uns haben", fügte er hinzu.

All die Trauer, all der Schmerz brach nun aus ihr heraus. Tante Meggy wog sie sanft in ihren Armen, bis sie sich wieder etwas gefangen hatte. „Armes Mädchen. Du hast allerhand mitgemacht in der letzten Zeit."

Onkel John war in der Zwischenzeit ebenfalls aufgestanden und hatte einen Arm auf ihre Schulter gelegt. „Du kannst bleiben, solange du willst. Du kannst auch für mich arbeiten, wenn du möchtest. Du bist sicher nicht gut bei Kasse, wie ich herausgehört habe."

„Aber John! Du willst Sandra für uns arbeiten lassen?", empörte sich seine Frau.

„Lass nur, Tante Meggy. Onkel John hat ja recht. Ist schon in Ordnung. Ich bin froh, wenn ich etwas Geld verdienen kann. Ich habe übrigens noch 7.000 Mark. Das soll so eine Art Reserve sein, für Notzeiten."

„Wo hast du das Geld?", fragte Onkel John.

„Oben in meinem Zimmer", antwortete Sandra.

„Das ist aber kein guter Ort", meinte er. „Ich werde es für

dich anlegen. Und wenn du es früher brauchen solltest, werde ich es dir vorstrecken. Natürlich nur, wenn du damit einverstanden bist", fügte er hinzu.

„Ja, doch, damit bin ich einverstanden", pflichtete sie ihm bei. Ihr fiel ein Stein vom Herzen. „Vielen Dank, Onkel John. Ich danke euch beiden."

„Ich werde dir 30 Dollar in der Woche geben. Wohnen tust du umsonst, versteht sich!" Er streckte ihr die Hand hin wie beim Pferdehandel. Sie schlug in die gebotene Hand ein. Dann ging sie nach oben und holte ihre Barschaft herunter. Onkel John schloss das Geld gleich in seinen Tresor. Als sie in dieser Nacht zu Bett ging, fühlte sie sich zu ersten Mal in letzter Zeit richtig wohl. Seltsamerweise dauerte es trotzdem eine Weile, bis sie einschlief. Sie war etwas aufgeregt. In dieser Nacht träumte sie zum ersten Mal.

Sandra ritt auf einem gescheckten Pferd durch die Berge. Sie war allein. Es begann langsam zu schneien und Wind kam auf. Der Himmel bewölkte sich zusehends und es wurde eisig kalt. Sie ritt auf eine Wand aus Schneegestöber zu. Außerdem trug sie nur ein Sommer-T-Shirt. Sie fing an vor Kälte zu zittern. Wo war sie? Wo ging es zurück zur Ranch? Durch die Wand aus Schnee sah sie die Umrisse einer Hütte. Die Tür wurde geöffnet und ein Mann trat heraus. Ein Indianer mit langen braunen Haaren – Kenny! Er streckte seinen Arm nach ihr aus. Sein Zeigefinger war gestreckt. Es schossen Blitze daraus hervor. Sie hatte Angst! Wollte davonreiten, doch ihr Pferd scheute. Alle Versuche zu flüchten waren zwecklos. Da plötzlich durchbohrte ein stechender Schmerz ihre rechte Schulter. Sie stürzte in unendliche Tiefen.

Während sie langsam erwachte, spürte sie, wie ihre Hände sich rechts und links in die Bettdecke gekrallt hatten. Ganz so, als wollte sie sich irgendwo festhalten. Langsam entspannte sie sich wieder. Es war nur ein Traum. Erschöpft schlief sie wieder ein. Tief und traumlos bis zum Morgen.

Nachdem sie geduscht hatte, fiel ihr ein, dass sie vergessen hatte, ihren Onkel zu fragen, wie ihre Arbeitszeiten waren. Unten war noch niemand. Nur aus der Küche kamen Geräusche.

„Guten Morgen, Tante Meggy. Kann ich dir was helfen?"

„Guten Morgen! Stell doch bitte noch das Brot auf den Tisch. Die Eier sind auch gleich fertig."

Onkel John kam gerade die Treppe herunter. Sie setzten sich an den Frühstückstisch.

„Ich habe ganz vergessen zu fragen, wann ich anfangen soll", meinte sie.

„Jeden Tag nach dem Frühstück", grinste er.

„Und was soll ich heute tun?", drängte sie vor Übermut.

„Du hilfst am besten Scott und Kenny bei den Pferden. An die Sättel gewöhnen, auftrensen und so weiter. Frag die beiden, was du machen sollst. Ende nächster Woche kommt ein Käufer und will sich welche ansehen. Er will zehn Pferde kaufen. Bis dahin müssen wir gute Reitpferde aus ihnen gemacht haben", gab er ihr zur Antwort.

Sandra schlang ihr Frühstück hinunter und eilte sofort hinaus. Jetzt, da sie endlich eine Aufgabe hatte, fühlte sie sich ganz anders. Sie war kein Schmarotzer mehr, der sich hier einfach breitmachte. Sie trug ihren Teil dazu bei, der sie berechtigte, hier zu leben, um ein Teil dieser Familie zu werden. Und dann auch noch die Arbeit mit Pferden. Sie liebte Pferde.

Es war ein herrlicher Frühlingstag. Tante Meggy wollte heute in ihrem Garten die Saison eröffnen, damit sie ihr eigenes Gemüse ernten konnten. Einige Arbeiter waren mit dem Traktor unterwegs. Der Hafer und alles andere, was man auf der Ranch benötigte, wurde selbst angebaut, sogar die Kartoffeln.

Scott und Kenny waren schon bei der Arbeit. Neben der

Koppel war eine Reitbahn. Dort wurden die Pferde zugeritten. Das ging jedoch längst nicht so, wie es in Wildwestfilmen immer gezeigt wurde. An das Halfter wurden sie schon im Fohlenalter gewöhnt. Erst wurden sie mit ihren Müttern im Hof herumgeführt. Später dann ohne die Alttiere. Auch wenn die Pferde immer wieder auf die großen Weiden durften, sorgte man dafür, dass sie nie den Bezug zum Menschen verloren. Im Alter von zwei Jahren wurde das erste Mal der Sattel aufgelegt. Erst wurden sie wieder herumgeführt. Später etwas longiert, um sich an einfache Kommandos zu gewöhnen. Dabei legte man ihnen Gewichte in den Sattel. Schließlich wurden sie mit Reiter longiert, bis man die Longe weglassen konnte.

„Hallo, ich soll euch heute helfen", begrüßte sie die beiden. „Was kann ich tun?"

Scott war mit über fünfzig bestimmt der älteste der Cowboys auf der Ranch. Schon etwas grau, aber kräftig und sportlich gebaut. „Hey Mädchen! Kannst du überhaupt reiten?"

„Versuchen kann ich's ja mal", gab sie lachend zur Antwort. „Du wirst bald merken, wenn ich mich blöd anstelle", scherzte sie. „Wirst du Erste Hilfe leisten, wenn ich runterfalle?" Sie zwinkerte ihm übermütig zu.

Kenny lachte und klopfte ihm im Vorbeigehen auf die Schultern. ‚Er sieht einfach toll aus', dachte Sandra. Sie schaute aber gleich wieder zur Seite.

„O. K!", meinte Scott. „Hol dir erst mal ein Pferd von dort drüben. Sattle es und versuch einfach dein Glück. Sie sind alle schon einmal geritten worden." Er sah sie von oben bis unten an, dann meinte er mit einem Blick auf ihre Turnschuhe: „Hast du keine Stiefel?"

„Oh doch, ich hole sie schnell." Sie hatte zwar keine Cowboystiefel, aber ihre Reitstiefel. Die hatte sie mitgenommen, obwohl sie so viel Platz im Koffer benötigt hatten. Schnell lief sie los, stürmte an Tante Meggy vorbei ins Haus und zog sie an. Dann machte sie sich an die Arbeit. Da sie Herausforderungen liebte, nahm sie die kleine gescheckte Stute, die beim Beschlagen nach ihr getreten hatte. Sie saß auf, während Kenny sie longierte. Es klappte alles in allem recht gut.

Am Abend wurde sie wieder kräftig gelobt. Am meisten freute sie sich über Kennys anerkennendes Nicken, als Scott sagte: „Man könnte meinen, dass du das schon dein ganzes Leben lang machst." So unrecht hatte er nicht. Als sie klein war, durfte sie immer bei ihrem Vater auf dem Pferd mitreiten.

Sie war die ganze Woche mit den beiden zusammen. Nur am Freitag war sie mit Scott allein. Kenny war mit dem Flugzeug in der Stadt. Er musste einiges für den Boss erledigen und Lucy abholen. „Ich hoffe, es macht dir nichts aus, heute mit mir allein zu arbeiten. Kenny und du, ihr passt viel besser zusammen", neckte er sie. Sandra bekam einen roten Kopf. Es stimmte, Kenny gefiel ihr. Stand ihr das so deutlich ins Gesicht geschrieben? Oder wollte Scott sie damit nur ärgern? Wahrscheinlich nicht, denn als er sich abwandte, glaubte sie ihn irgendwas murmeln hören wie „... bin ja nicht blind ...", was ihre Wangen noch dunkler werden ließ.

Am nächsten Tag ritt Kenny früh am Morgen weg. Seine Satteltaschen waren gepackt. Lucy stand bei ihr und sie sahen zu, wie er den Hof verließ. „Er hat eine Hütte oben in den Bergen. Er hat sie selbst gebaut. Ich war auch schon mal dabei. Dort ist er oft, wenn es wärmer wird." Bei diesen Worten fiel ihr der Traum ein, den sie gehabt hatte. Lucy redete weiter. „Du bleibst hier, habe ich gehört. Wie kann man denn nur? Weißt du, auch wenn du zu Hause alles verloren hast, wäre es in der Stadt doch tausendmal besser als hier."

„Das ist Ansichtssache", gab Sandra zurück. „Für mich ist das alles noch so unwirklich und ich bin froh, dass ich bleiben kann. Ich bin einfach kein Stadtmensch. Aber wer weiß, was noch kommt."

Als sie am Sonntag zur Kirche fuhren, war Kenny immer noch nicht zurück. Lucy machte beim Frühstück den Vorschlag, dass Sandra und sie nach der Kirche bei ihrer Freundin im Dorf bleiben könnten. Am Abend war dort im Pub Tanz. Das war nur ein Mal im Monat. Deswegen stimmte Onkel John zu.

„Ja, das ist eine gute Idee", meinte auch seine Frau. „Das bringt etwas Abwechslung für dich, Sandra. Aber kommt bitte nicht zu spät nach Hause. Zwölf Uhr seid ihr zurück. Lucy, du musst morgen wieder zur Schule."

„Ich komme auch mit", meinte Nat. „Einer muss doch auf die beiden Ladies aufpassen, oder?"

„Du willst dich doch bloß mit deiner heiß geliebten Janet treffen", ärgerte Lucy ihn.

„Also gut! Nehmt den blauen Jeep", sagte Onkel John, bevor die beiden zu streiten begannen. „Aber seid vorsichtig!"

„Klar! Was soll schon passieren, solange ich dabei bin", versuchte Nat sich wichtig zu machen. Nat war zwar einen ganzen Kopf größer als Sandra, aber er war ein Jahr jünger als sie. Nun ja, immerhin war er ein Mann − behauptete er wenigstens. Es stellte sich heraus, dass er tatsächlich eine Freundin im Dorf hatte, mit der er sich traf. Nun gut, was ging Sandra das an. Sie verbrachte einen schönen Tag bei Lucys Freundin.

Als sie am Abend zum Tanzen gingen, saßen dort einige von Onkel Johns Arbeitern mit anderen Männern zusammen. Sie hatten schon etwas zu tief ins Glas geschaut. „Hey, da ist ja unser neuer Cowboy", grölte einer.

„Ob die nur Pferde zureiten kann? Oder meint ihr, sie hat noch andere Talente?", fragte ein anderer und lachte laut.

„Du musst es halt einmal versuchen", forderte ihn der Erste auf.

Ihr war der Spaß vergangen und sie wäre am liebsten nach Hause gegangen. Doch Lucy fühlte sich wohl und Nat hatte sich mit seiner Freundin abgeseilt und war noch nicht zurück. Lucy blödelte mit einigen jungen Leuten herum. Sie versuchten zwar, Sandra mit einzubeziehen, doch sie war fast zehn Jahre älter und kannte niemanden. Es tanzten nur wenige. Meist Pärchen, die schon längere Zeit zusammengehörten.

Schließlich kam auch Nat mit seiner Freundin Janet. Sie war ein nettes Mädchen. Anscheinend war es ihm Ernst mit ihr. Anstandshalber forderte er Sandra zum Tanzen auf. Er war ein guter Tänzer. Während sie sich zur Musik bewegten, erklärte er ihr, dass Tanzen lernen Pflicht war bei Familie Aigner. Anschließend widmete er sich wieder seiner Freundin zu. Die beiden sahen sich nicht allzu oft.

Die Cowboys blickten des Öfteren zu Sandra herüber und tuschelten über sie. Einer wollte sogar mit ihr tanzen. Sie kannte nur seinen Namen – Dave. Es wäre unhöflich gewesen, ‚nein‘ zu sagen, und so gingen sie gemeinsam zur Tanzfläche. Gerade als sie angefangen hatten, sich im Rhythmus zur Musik zu drehen, wurden Schmuselieder gespielt. Dave zog sie an sich. Enger, als ihr lieb war. Seine Hand rutschte immer tiefer. Sie wanderte ihre Wirbelsäule hinab bis zu ihrem Hintern. Sandra wand sich unter seinen Händen und versuchte sich etwas Freiheit zu verschaffen. Sie hatte plötzlich das Gefühl, sie müsse ersticken. Sie sagte etwas von ‚nicht gut sein‘, schnappte ihre Jacke und flüchtete nach draußen. Später erst wurde ihr bewusst, wie es wohl ausgesehen haben musste für Dave. Er sah es als eine Art Aufforderung an, ihr zu folgen. Jedenfalls war sie mit leicht geröteten Wangen und gesenktem Haupt an ihm vorbeigeschlichen. Und nun stand sie etwas verloren in der Landschaft herum und blickte zu den Sternen empor. Wie auch immer, es hatte seine Wirkung nicht verfehlt. Dave kam ihr nach. Nicht nur das. Er kam gleich zur Sache: „Na, so allein? Du musst aufpassen. Es ist gefährlich hier draußen. Es gibt hier Wölfe und andere wilde Tiere. Die Indianer sind auch gerade auf dem Kriegspfad", scherzte er. „Da sollte eine Frau nicht allein spazieren gehen."

‚Idiot', dachte sie. ‚Das einzige wilde Tier, das es hier gibt, bist du.'

„Darf ich dich begleiten?", fragte er, hatte aber schon den Arm um ihre Taille gelegt. Es war ihr unangenehm. Dave roch noch zehn Meilen gegen den Wind nach Alkohol. Unwillkürlich schauderte ihr. Er deutete dies jedoch als Zeichen, sie noch enger an sich zu ziehen. Plötzlich war sein Mund über ihrem. Er drückte ihr seine Lippen fest und feucht auf den Mund. Sie versuchte sich zu wehren, konnte sich aber nicht frei machen von diesem Muskelprotz. Sandra musste würgen und er ließ sie los. Am liebsten hätte sie ihn geohrfeigt. Sie wollte aber nicht, dass es irgendwelchen Ärger auf der Ranch gab.

„Ich glaube, du hast da etwas falsch verstanden", blitzte sie ihn böse an. Sie ließ ihn einfach stehen und lief schnell zum Pub zurück.

In der Ferne trabte ein Pferd vorbei.

Drinnen schlug ihr rauchiger Nebel entgegen. Einige Paare tummelten sich auf der kleinen Tanzfläche. Nat und Janet waren auch dabei. Sie hätte heulen können, als sie sah, wie glücklich und verliebt die beiden sich anlächelten. Inständig hoffte sie, dass sie bald aufbrechen würden. Aber es war Dave, der hinter ihr stand und fragte: „Wir gehen, sollen wir dich mitnehmen? Es wäre mir eine Ehre." Er zog seinen Hut vor ihr.

„Nein danke!", gab sie schnippisch zurück. „Ich bin mit Nat

und Lucy gekommen, mit den beiden werde ich auch wieder gehen." Sandra war wütend auf diesen Idioten. Sie wandte sich sofort um und lief in die andere Richtung. Sie bemühte sich nun doch, mit Lucys Clique etwas Spaß zu haben, und es gelang ihr sogar. Gegen 23 Uhr verabschiedeten sie sich von den anderen.

„Kommt gut heim", meinten die jungen Leute und gingen ebenfalls ihrer Wege. Es war nicht mehr viel los im Pub.

Bei ihrem Wagen erlebten sie eine böse Überraschung. Der kleine Geländewagen wollte einfach nicht mehr anspringen. Erst stöhnte der Motor noch gequält auf, schließlich gab er gar keinen Laut mehr von sich.

„So ein Mist!", schimpfte Nat. „Was machen wir nun? Ich muss Dad anrufen!"

„Oh weh! Das gibt Ärger!", gab auch Lucy ihren Senf dazu.

Aber es nützte nichts. Sie mussten anrufen. Nat ging zum Telefonieren in den Pub zurück. Als er zurückkam, schüttelte er seine rechte Hand so, als hätte er sich die Finger verbrannt. Sein Gesichtsausdruck sprach Bände. So warteten sie eine Stunde lang, bis schließlich die Scheinwerfer eines Autos in Sicht kamen. Kenny saß am Steuer des Wagens. Bevor sie zurückfuhren, sah er noch nach dem Auto.

„Da hat jemand das Zündkabel angeschnitten. Durch das Starten ist es dann vollends durchgebrannt", sagte er zu Nat.

Sandra wusste sofort, wer das getan hatte, und war wütend. Sie ballte die Hände zu Fäusten, dass die Nägel in ihr Fleisch schnitten. Auch Kenny war schlecht gelaunt. Sogar Nat fiel das auf.

„Hat Dad dich aus dem Bett geschmissen?", fragte er.

„Nein. Ich bin auch gerade erst nach Hause gekommen und bin deinem Dad direkt in die Arme gelaufen." Das waren die einzigen Worte, die er während der Fahrt zur Aigner Ranch noch von sich gab.

Dort angekommen versuchte Sandra sein Schweigen zu brechen. „Danke, dass du uns abgeholt hast. Das war sehr nett von dir."

„Warum seid ihr nicht mit Dave gefahren?", fragte er.

Daher wehte also der Wind.

„Ganz einfach, weil ich ihn nicht mag."

„Ach so!?" Er ging hinüber zum Workhouse und weg war er.

‚Du bist genauso ein Idiot', schrie Sandra ihm in Gedanken hinterher. ‚Und überhaupt, was geht dich das an?' So einfach war das aber nicht. Sandra hatte schon vor einigen Tagen gemerkt, dass Kenny ihr mehr gefiel, als sie sich eingestehen wollte. Sie hatte sich bis über beide Ohren in ihn verknallt. Oft fragte sie sich, was er wohl gerade tat. Dann sah sie ihn vor sich, seinen muskulösen Oberkörper, seine gebräunte Haut. Die langen Haare, die in der Sonne glänzten. Seit sie von seiner Hütte erfahren hatte, wünschte sie, er würde sie einmal dorthin mitnehmen. Und was dort geschah, davon wusste nur ihr Kopfkissen, das sie jeden Abend zusammenknüllte und in den Arm nahm. Welch ein trauriger Ersatz! Warum er so schweigsam und schlecht gelaunt gewesen war, musste etwas mit diesem Abend zu tun gehabt haben. Entweder hatten die Männer über sie geredet. Dave hatte vielleicht mit seiner neuen Errungenschaft geprahlt. Oder war Kenny vielleicht der Reiter gewesen, der vorbeigekommen war, als Dave sie geküsst hatte? Vielleicht hatte er dann geglaubt, sie wollte Dave auch. Sie hatte sich in seinen Armen gewunden. Aus der Ferne hätte man das durchaus anders deuten können ... ‚Warum muss auch immer alles so kompliziert sein?', fragte sie sich ...

Am Freitag traf der Käufer für die Pferde mit dem Flugzeug ein. Sandra hatte die ehrenvolle Aufgabe, ihm einige von den

Tieren vorzuführen. Sie hatte ihre beigefarbene Reithose an, die schwarzen Stiefel blank geputzt. Kenny brachte ihr die gesattelten Pferde zum Vorführplatz. Sie war eine gute Reiterin und hatte in Deutschland schon einige Turniere im Springen wie auch in der Dressur gewonnen.

Der Käufer, ein Mr Barkley, war sehr begeistert. Besonders auch von Sandra, was er immer wieder beteuerte. Noch vor dem Mittagessen waren bereits alle geschäftlichen Dinge abgeschlossen. Er hatte vierzehn Pferde gekauft. Vier mehr als geplant. Eines, Sandras gescheckte Stute, wollte er als Privatpferd haben. Onkel John war sehr stolz und versprach ihr zehn Prozent vom Gewinn für die vier Tiere, die er zusätzlich gekauft hatte.

„Ich würde Sie gerne mitnehmen in unser Hotel", sagte Mr Barkley zu ihr, als sie ihn zum Flugzeug begleitete. „Ich könnte jemanden mit Ihren Fähigkeiten gut gebrauchen. Sie suchen nicht zufällig einen Job?", fragte er sie.

Gerade in diesem Moment kam Kenny vorbei. Seit Sonntagnacht hatte er nicht ein einziges Wort mit ihr geredet. Er sah sie, wie die ganze letzte Woche schon, schlecht gelaunt an. Das gab den Ausschlag für ihre übereilte Antwort. „Doch! Doch, ich suche gerade einen Job." Sie wollte nicht jeden Tag in dieses schöne, sture Gesicht schauen. Das würde ihr das Herz brechen.

Mr Barkley wollte gerade die Tür zum Flugzeug öffnen, drehte sich aber überrascht wieder zu ihr um: „Ist das Ihr Ernst?", fragte er ungläubig. „Das wäre eine echte Errungenschaft für unser Hotel. Sie könnten im „Ontario" Reitunterricht geben. Wir haben viele deutsche Gäste. Sie könnten Unterricht geben und bei Ausritten mit dem Fremdenführer zusammenarbeiten. Ab und zu bräuchte ich Sie auch als Animateurin."

Kenny war stehen geblieben.

Sandra hob das Kinn und erwiderte: „Das würde ich sehr gerne tun. Sagen Sie mir nur, wann ich anfangen soll, und ich bin da!" Trotzig sah sie sich nach Kenny um.

„Am liebsten würde ich Sie gleich mitnehmen", meinte er. „Aber kommen Sie, wenn Ihre Cowboys die Pferde bringen. Noch was! Die Arbeit ist saisonbedingt. Im Winter habe ich keine Beschäftigung für Sie."

„Abgemacht", gab sie zur Antwort und schlug in die gebotene Hand ein.

„Also, bis dann." Er wandte sich um und stieg in die Maschine. „See you later!", sagte er noch, bevor er die Tür zuschlug.

‚O je, was habe ich jetzt schon wieder angestellt?', dachte sie bei sich, während sie zusah, wie das kleine Flugzeug immer schneller wurde und vom Boden abhob. Ihre Zunge war wieder einmal schneller als ihr Verstand gewesen. Sie drehte sich nach Kenny um, aber der Platz hinter ihr war leer. Auch in sich selbst fühlte sie eine Leere, die sich von ihrer Magengrube über den ganzen Körper ausbreitete. Ihre Augen brannten von ungeweinten Tränen, als sie zum Haus hinüberging.

Als am Abend alle beisammensaßen, musste sie wieder einmal Farbe bekennen und begann harmlos: „Mr Barkley hat mir einen Job angeboten."

„Was? Für welche Art Arbeit wollte er dich denn haben?", fragte Tante Margret.

Sie erklärte, was sie über ihre neue Arbeit wusste.

„Du hast doch nicht etwa angenommen?"

„Doch, ich habe angenommen", kam es leise, fast entschuldigend von ihren Lippen. „Er hat gesagt, ich soll kommen, wenn wir die Pferde bringen."

„So so! Gefällt es dir bei uns also nicht mehr?", fragte Onkel

John ernst. „Jetzt habe ich mich doch gerade erst so richtig an dich gewöhnt", fügte er scherzhaft hinzu. Sandra überhörte aber den traurigen Unterton in seiner Stimme nicht.

„Die Arbeit ist saisonbedingt. Im Winter komme ich ja wieder, wenn ich darf?", fügte sie hinzu.

„Natürlich", meinte ihr Onkel. „Du bist doch hier zu Hause. Im Übrigen hat Barkley zuerst mit mir gesprochen. Er dachte, du bist meine Tochter. Bist du ja auch. Ich habe gesagt, es sei deine Entscheidung." Als er sie seine Tochter genannt hatte, war sie aufgesprungen. Sie hätte jubeln können. Stattdessen lief sie auf ihn zu und gab ihm ganz spontan einen dicken Kuss. Sie konnte vor Rührung kaum sprechen. Auch seine Augen glänzten feucht.

Sandras Eltern waren damals, als sie zwölf war, bei einem Autounfall ums Leben gekommen. Ihre Mitschüler stellten ihr damals immer wieder neugierige Fragen. Sie besaßen teilweise recht abenteuerliche Vorstellungen davon, wie es sein könnte, keine Eltern zu haben. Sie hatte zwar immer viele Freundinnen, aber im Grund ihres Herzens war sie ein einsames Kind. Jetzt hatte sie endlich wieder eine Familie.

Gegen acht überlegte sie, dass sie noch zu Moon hinübergehen wollte, um ihr die Neuigkeiten zu überbringen. Moon saß in ihrer kleinen Küche, als sie hereinkam. Kenny war bei ihr. Als Sandra eintrat, blickte er sie fast vorwurfsvoll an, stand auf und verließ den Raum. Er hatte es ihr schon erzählt. Überhaupt wussten es schon alle auf der Ranch.

„Du willst uns also verlassen. Als du hierhergekommen bist, dachte ich, du würdest für immer bleiben. Die Aigner Ranch ist ein guter Ort zum Leben." Enttäuschung schwang in ihrer Stimme. Das machte Sandra wieder traurig.

„Aber Moon. Ich bleibe doch nicht weg. Im Winter komme ich wieder."

„Ein halbes Jahr kann eine lange Zeit sein, mein Kind." Sie fixierte die Wand und es schien, als würde sie durch sie hindurch weit in die Ferne blicken.

‚Ja', dachte Sandra, ‚recht hast du. Aber es ist besser, wenn ich weggehe. Bis ich wiederkomme, hat Dave sich beruhigt und ich muss nicht jeden Tag in Kennys Augen schauen, sonst werde ich verrückt.' Sie wischte sich eine Träne aus den Augenwinkeln und die beiden Frauen umarmten sich.

In ihrem Zimmer schrieb sie zum ersten Mal, seit sie in Kanada war, an ihre Freundin Christine. In Deutschland war sie die einzige Freundin, die ihr von Kindheit an die Treue hielt. Sie schrieb, dass sie gut aufgenommen worden war und dass es ihr hier gut gefiel und dann erzählte sie von ihrem Kummer. Beim noch einmal Durchlesen nahm sie dann den Brief und zerriss ihn.

„Hey, Christine-Schnecke", begann sie fröhlich. „Kanada ist echt toll. Du machst dir kein Bild. Es gefällt mir wahnsinnig gut hier und ich bin total glücklich ..." Was würde es schon bringen, von ihren Problemen zu schreiben. Deutschland war ein paar tausend Kilometer weit weg und Christine konnte sie eh nicht trösten. Im Gegenteil, sie würde sich Sorgen machen.

Die Zeit verging wie im Flug. Tagsüber beobachtete sie Kenny ganz unauffällig, wo sie nur konnte. Nachts träumte sie von ihm. Er hatte diesen anklagenden Blick in den Augen verloren, war aber weiterhin nicht besonders gesprächig. Tief in ihrem Inneren ahnte sie, dass auch er traurig war, dass sie fortging.

Sandra traf ihre Vorbereitungen für die Abreise. Ihr Gepäck wurde mit der Post vorausgeschickt. Das Allernötigste für zwei Tage in die Satteltaschen gepackt. Scott, Kenny und sie sollten die Pferde in den Ontario Nationalpark zum gleichnamigen Hotel bringen. Ein Ritt mit zwei Übernachtungen.

Am Montagmorgen um fünf Uhr war es dann soweit. Glücklicherweise sollte das Wetter gut werden. Sandra war bereits im Stall und sattelte ihr Pferd. Kenny kam kurze Zeit nach ihr. Hinter ihm betrat Dave den Stall.

„Morgen!" Er ging zu seinem Pferd.

Sandra dachte sich nichts dabei, als er es aufzäumte. Schließlich brauchten sie die Pferde sehr oft für ihre Arbeit. Sie wandte sich zu Kenny um: „Wo ist Scott?" Erst jetzt fiel ihr auf, wie verschlossen Kennys Blick wieder geworden war. Die schlechte Laune, die er hatte, schien sich darin zu spiegeln wie in einem See aus schwarzem Wasser.

„Scott wird so langsam alt. Er hat Rheuma", erklärte Dave grinsend, noch bevor Kenny antworten konnte.

„Aber ..., ich dachte ..." Sandra war geschockt. Als sie merkte, was das zu bedeuten hatte, fehlten ihr die Worte.

„Wow! Man sieht ja richtig, wie du dich auf mich freust. Bist ganz sprachlos, was?", machte Dave sich über sie lustig.

Am liebsten hätte Sandra ihm ins Gesicht geschlagen. Jetzt war ihr noch mehr danach zumute als vor zwei Wochen, als er sie vor dem Pub geküsst hatte.

Die komplette Familie hatte sich zum Abschied versammelt. Selbst Katherin war schon aufgestanden. Wenn Sandra im Winter zurückkäme, würde das Baby schon auf der Welt sein. Tante Meggy weinte. „Pass gut auf dich auf!", brachte sie mühsam hervor.

Auch Moon war da. Als Sandra sich von ihr verabschiedete, legte sie ihr eine Kette aus Holzperlen mit indianischen Zeichen um den Hals. „Es wird dich beschützen", sagte sie. „Trage sie immer."

„Danke!" Sie nahm Moon in die Arme. Dann saß sie auf.

„Möge der Geist mit dir sein!", rief Moon ihr noch nach, als sie schon zum Tor hinausritten. Die Pferde setzten sich von allein in Bewegung.

„Das war ja wie bei einem Staatsbegräbnis." Dave musste natürlich wieder seinen Senf dazugeben.

„Halt's Maul", zischte sie ihn böse an.

Schweigend ritten sie nebeneinander her. Ob Schritt, Trab, oder Galopp, die kleine Herde blieb immer dicht zusammen. Die Sonne stieg langsam höher. Sie ritten durch eine sehr reizvolle Landschaft. Sanfte Hügel, auf denen tausende Frühlingsblumen in gelb und lila blühten. Vereinzelte weiß blühende Büsche und hin und wieder wilde Kirschbäume, deren Knospen noch geschlossen waren. Ihr Weg führte immer parallel an einem nicht enden wollenden Wald entlang.

Gegen Mittag wurde eine kleine Rast eingelegt. Sie waren nun bereits sieben Stunden unterwegs. An einem Bach saßen sie ab, nahmen auf einem umgestürzten Baum Platz, aßen ihre mitgebrachten Brote und schwiegen sich an. Nur Dave machte ab und zu eine dumme Bemerkung, wie es von ihm nicht anders zu erwarten war.

Schließlich setzten sie ihren Weg fort. Beim Aufsteigen merkte Sandra, dass sie es nicht mehr gewöhnt war, längere Zeit am Stück im Sattel zu sitzen. ‚Das kann ja heiter werden‘, dachte sie im Stillen.

Dave hatte es auch bemerkt, wie sie ihr Gesäß im Sattel zurechtrückte, bis sie meinte, einigermaßen bequem zu sitzen. „Soll ich dich heute Abend ein bisschen massieren?", fragte er. „Das hab ich echt gut drauf. Das und noch einige andere schöne Sachen." Wieder hatte er dieses dumme Grinsen im Gesicht.

‚Wenn ich nur schlagfertig genug wäre‘, wünschte sie sich. Aber es fiel ihr keine passende Antwort auf dieses unverschämte Angebot ein. Sie setzte ihr Pferd in einen leichten Galopp und ritt ein Stück voraus. Unterwegs ertönte ein lang gezogener Schrei am Himmel. Sie stoppte ihr Pferd und sah empor.

Kenny hielt neben ihr. „Ein Adler", sagte er und zeigte nach oben. Jetzt sah sie ihn auch. „Selbst hier sind sie recht selten geworden. Der Adler ist ein heiliges Tier für unser Volk."

Dave ritt pfeifend und singend weiter.

„Kenny, können wir nicht noch mal kurz halten. Ich ..." Sie räusperte sich demonstrativ. Sie hatte Durst und seit einiger Zeit plagte sie ein menschliches Bedürfnis.

„Verstehe! Wir warten ein Stück weiter vorne auf dich." Er ritt weiter.

Nachdem sie sich ins Gebüsch geschlagen hatte, schloss sie wieder zu den anderen auf.

„Noch eine Stunde, dann suchen wir uns einen Platz für die Nacht", machten Kenny und Dave aus.

‚Das wird bestimmt toll', dachte Sandra ironisch. ‚Eine Nacht unter freiem Himmel mit dem Mann, den sie liebte, und dem, den sie am liebsten in die Hölle schicken würde.'

Kenny galoppierte davon. Sie geriet fast in Panik. Aber sie fragte Dave nicht nach dem Grund. Im Gegenteil: Schlafende Hunde soll man nicht wecken! Wo er doch gerade Ruhe gab. Nach einer Weile begann sie, sich ernsthafte Sorgen zu machen, ob sie die Nacht mit Dave allein verbringen müsste, aber endlich kam Kenny zurückgaloppiert. Er hatte ein Kaninchen und eine Wildente am Sattel hängen.

„Eine Meile weiter ist Wasser, dort können wir über Nacht bleiben", verkündete er.

Dave sammelte Feuerholz, als sie den Lagerplatz erreicht hatten. Kenny kümmerte sich um eine schon vorhandene, halb zugedeckte Feuerstelle aus Steinen und zog dem Kaninchen das Fell ab. Sie wusste, dass er die Tour schon öfter gemacht hatte. Anscheinend lagerten sie immer hier. Sandra rupfte die

Ente. Zum ersten Mal in ihrem Leben. Sie hatte den toten Vogel auf ihrem Schoß liegen, immer darauf bedacht, dass sie kein Blut an ihre Hose brachte. Es schauderte sie. Sie hatte das Gefühl, dass sie sich furchtbar dumm dabei anstellte. Als Kenny das Kaninchen ausgeweidet und auf einen Stock gespießt hatte, nahm er ihr die Arbeit ab. „Noch nie gemacht, was?", fragte er.

„Nein! Die im Supermarkt sind schon bratfertig", verteidigte sie sich grinsend.

„Schau, du musst die Haut spannen und die Federn dicht am Kiel packen", erklärte er ihr.

Sandra verzog das Gesicht. „Na, das ist ja fast so wie bei der Depilation", meinte sie trocken.

Kenny runzelte die Stirn. Er verstand nicht gleich. Dann brach er urplötzlich in Gelächter aus. So hatte sie ihn noch nie gesehen. Sie lachte mit ihm und konnte dabei keinen Blick von ihm abwenden. Gott sei Dank war Dave gerade nicht anwesend. Kurze Zeit später knisterte das Feuer und es duftete köstlich, wie sie feststellen musste. Sie brachte sich mühsam auf die Beine und ging hinunter zum Wasser. Dort bückte sie sich, doch sie musste auf die Knie gehen, so taten ihr die Knochen weh. Der Bach kam aus den Bergen und war eiskalt. Mit ihrem Halstuch wusch sie sich Gesicht und Ausschnitt. Das kalte Wasser tat gut. Am liebsten hätte sie sich hineingesetzt, um ihr erhitztes Hinterteil zu kühlen. Leider wäre es äußerst peinlich geworden, wenn es jemand von den beiden gesehen hätte. Beim Zurückgehen hatte sie das Gefühl, ihre Beine wären aus Gummi und sie würde sich in Grätschhaltung bewegen.

Dave und Kenny unterhielten sich miteinander. Sie sahen beide zornig aus. Keiner bemerkte, wie Sandra sich auf ihren Schlafsack quälte. Kenny nahm das Fleisch vom Spieß, schnitt von der Ente den Flügel ab und gab ihn ihr. Das Fleisch war zart und knusprig. Es war eine ganz neue Erfahrung für sie, Fleisch so frisch und ohne jeglichen Gewürze zu essen. Sie hatten lediglich etwas Salz zur Verfügung. Aber sie hatte großen Hunger und empfand es als köstlich. Schweigend aßen sie. Dave und Kenny rieben sich die Hände erst im Gras, dann an den Hosen ab. Die Vorstellung daran, noch mal zum Bach hinunterzugehen, machte sie krank und so tat sie es ihnen nach.

Die Männer gingen noch einmal in den Wald, um Holz zu holen.

Sandra konnte die Idylle um sich herum gar nicht genießen. Unterm Sternenhimmel am offenen Feuer zu sitzen, das wäre unter anderen Umständen sehr romantisch gewesen. Besonders da der Vollmond die Prärie in einem geheimnisvollen Licht erscheinen ließ. Sie war einfach nur erschöpft. Einfach nur fix und fertig. Nachdem sie ihren Schlafsack etwas näher zum Feuer gerückt hatte, zog sie die Schuhe aus und legte sich hinein. Ihre Jacke stopfte sie unter den Kopf. Den Rest behielt sie an. Gut, dass sie es nicht mehr hören konnte, als Dave höhnte: „Sieh an! Schlapp gemacht, die Kleine."

Sie erwachte, weil sie jemanden stöhnen hörte. Langsam setzte sie sich auf. Es war noch dunkel. Kenny hatte gerade Holz nachgelegt und saß auf seiner Decke. Dave schlief. Sie sah Kenny an. Ganz plötzlich wusste sie, dass sie es war, die gestöhnt hatte. Sein mitleidiger Blick war auf sie gerichtet, aber er sagte nichts. Sie legte sich wieder hin und schaute zum Sternenhimmel hinauf. Nach einer Weile schlief sie wieder ein.

Am Morgen gab es kaltes Kaninchen und Ente. Nach dem kurzen Mahl saßen sie wieder im Sattel. Ein mühsamer Tag verging ohne Schwierigkeiten. Sogar an ihren Muskelkater hatte sie sich nach einer Weile gewöhnt.

Kenny hatte Verwandte in einem Reservat ganz in der Nähe. Es lag fast auf dem Weg. „Heute Nacht kannst du in einem

Bett schlafen und dich ordentlich waschen", hatte er zu ihr gesagt. „Meine Tante Kaya freut sich immer auf Besuch und ich habe uns vorgestern Abend angemeldet."

Die Sonne stand schon sehr tief, als sie die kleine Ansiedlung erreichten. Anders als sie es sich vorgestellt hatte, standen da richtige Steinhäuser. Fast vor jedem parkten ein oder sogar mehrere Autos. Also nichts mehr von Wildwestromantik. Die Mustangs hatten ein paar mehr PS unter der Haube und vier Räder. Ein Stück weiter oben in den Bergen hatte man für die Touristen ein kleines Indianerdorf errichtet, das immer von einigen Leuten bewohnt wurde. Es gab nicht viele Möglichkeiten für die Indianer, Geld zu verdienen. Eine davon war der Tourismus, erfuhr sie später.

Vor einem Haus etwas abseits hielten sie an und trieben die Pferde in eine kleine Koppel. Sandra wurde einer älteren Frau im grauen Farmkleid vorgestellt. „Das ist die Schwester meiner Mutter."

„Ich freue mich, Sie kennenzulernen. Nennen Sie mich doch einfach Kaya."

Sie wurde sofort herzlich in Empfang genommen. Kenny wurde umarmt und geküsst. Offensichtlich war ihm das etwas peinlich. Er schaute verlegen zur Seite. Sie unterhielten sich auf Indianisch. In Sandras Ohren hörten sich die Worte fast wie Gesang an. Als sie sich zum Essen hinsetzten, tat Sandra jeder Knochen weh. ‚Das kann ja heiter werden. Morgen noch so ein Tag und ich komme tot bei meinem neuen Chef an', dachte sie.

Später ging Kenny noch einmal nach den Pferden sehen. Sandra fühlte sich wie gerädert. Sitzen konnte sie nicht mehr, darum stand sie auf und ging ebenfalls hinaus. Kenny saß auf dem Gatter und sah den Pferden zu.

„Na, alles in Ordnung?", fragte sie ihn.

„Ja!", antwortete er und starrte dabei weiter in die gleiche Richtung. „Und du?"

„Was, und ich?", entgeistert sah sie ihn an.

„Na, bei dir auch alles in Ordnung?"

„Nein!"

Er sah sie fragend an.

„Ich bin noch nie so weit an einem Stück geritten. Ich fühle mich, als hätte mich ein Panzer überfahren. Morgen, wenn ich zu meinem Chef gehe, muss ich wahrscheinlich auf allen vieren kriechen." Sie versuchte ein mühsames Lächeln.

„Du hättest was sagen sollen, dann hätten wir öfter mal Pause gemacht."

„Ja, und womöglich einen Tag verloren und ich wäre gleich am ersten Tag zu spät gekommen." Sie wechselte das Thema. „Es ist sehr schön hier."

„Ja!", antwortete er. „Ich bin hier geboren worden. Aber meine Familie stammt eigentlich aus Amerika, aus North Dakota. Sie wurden dort von den Weißen vertrieben." Dann philosophierte er weiter: „Aber hier war es am Anfang auch nicht viel besser. Die Franzosen haben mit den Engländern um das Land gekämpft und die Indianer waren im Weg. Sie wurden in diesem Krieg unter lauter falschen Versprechungen nur benutzt. Es hat viele Tote gegeben und es hat lange gedauert, bis die Indianer es so weit gebracht haben. Sie leben hier frei auf ihrem eigenen Land. Die Reservationen wurden an die Indianer zurückgegeben und werden von Indianern verwaltet."

„Die Menschen haben lange gebraucht, um zu lernen, dass sie alle gleich sind", pflichtete sie ihm bei.

Kenny schüttelte den Kopf. „Manche haben es bis heute noch nicht begriffen. Die Leute hier im Reservat haben beruflich keine Zukunft. Die jungen Leute trinken, nehmen Drogen und die Gewalt nimmt immer mehr zu. Die, die nicht resignieren, wandern aus und hoffen auf eine bessere Zukunft. Ihr einziges Problem ist, dass sie anderswo eben auch nur Indianer sind." Er machte eine kleine Pause. „So oder so, es gibt für dieses Dorf wenig Hoffnung. Es gibt tatsächlich schon eine Geisterstadt dreißig Meilen von hier. Vor zehn Jahren ist der letzte Indianer dort gestorben. Er war Medizinmann und weigerte sich, mit seiner Familie wegzugehen."

„Fühlt ihr euch auf der Aigner Ranch wohl? Du und deine Mutter?", wollte sie wissen.

„Ja, sehr! Mr Aigner hat sehr viel Vertrauen zu mir. Zu der Zeit, als mein Vater starb, waren die Leute hier noch viel ärmer als jetzt. Meine Eltern waren nicht verheiratet. Mutter musste weggehen und selbst für sich sorgen. So kam sie über ein paar Gelegenheitsjobs bis nach Kingston und von dort zur Aigner Ranch. Ich bin mit Nat und Tim aufgewachsen."

Sie freute sich, dass er ihr etwas über sich erzählte, und hätte gerne noch ein wenig seiner ruhigen Stimme zugehört. Sie hatte für einen kurzen Moment die Augen geschlossen und daran gedacht, dass sie sich bestimmt auch in ihn verliebt hätte, wenn sie blind wäre allein aufgrund dieser schönen und beruhigenden Stimme.

„Lass uns hineingehen. Du kannst duschen, dann wird es dir wieder etwas besser gehen. Morgen ist noch einmal ein harter Tag für dich." Er sprang vom Weidezaun und ging ihr voran. Wie lieb er sie angelächelt hatte, als er das zu ihr sagte. Ihr Herz machte einen Hüpfer.

Aber im Bett wurde sie wieder traurig. ,Morgen muss ich mich von ihm verabschieden für ein langes halbes Jahr. Wer weiß, vielleicht hat er bis dahin eine Freundin.'

Sie hatte nicht gemerkt, wie die Indianerin neben ihr am nächsten Morgen aufgestanden war. Das Haus war klein und sie hatte mit ihr zusammen in einem Bett geschlafen. Kennys

Onkel war Häuptling oben im Touristendorf und er war über Nacht im Tipi geblieben.

„Du musst aufstehen. Die Männer frühstücken schon", weckte Kaya sie.

„Oh, danke. Da muss ich mich aber beeilen." Mit einem Satz, den sie gleich wieder bereute, sprang sie aus dem Bett. Bevor sie sich fertig anzog, machte sie erst einmal ein paar Stretchübungen, die ihr böse Schmerzen bereiteten. Aber als sie zu den anderen hinausging, machte sie ein fröhliches Gesicht. „Guten Morgen! Habe ich etwa verschlafen?", kam sie zum Tisch.

„Nein! Frühstücke erst mal, damit du fit bist", meinte Kenny fürsorglich.

„Ja, lass dir nur genügend Zeit. Dann muss ich mich nicht so schnell von dir trennen. Der Abschied fällt mir schwer genug." Dave, natürlich musste er wieder eine blöde Bemerkung machen. Aber sie wollte sich den Tag nicht verderben lassen und genoss ihren Kaffee. Nachdem Sandra fertig gegessen hatte, war ihr Pferd schon gesattelt. Kenny brauchte etwas Beschäftigung. Die blöde Bemerkung von Dave hatte ihm wahrscheinlich wieder die Laune verdorben.

Irgendwie glaubte sie schon, dass Kenny sie mochte. Aber sie war noch nicht so emanzipiert, dass sie ihm einen Antrag machen konnte. Was hätte sie auch sagen sollen? ‚Kenny, ich bin verknallt in dich.‘ Wenn er dann geantwortet hätte: ‚Ja ‚ich mag dich auch als guten Freund‘, wäre sie im Boden versunken oder sie wäre ihm an die Kehle gesprungen. Wahrscheinlich hätte sie dann Minderwertigkeitsgefühle für ihr ganzes Leben bekommen. Also musste sie wohl warten.

Der Abschied im Reservat verlief kurz und schmerzlos. Sie wurde jedoch eingeladen, jederzeit einmal zu Besuch zu kommen. Mit dem Auto wären das etwa zwei Stunden Fahrt vom

Hotel aus. Sie ritten abgesehen von einer kurzen Mittagspause zügig weiter und trafen gegen sechzehn Uhr an ihrem Ziel ein. Alles in allem schwiegen sie sich kräftig aus. Sie lieferten zuerst die Pferde im Stall ab. Dort lernte sie auch den Stallmeister, Pferdepfleger und Fremdenführer Smith kennen. Ein knochiger Mann um die fünfzig. Dass sie sich verstehen würden, wusste Sandra sofort, wenn er auch nicht viel redete. Sie wollte im Moment sowieso mit niemanden zusammenarbeiten, der ihr dauernd das Ohr vollquasselte.

Das riesige Hotel passte ganz und gar nicht in diese Landschaft, fand sie. Ein großes quadratisches Gebäude mit Flachdach. Es machte einen luxuriösen Eindruck und sah sehr unpersönlich aus. In dieser Hinsicht war Sandra vielleicht etwas verwöhnt. Lieber hätte sie in dem kleinen Haus der Indianer geschlafen als hier. Vor dem Hotel warteten sie einen Augenblick. „Was macht ihr denn jetzt?", wollte sie von Kenny wissen. Sie vermied es absichtlich, Dave anzusprechen, bevor wieder eine blöde Bemerkung fiel.

„Wir werden hier übernachten und morgen holt Tim uns mit dem Flugzeug ab", gab er ihr nüchtern zur Antwort.

„Aha", was sollte sie sonst Großartiges sagen. Am liebsten hätte sie den Abend mit Kenny ganz allein verbracht. Sie konnte ihn doch nicht einfach danach fragen. Oder doch? ‚Da begegnet man dem Mann seiner Träume und dann traut man sich nicht, mit ihm zu reden', dachte sie traurig. So standen alle drei einen Moment vor dem Eingang.

Plötzlich ging die Tür auf und Mr Barkley kam heraus. Er trug Jeans und Cowboyhut. „Oh, Mrs Weidner, Sie sind schon hier! Schön! Ich hatte Sie zwar erst Morgen erwartet, aber es ist schon alles für Sie vorbereitet. Gehen Sie an die Pforte. Darlene wird Ihnen Ihr Zimmer zeigen. Ihr Gepäck ist schon da. Würden Sie bitte um 19 Uhr in mein Büro kommen", und die beiden Männer fragte er: „Ging unterwegs alles gut? Sie wissen ja Bescheid." Ohne eine Antwort abzuwarten, lief er zu einem parkenden Jeep an der Straße.

‚Na toll', dachte Sandra. Sie hätten sich doch noch einen Tag länger Zeit lassen können. Sie betraten die Eingangshalle. Sie war nobel eingerichtet. Viele Teppiche auf dem italienischen Marmor. Spiegel und kostbare Leuchter an den Wänden. Offenbar hatte man Dave und Kenny in den Keller verbannt. Sie liefen sofort auf die Treppe zu. Kenny war schon dreimal hier gewesen, das wusste sie. „Halt!", rief sie und war selbst erstaunt über ihre laute Stimme, die von den Wänden widerhallte. „Wollen wir heute Abend zusammen essen?", fragte sie etwas leiser.

„Wir essen aber in der Küche", antwortete Kenny.

„Das macht gar nichts, dann esse ich eben auch in der Küche", beeilte sie sich zu sagen, bevor er es sich anders überlegte.

„O.K., dann um halb acht." Und schon waren sie nach unten verschwunden.

‚So, jetzt bin ich wieder mal auf mich alleine gestellt', dachte sie, räusperte sich und drückte den Klingelknopf an der Pforte. Sogleich wurde die dahinter liegende Tür geöffnet und eine junge Frau in Sandras Alter trat heraus. „Guten Tag! Ich bin Sandra Weidner, die neue Mitarbeiterin." Sie streckte ihr die Hand hin.

Die junge Frau trat hinter der Rezeption hervor und reichte ihr ebenfalls die Hand: „Oh, hei!", lächelte sie salopp. „Ich freue mich, dich kennenzulernen. Ich bin Darlene. Meine Güte, siehst du fertig aus. Ich zeige dir erst einmal dein Zimmer, dann kannst du dich gleich frisch machen. So kann man dich ja nicht unter die Leute lassen." Darlene war ziemlich direkt. Das mochte sie gleich an ihr.

„Ja, das bin ich auch. Fix und fertig! Eine Dusche könnte ich der Tat dringend gebrauchen", pflichtete sie ihr bei.

Ihr Zimmer lag in einem Seitentrakt. Weiß verputzte Wände, ein Bett, ein Schrank, ein eigenes kleines Bad. An den Wänden hingen zwei Bilder: ‚Sonnenaufgang am Meer' und ein Sonnenblumenstrauß. Sonnenblumen mochte sie und schon erschien ihr das Zimmer etwas freundlicher. Ein Haustelefon stand auf dem Nachttisch. Sie blickte auf die Uhr. „Darlene, wenn ich geduscht habe, würde ich mich gern noch etwas hinlegen. Ich bin ganz kaputt. Könntest du mir einen Gefallen tun und mich um halb sieben wecken. Bis dahin kann ich noch zwei Stunden schlafen."

„Ja, das tue ich gerne. Bis später."

Das laute Klingeln des Telefons weckte Sandra. Sie hatte tief und fest geschlafen. Darlenes tiefe Stimme klang wie das Schnurren einer Katze. Sandra bedankte sich fürs Wecken und stand auf. Sie suchte in ihrem Koffer nach einem Kleid. Als sie es angezogen hatte, strich sie den feinen Stoff glatt, ging ins Bad und bürstete ihr Haar. Mit ein klein wenig Lippenstift und Lidschatten sah sie nicht mehr so blass aus. Dann schlüpfte sie in ihre Pumps und ging hinüber in die Eingangshalle. Sie fragte Darlene, wo das Büro vom Chef war.

Zögernd klopfte sie an und wurde durch ein lautes „Herein" zum Eintreten aufgefordert. Mr Barkley kam gleich zur Sache. Er machte keine langen Umschweife. Eben ein kühler Geschäftsmann. „Ich habe Ihren Vertrag schon vorbereitet", begann er. „Nehmen Sie ihn mit auf Ihr Zimmer und lesen Sie ihn durch. Sie haben morgen und sonst jeden Sonntag frei. Morgen können Sie sich erst einmal alles in Ruhe ansehen. Sie werden drüben im Stall und in der Reithalle arbeiten. Bei Ausritten werden Sie übersetzen, wenn nötig. Ihr Hauptarbeitsplatz wird also außer Haus sein."

‚Gott sei Dank‘, dachte Sandra.

„Wenn ich Sie sonst brauche, werde ich Sie rufen. Im Moment haben wir noch wenige Gäste. Wer Reitunterricht bekommt und wann Ritte ins Gelände angeboten oder geplant sind, erfahren Sie von Darlene. Das wäre vorläufig alles. Ach ja, Ihr Essen nehmen Sie in der Küche ein."

Sie bedankte sich und ging nach draußen. Irgendwie kam sie sich gerade vor wie ein Schulmädchen. An der Pforte fragte sie Darlene, wo es zur Küche geht.

„Wieso? Musst du Geschirr spülen?", fragte sie belustigt.

„Nein, ich habe eine Verabredung mit meinen Freunden zum Essen."

„Hey, der Cowboy mit den kurzen Haaren gefällt mir. Ich habe euch vom Fenster aus beobachtet, als ihr angekommen seid", kam Darlene gleich zur Sache.

„Na, dann komm doch einfach mit."

„Geht nicht! Ich habe bis neun Uhr Dienst. Schade."

„Schade!", meinte auch Sandra.

Kenny und Dave waren schon in der Küche. Sie saßen an einem Personaltisch, der Sandra an den im Workhouse erinnerte, weil er fast genauso groß war. „Hallo, ihr zwei. Jetzt gibt's unsere Henkersmahlzeit", scherzte sie, obwohl ihr gar nicht zum Lachen zumute war. „Dann seid ihr mich für ein halbes Jahr los." Sie machte eine Pause. „Übrigens, Dave, dein Charme hat das Mädchen am Empfang völlig überzeugt. Sie hätte gerne mit uns gegessen, aber sie hat bis neun Uhr Dienst." Sie nahm an der Stirnseite des Tisches Platz. Dave saß rechts von ihr und Kenny links.

Dave legte seine Hand auf Sandras und sagte: „Siehst du, ich kann jedes Mädchen für mich gewinnen. Nur du bist etwas prüde." Aus seinem Mund war das eher ein Kompliment.

„Danke!", meinte Sandra und tat dabei etwas beleidigt. Sie

zog ihre Hand unter seiner hervor und schlug ihm auf die Finger. „Na ja, wo ich doch etwas prüde bin", kommentierte sie. Insgeheim hoffte sie, dass Kenny nun wusste, dass zwischen ihr und Dave nichts lief.

Der Koch und zwei Küchenhilfen liefen geschäftig hin und her. Während er in einem Topf rührte, meinte er: „Ihr müsst leider noch einen Augenblick warten. Ich habe noch sieben Essen rauszubringen. Verdammt, Angie, ist die Suppe schon draußen? Mel, ich brauche noch gehackte Petersilie." Und zu den dreien noch mal: „Im Kühlhaus steht ein Kasten Bier, bedient euch doch schon mal." Weil keiner von den beiden Anstalten machte, erhob sich Sandra, ging auf die große Panzertür zu und holte drei Bier heraus. Dave öffnete die Flaschen mit seinem Taschenmesser.

„Prost!", stieß er mit den beiden an, setzte die Flasche an den Mund und trank. Das kalte Bier schmeckte köstlich. Sie unterhielten sich über belanglose Dinge, bis sie essen konnten. Als die Steaks fertig waren, setzte sich der Koch zu ihnen und stellte sich Sandra vor. Er war Italiener. Nuccio war sein Name. Er arbeitete im Schichtwechsel mit einem Franzosen. Der Schuppen war ganz schön international. Nuccio musste ab und zu wieder ein paar Essen zubereiten, aber sie unterhielten sich gut. Die Zeit verging wie im Flug. Hauptsächlich Dave und der lustige Koch erzählten einen Witz nach dem anderen, darunter auch nicht ganz stubenreine. Sandra, ja sogar Kenny kugelten sich fast vor lachen.

Kurz vor halb zehn erschien Darlene in der Küche. „Hey! Schön, dass ihr noch da seid. Darf ich mich zu euch setzen?"

„Ja klar, setz dich doch." Dave hatte schnell die Initiative ergriffen. Er rückte ein Stück zur Seite und deutete auf den nun freien Platz neben sich.

„Ich bin Darlene." Sie ging schnurstracks auf Dave zu und

gab ihm die Hand. Dann war Schweigen. Irgendwie kam kein rechtes Gespräch mehr auf.

„Also, ich bin jetzt so voll. Ich würde gern noch etwas spazieren gehen. Habt ihr Lust?", startete Sandra einen Angriff.

„Sieh an, nach zwei Tagen Ritt hat sie immer noch nicht genug, die Kleine", feixte Dave. „Ich nehme lieber noch einen Drink." Dave schleppte Darlene in die Bar ab und ließ Sandra mit Kenny zurück.

„Hast du Lust?", wandte sie sich an Kenny.

„Warum nicht?" Sie trugen ihr Geschirr weg und verließen die Küche.

Die frische Luft tat ihr gut. Sie gingen schweigend nebeneinander her. Es wurde schon fast peinlich, dass keiner was sagte. Wenigstens empfand Sandra das so. Jedoch ihr fiel auch kein passendes Gesprächsthema ein. Sie schaute Kenny von der Seite her an, gerade als auch er sie anblickte. Verlegen drehte sie den Kopf wieder weg. ‚Oh, was bist du blöd!', ermahnte sie sich selbst. ‚Du verhältst dich wie ein Schulmädchen. Schau ihn an! Du brauchst dich doch für nichts zu schämen.' Sie sah wieder zu ihm hinüber. Diesmal hielt sie stand, als sich ihre Blicke begegneten. Es war kühl geworden und sie zitterte unter ihrem luftigen Kleid. Sie fühlte sich fast nackt, so wie Kenny sie anschaute. Seine Augen durchbohrten sie förmlich. „Lass uns zurückgehen. Dir ist kalt. Du zitterst ja." Kenny legte seinen Arm um sie und drehte sie in Richtung Hotel. Seine Berührungen schickten Stromstöße durch ihren Körper, sodass sie noch mehr zitterte. Ihre Zähne klapperten dabei laut aufeinander. Kenny hielt sie weiterhin locker in seinem Arm. Sie rückte noch etwas näher an ihn heran, spürte seine Wärme. Trotzdem wurde das Zähneklappern nicht besser. Als sie das Hotel erreichten, sahen sie zwei Gestalten an der Hauswand lehnen. Ein Paar, das sich heftig umarmte und küsste. Ohne

Zweifel waren es Darlene und Dave. ‚Die beiden waren nicht so schüchtern‘, dachte Sandra voller Neid.

Kenny brachte sie bis zu ihrer Zimmertür. „Geh nur schnell ins Bett, sonst wirst du noch krank." Er zog sie noch ein kleines Stück näher an sich und berührte zaghaft ihre Wange. Doch gleich darauf ließ er sie abrupt stehen. „Gute Nacht!" Er wandte sich um und ging. Sandra stand da wie ein begossener Pudel. Das Zittern hatte aufgehört. Die Spannung war weg. Im Bett nahm sie ihr Kissen in den Arm und stellte sich vor, dass Kenny es wäre, den sie umarmte. Er hätte sie fast geküsst. Aber eben nur fast ... und nun war ihr zum Heulen zumute. Besonders bei dem Gedanken daran, dass er sie morgen verließ.

Es war eine herbe Enttäuschung für sie, als sie am nächsten Morgen erfuhr, dass die beiden schon abgereist waren. Tim war wohl bei Sonnenaufgang schon hier gewesen, hatte eine Tasse Kaffee getrunken und war gleich wieder zurückgeflogen. Auch das fand sie schade. Er hätte ihr ruhig noch einmal Hallo sagen können, bevor er wieder ging.

Sie begab sich zum Empfang und Darlene erzählte ihr, dass sie eine tolle Nacht mit Dave gehabt hatte. ‚Na toll, freu dich‘, dachte sie. ‚Mein Kissen und ich hatten auch eine tolle Nacht.‘ Der Tag fing ja gut an. Sie ging trotzdem hinüber zum Stall und machte sich mit den Anlagen, den Pferden und nicht zuletzt mit dem Personal im Stall bekannt. Smith kannte sie ja schon. Er und ein alter Mann namens Pete arbeiteten dort. Smith war für die Führungen und Ausritte zuständig und Pete kümmerte sich nur um den Stall. Er wohnte sogar dort. Smith war verheiratet und wohnte mit seiner Frau in einem Dorf zwei Meilen vom Hotel entfernt. Sie verstand sich auf Anhieb prächtig mit den beiden. Pete erinnerte sie sogar an Jakob, den alten Pferdepfleger auf dem Weidenhof.

Am nächsten Tag hatte sie dann gleich Reitunterricht zu geben. Die Saison hatte erst begonnen und es war noch nicht viel los. Es waren nur morgens eine Stunde und nachmittags zwei Anfängerstunden zu geben.

Dave und Kenny waren ziemlich still im Flugzeug. Dave hatte sich in der Nacht bei Darlene verausgabt.

Kenny dachte über Sandra nach. Er liebte sie. Wie gerne hätte er sie gestern geküsst und in den Armen gehalten. Doch er hatte Angst. Schon einmal hatte er ein Mädchen geliebt. Er war mit Livie auf dem College gewesen. Sie waren damals alle auf dem gleichen Internat wie Lucy jetzt. Er hatte mit Tim das Zimmer geteilt. Bei Nacht hatten sie sich öfters getroffen. Livie war mit Katherin in einem Zimmer. Tim hatte sich heimlich zu Katherin geschlichen und Livie kam dann zu ihm.

Sie hatten wundervolle Nächte zusammen gehabt. Sie hatten sich geliebt, bis sie in seinen Armen eingeschlafen war. Dann, eines Tages, hatte er sie gesehen, wie sie mit Robert, einem reichen Stadtjungen, rumgemacht hatte. Als er sie zur Rede gestellt hatte, gab es eine Schlägerei zwischen ihm und Robert. Kenny hatte Robert dabei zwei Zähne ausgeschlagen und musste sogar ins Gefängnis. Wäre John Aigner damals nicht für ihn eingetreten, hätte die Sache böse Folgen für Kenny gehabt. Jetzt war er erwachsen. Er wusste besser mit seinen Gefühlen umzugehen, glaubte er jedenfalls. Es hatte wehgetan, zu sehen, wie Dave und Sandra sich geküsst hatten. Für ihn sah es damals nicht so aus, als wäre es Sandra unangenehm. Aber erstens hatte er ja noch nichts mit ihr gehabt und zweitens konnte er nicht einfach hergehen mit seinen achtundzwanzig Jahren und seinem Kollegen die Zähne ausschlagen. Obwohl ihm damals schwer danach zumute war. Nun fragte er sich, warum Sandra es geduldet hatte, sich küssen zu lassen, obwohl sie

Dave nicht sonderlich mochte. Sein indianischer Stolz fragte, ob sie es wert war, dass er ihr seine Gefühle zeigte. Wer wusste, wie sie dieses halbe Jahr unter all den Touristen verändern würde. Wäre sie dann noch die liebenswerte Sandra, in die er sich trotz aller Zweifel verliebt hatte. In seinem Innern tobte ein Kampf. Am Abend zuvor hätte er beinahe alle Zweifel über Bord geworfen und sie geküsst. ‚Was kann und wird in dem nächsten halben Jahr alles passieren?‘, fragte er sich. Auch wenn es ihm schwerfiel, er musste abwarten.

Auch auf der Aigner Ranch ging das Leben weiter. Onkel Johns Ischias kam und ging. Der Frühling war schön und der Sommer begann heiß. In diesem Jahr konnte man das Heu früh einfahren und der Hafer stand gut. Auf der Fohlenweide tummelten sich etwa fünfzig junge, kräftige Pferdchen, die ihre Kräfte ausprobierten. John, Nat und Kenny sahen sich gerade die Herde an, um die größeren zu den Jährlingen auszusondern, als Margret aufgeregt aus dem Haus lief.

„Kenny! Kenny! Schnell, hol Tim von der Ostweide. Wir bekommen ein Baby!" Sie war ganz aus dem Häuschen. „Moon muss her." Sie rannte in Richtung Workhouse. „Moon, wo steckst du? Die Cowboys müssen sich heute selbst versorgen. Moon, es geht los. Wir bekommen ein Baby!"

Moon blickte nicht mal von ihrem Kochtopf hoch. „Babys brauchen Zeit und kommen nicht von einem Moment auf den anderen, Misses. Ich koche die Kartoffeln fertig und sie beruhigen sich erst mal. Ich komme dann rüber."

„Oh Gott! Oh Gott!", brachte Margret noch heraus, dann war sie schon wieder auf dem Weg nach drüben. Katherin war wesentlich ruhiger als die werdende Oma. Sie ging gemächlich über den Hof, schob ihren Bauch voraus und legte die Hände auf die vorgewölbte Kugel wie auf einen Tisch.

„Oh Gott, wo willst du denn hin?", schnaufte Tante Margret. Solche Dauerläufe brachten sie ganz schön aus der Puste.

„Ich gehe heim, denn wenn möglich, möchte ich mein Kind in meinem eigenen Bett zur Welt bringen, Mutter." Kaum dass Katherin ausgesprochen hatte, durchflutete eine Wehe ihren Körper. Der Schmerz kam von hinten aus ihren Hüften und zog sich nach vorne durch ihren gewölbten Leib. Mit einem Stöhnen richtete sie sich nach hinten auf, um sich dann gleich nach vorne zu krümmen. Als der Schmerz vorbei war, lief sie weiter.

Tim kam eine halbe Stunde später auf den Hof galoppiert. Katherin war schon ins Bett gepackt worden. Moon war da und hatte Anweisungen für das Notwendigste gegeben. Tim kam ins Zimmer, während seiner Frau gerade ein indianischer Tee aus irgendwelchen Kräutern eingeflößt wurde. Er sollte Katherin helfen, sich zwischen den Wehen besser zu entspannen. „Na Schatz, alles klar?" Er nahm ihre Hand und setzte sich zu ihr aufs Bett.

„Wir werden es schon packen", antwortete sie. Meinte dabei aber weniger ihn, sondern sich und das Kind. Das gab sie ihrem Mann auch gleich auf das Deutlichste zu verstehen. „Und jetzt verschwinde. Raus hier." Mit einem Lächeln im Gesicht, aber dennoch energisch genug wies sie zur Tür. Tim blieb nichts anderes übrig, als sein Schlafzimmer zu verlassen.

Draußen lief er auf und ab. Mitsamt Tante Margret und Onkel John, die ebenfalls verbannt worden waren. Die werdende Oma war etwas beleidigt. Sie hatte den Raum erst verlassen, nachdem man ihr versprochen hatte, sie zu rufen, wenn man sie brauchte. Wenn das Baby erst da war, würde das alles vergessen sein. Aber im Moment konnte Katherin ihre aufgeregte Schwiegermutter einfach nicht um sich brauchen. Vorsichtshalber wurde auch der Doktor angerufen, der mit dem Flugzeug kommen musste. So warteten sie alle. Eine Stunde, zwei Stunden, drei Stunden ... Nach fast vier Stunden war der Arzt immer noch nicht da.

Aus dem Schlafzimmer ertönte ein langer hinausgepresster Schrei von Katherin. Dann war Stille. Alle hielten die Luft an. Tim stand händeringend da. Endlich quäkte ein feines Stimmchen nach einer Zeit, die für alle Wartenden unendlich lange zu dauern schien. Jetzt gab es für Tim kein Halten mehr. Er stürmte in das Zimmer. Doch Moon wies ihn sogleich zurecht: „Alles klar! Aber du musst noch einen Moment draußen warten. Ich rufe dich dann gleich." Doch er hatte ohnehin genug gesehen. Seine Frau lag breitbeinig da, ein kleines blutverschmiertes Bündel vor ihr auf der Decke und viel Blut. Leichenblass stürzte er zur Tür hinaus und rannte zur Toilette.

Onkel John war wieder der Ruhigste von allen. „Wo ist der denn aufgewachsen?", fragte er belustigt. „Man könnte nicht meinen, dass Tim schon so vielen Fohlen auf die Welt geholfen hat."

In diesem Moment kam Dr. Briggs herein. „Na, wie ich sehe, ist es schon vorbei. Der junge Mann ist ja ganz grün im Gesicht. Mal sehen." Er lief an ihnen vorbei und ließ sich von Margret die Schlafzimmertür öffnen. Im Vorbeigehen meinte er noch: „Heute ist ein gebärfreudiger Tag. Die Frauen werfen wie die Katzen. Ich komme schon von einer Geburt und dann muss ich noch zu einer." Außer ihm und Onkel John lachte keiner über den Witz. „Manchmal kommt einen ganzen Monat kein Kind zur Welt", beklagte der Arzt sich weiter.

Es dauerte kaum mehr zehn Minuten, dann durften sie alle eintreten. Die junge Mutter lag gesund, aber erschöpft in den Kissen und in den Armen hielt sie das Neugeborene, inzwischen gesäubert und in eine Decke gewickelt. Katherin hatte diesen glücklichen, verklärten Blick in den Augen, den alle

Mütter haben, wenn sie zum ersten Mal ihr Baby im Arm halten. Tim setzte sich zu ihr aufs Bett, gab ihr einen Kuss auf die Stirn und streichelte dem Säugling über die Wange. Dabei lief ihm eine Träne übers Gesicht. Er war so froh und dankbar für dieses kleine geschenkte Glück. Er konnte sich nicht vorstellen, dass es etwas Erhebenderes, Größeres als das Gefühl gab, Vater zu werden.

„Wir haben ein kleines Mädchen", lächelte sie ihn an.

Tim verkündete: „Darf ich euch meine Tochter vorstellen. Sie wird Caren Samantha Aigner heißen." Sie hatten sich schon oft über Namen unterhalten und sich auf Caren geeinigt. Einen Jungen hätten sie Thomas genannt. Vielleicht das nächste Mal ...

Anschließend gingen alle hinüber ins Ranchhouse und feierten. Nur Moon blieb bei Katherin, bis Tim nach einer halben Stunde zurückkam. Er wollte lieber bei seiner eigenen kleinen Familie sein als drüben bei den anderen. Dr. Briggs verabschiedete sich ebenfalls gleich nach einer Tasse Kaffee.

Nachdem Tante Margret Lucy darüber informiert hatte, dass sie Tante geworden war, griff sie erneut zum Telefon und wählte die Nummer vom Hotel Ontario: „Sandra Aigner, eh Pardon, Weidner bitte ..." Sie wartete einen Augenblick. „Sandra? Wir haben ein Mädchen. Eh, hier ist Tante Margret. Also wir haben − Katherin hat eben ein Mädchen zur Welt gebracht. Sie heißt Caren ... Ja, alles ist in Ordnung ... Sie sind beide wohlauf ... Uns geht es auch gut ... Nein, ich bin noch etwas durcheinander. ... Ja ... Ja ... Mach ich. Ich freue mich schon, wenn du wiederkommst ... Ja, also dann. Mach's gut, Kind. Wir telefonieren wieder miteinander. Okay. Tschüs!" Dann legte sie auf.

Sandra war so froh darüber, dass alles gut gegangen war. Sie überlegte, mit wem sie ihre Freude teilen konnte. Kurzerhand rief sie bei Darlene an: „Hey! Was machst du heute Abend? Ich habe etwas zum Feiern. Kann ich rüberkommen? Ich bringe eine Flasche Schampus mit." Sie ging nach unten in die Bar und holte eine Flasche guten Sekt. Bei Darlene wurde sie gleich ihre Neuigkeiten los. Sie redeten den ganzen Abend über dieses und jenes, spielten ein paar Runden Backgammon und tranken. Bei der zweiten Flasche fing Sandra schon an zu kichern. „Du", sagte sie, „ich will auch ein Baby."

„Jetzt gleich oder später?", witzelte Darlene. „Hast du dir überhaupt schon einen Daddy ausgesucht?", fragte sie etwas ernster.

„Ja, Winnetou", antwortete Sandra leicht undeutlich. Dabei fingen sie beide an zu lachen, bis sie vor lachen brüllten. „Du spinnst ja. Pierre Brice geht doch schon auf die sechzig", kicherte Darlene.

„Das stimmt, aber den meine ich doch nicht."

„Wieso, hat die Rolle sonst noch jemand gespielt?" Die beiden waren beschwipst und lachten immerzu.

„Ja, Kenny! Er ist mein persönlicher Winnetou!", klärte Sandra sie auf und fing an zu schwärmen.

„Muss ja ein Supermann sein, dein Freund."

„Ist nicht mein Freund. Du hast ihn außerdem schon gesehen. Er hat doch mit deinem One-Night-Stand und mir die Pferde gebracht."

„Richtig!" Sie überlegte kurz, als wollte sie sein Bild aus der Erinnerung hervorrufen. „Stimmt! Der sieht wirklich aus wie Winnetou. Na, ich stehe ja nicht auf so langhaarige Typen. Aber, wieso willst du dann ein Kind von ihm, wenn er nicht dein Freund ist?", spekulierte sie angestrengt unter dem Einfluss einiger Gläser Sekt.

„Das kommt noch. Ich werde ihn nämlich auch noch heiraten!", verkündete Sandra stolz und der Alkohol gab ihr die nötige Zuversicht. „Das weiß er nur noch nicht", und schon fingen sie wieder an zu lachen. Nach der zweiten Flasche schlief Sandra irgendwann bei Darlene auf der Couch ein.

Für Sandra verging die Zeit im Hotel wie im Flug. Sie lernte viele Leute aller Nationen kennen: Amerikaner, Engländer, Schweden, Deutsche, Japaner und Chinesen. Jede Nation war vertreten. Ihre Arbeit machte ihr Spaß und der Verdienst stimmte auch. Am besten gefielen ihr die Ausritte in die Gegend. Sie kannte sich mittlerweile recht gut in der Umgebung aus. Es gab auch mehrtägige Ausritte. Zu diesem Zweck waren extra ein paar Hütten zum Übernachten errichtet worden. Diese Adventure-Ausflüge kamen bei den Gästen supergut an. Unterwegs mit Grillen am Lagerfeuer und so weiter. Seltsamerweise war doch immer und überall genügend Brennholz, Getränke und Nahrungsmittel vorhanden ... Sandra spielte seit ihrer Kindheit Gitarre und ihre Stimme war auch sehr schön. Das gefiel den Gästen auch sehr gut. Das war Lagerfeuerromantik pur. Außerdem liebte sie die Reitstunden mit Kindern. Sie selbst hatte Mr Barkley den Vorschlag unterbreitet, noch zwei bis drei Reitponys anzuschaffen. Er tat es und es entwickelte sich zum vollen Erfolg, dafür hatten sie in der Kinderbetreuung weniger zu tun. Barkley war sehr zufrieden mit ihr.

Ab und zu wurde sie von allein reisenden Herren eingeladen. Sie wehrte immer ab. Sagte, dass sie nicht privat mit Gästen ausgehen dürfte, obwohl es kein Verbot in dieser Hinsicht gab. Sie bekam auch einige Geschenke von dankbaren Reitschülern. Weil Barkley so zufrieden mit ihr war, durfte sie ab und zu einen Wagen ausleihen, in die nächste Stadt zum Einkaufen fahren und dergleichen.

An einem Sonntag Ende August beschloss sie, mit dem Auto

zu dem Indianerdorf zu fahren, wo Kennys Tante lebte. Vom Touristenbüro in der Stadt konnte man Bustouren dorthin buchen, aber Sandra wollte lieber unabhängig sein. Sie fuhr früh am Morgen los und fand den Weg dank einer guten Straßenkarte sofort. Unangemeldet traf sie dort ein. Gerade als sie vor dem Haus parkte, trat ein junger Mann aus der Tür. Es war Kenny. Er stand wie angewurzelt in der Tür und starrte sie an.

Sandra riss die Wagentür auf: „Kenny!", rief sie und rannte auf ihn zu. In Gedanken flog sie ihm an den Hals. „Kenny!" In Wirklichkeit zügelte sie ihr Temperament und gab ihm nur die Hand. „Hallo! Wie geht es dir?"

Er konnte nicht antworten, denn Moon schubste ihn zur Seite, nahm Sandra in den Arm und drückte sie ganz fest. „Mein Kind", sagte sie, „ich freue mich ja so."

Später erfuhr sie, dass die Tante von Kenny krank geworden war und oben im Touristendorf brauchten sie dringend Hilfe. So waren Kenny und Moon für eine Woche hergekommen. Sandra hatte Glück, denn am nächsten Tag wollten sie wieder nach Hause fahren. Moon und Sandra redeten über die Ranch, das Baby, die Familie. Die Zeit verging sehr schnell.

Am Nachmittag fuhr sie mit Kenny hinauf in das Touristendorf. Indianer mit Lendenschurz, ledernen Beinlingen und mit federgeschmücktem Haar saßen dort vor ihren Tipis. Die Frauen boten geflochtenen Lederschmuck, Amuletts und derartige Sachen zum Verkauf an. Sie kochten Suppe auf offenem Holzfeuer. Es gab Stockbrot und jeder konnte sich sein Fleisch oder seine Wurst selber am Spieß braten. Bewusst hatte man auf Imbissbuden verzichtet. Eigentlich waren die Würste auch kein indianisches Nahrungsmittel. Aber wegen der Kinder hatte man Kompromisse geschlossen. Den neugierigen Touristen wurden verschiedene Techniken des täglichen Lebens der Indianer erklärt. Tierhäute waren auf Holzgestellen aufgespannt. Sie führten alte Tänze ihres Volkes für die Besucher vor und jeder, der wollte, durfte selbst einmal mittanzen. Das Dorf war eine gute Einnahmequelle für den Stamm.

Sandra erfuhr, dass Kenny ein Cherokee war. Sein indianischer Name war Tei-Wa-ken-ha-ka, was so viel bedeutet wie ‚Hirsch, der über den Sternenhimmel läuft‘. Moons Name bedeutete ‚Licht, das in der Nacht durch die Wolken bricht‘.

Kenny und sie saßen gerade bei seinem Onkel, dem Häuptling, am Feuer. Er ließ symbolisch die Friedenspfeife kreisen, als das Klingeln ihres Handys sie in die Zivilisation zurückholte. „Hallo", meldete sie sich. Dann schwieg sie. Etwas musste passiert sein, das sah Kenny sofort an ihrem Gesichtsausdruck.

„Ja! O.K.! Ich fahre sofort los", beendete sie das Gespräch.

„Was ist passiert?", fragte er.

Sie erzählte ihm, was sie wusste. „Ein zehnjähriges deutsches Mädchen ist ausgerissen. Sie hat heute Morgen ein Pferd aus dem Stall genommen und ist in die Berge geritten. Ihren Eltern hat sie einen Abschiedsbrief zurückgelassen. Ich muss sofort los. Wir müssen sie finden."

„Ich komme mit!" Kenny hatte augenblicklich entschieden und wartete gar nicht auf eine Antwort. Er war sofort aufgestanden und lief Richtung Auto. Es war auch nicht notwendig, dass er versuchte, sie davon zu überzeugen, dass es besser war, wenn er mitkäme. Er konnte Spuren lesen. Er würde sich auf jeden Fall in der Wildnis besser auskennen als sie. Es wäre nur von Vorteil, wenn er mitkäme. Im Moment konnte sie ihm gar nicht sagen, wie dankbar sie für seine Hilfe war. Wenn sie schnell genug zum Hotel zurückkamen, hatten sie noch zwei Stunden Sonnenlicht, bevor es dunkel wurde.

Kenny fuhr den Wagen, so konnte Sandra noch einige Telefonate erledigen. Sie rief Smith an. Er sollte um siebzehn Uhr zwei Pferde gesattelt haben mit drei Schlafsäcken und Proviant für zwei Tage. Ein geladener Akku für ihr Handy sollte bereitliegen. Sie wollte wissen, welches Pferd die Kleine hatte und wo man sie zuletzt gesehen hatte. Sandra informierte Kenny gleich über alle Einzelheiten: „Nadja hat ein Island Pony, einen Rotschimmel mit blonder Mähne."

„Ist es beschlagen?", wollte er wissen.

„Nein! Aber ich muss dich enttäuschen. Wir reiten diese Strecke sehr oft. Nadja wurde zuletzt um die Mittagszeit von Wanderern an der Brücke oberhalb vom kleinen Wasserfall gesehen. Dort oben ist alles sehr steinig und es sind da jede Woche dutzende Pferde und Ponys unterwegs."

„Das wird die Sache nicht einfacher machen", überlegte Kenny laut.

„Wenn wir zügig reiten, schaffen wir es in etwas über einer Stunde bis zum Wasserfall. Weiter oben werden die Wege dann immer schlechter. Hoffentlich finden wir sie." Sandra machte sich Sorgen. Behutsam nahm er ihre Hand. Er hielt sie fest, bis er in einer Kurve beide Hände ans Steuer legen musste. Nach einer Weile, in der sie genügend Zeit zum Nachdenken hatte, fing Sandra an zu erzählen: „Ich weiß, warum sie fortgelaufen ist." Sie machte eine Pause, um nach den richtigen Worten zu suchen. „Die Ehe ihrer Eltern ist ziemlich kaputt. Sie haben die Reise gemacht, um sich noch einmal eine Chance zu geben. Aber es hat nicht geklappt. Im Gegenteil. Sie haben sich dauernd gestritten und das Kind dann immer in die Kinderbetreuung oder zu mir in den Reitunterricht geschickt, damit es aus dem Weg war, wenn es Ärger gab. Der Mann, Herr Schneider, hat dann auch noch mit einer anderen Urlauberin hier angebandelt. Das ganze Hotel hat sich darüber schon das Maul zerrissen. Nadja hat gesagt, ihre Eltern lassen sich jetzt scheiden und ihr Vater würde dann bald eine neue Frau heiraten. Sie hatte sogar schon darüber spekuliert, dass er dann auch neue

Kinder will und sie nur im Wege wäre. Sie möchte niemandem ein Klotz am Bein sein, wo es doch eh keinen interessiert, was aus ihr wird, hat sie geschrieben. Das muss sie doch irgendwo aufgeschnappt haben. So eine Wortwahl benutzt doch kein Kind." Während sie sich weiter ihren Gedanken hingab, nahm Kenny wieder wie selbstverständlich ihre Hand.

Sie stellten das Auto direkt vor dem Reitstall ab. Dort warteten schon alle: Mr Barkley, Smith, Herr und Frau Schneider. Sandra sprang schnell aus dem Wagen und rannte sofort in Richtung Hotel. Sie musste sich noch schnell bequemere und wärmere Sachen anziehen. Auch Kenny hatte sich eine warme Jacke von Smith geliehen. Smith kam nicht mit, weil sie, wie er sagte, in der besten Begleitung wäre, die man sich vorstellen konnte. Nadja war klug genug gewesen und hatte einen warmen Anorak mitgenommen, erfuhr sie von ihrer Mutter.

„Bitte, finden Sie mein Kind!" Sie nahm beide Hände von Sandra. „Bitte!", flehte sie. Tränen standen ihr in den Augen.

„Sagen Sie ihr, dass ich sie liebe", meinte Herr Schneider zuversichtlich.

Sandra ging zu dem Pferd, das sie sonst auch meistens ritt. ‚Wenn wir sie finden! − Hoffentlich finden wir sie!' Ein Gewehr hing am Sattel. Sie sah Kenny an und stieg kurzerhand auf das andere Pferd. Sie durfte nicht zulassen, dass der Zorn auf Sandras Vater ihre Gedanken vernebelte. Insgeheim gab sie ihm die Schuld an der ganzen Misere.

„Viel Glück!", rief Mr Barkley den beiden nach.

Sie ritten in leichtem Galopp, um die Pferde nicht zu überanstrengen und um dennoch schnell genug voranzukommen, solange es die Wege zuließen. Sandra führte Kenny zu der Stelle, wo Nadja das letzte Mal gesehen worden war. Es war ein einfacher Weg. Sie war ihn erst kürzlich mit den Teenies geritten. An der Brücke gabelte sich der Pfad.

„Letzte Woche sind wir links geritten. Dort geht's in einem Bogen wieder zum Hotel zurück. Deswegen muss sie den anderen Weg genommen haben. Über die Brücke ist sie wahrscheinlich auch nicht gegangen, weil Moritz, das Pony, Angst davor hat. Bisher habe es noch nicht mal ich geschafft, dass er über den Steg ging."

Das Wasser rauschte etwa sechs Meter in der Tiefe und man hörte das Tosen des Wasserfalls. Kenny ritt zur Brücke und stieg ab. Vor dem Steg war der Boden weich. „Nein, hier ist sie nicht langgeritten." Ein Trampelpfad führte weiter hinauf in die Berge. Kenny führte sein Pferd dorthin. „Sie ist hier entlang." Er schwang sich wieder in den Sattel. Von nun an kamen sie nur noch langsam voran. Nach einer weiteren halben Stunde wurde der Boden fester und ein steiniger Weg führte immer steiler hinauf bis an die Schneegrenze. Die Bäume lichteten sich und nur hier und da standen vereinzelt verwachsene Kiefern beieinander.

„So weit war Nadja noch nie", stellte sie fest. „Links führt der Weg nach etwa zwei Meilen zu einer Hütte." Smith hatte ihr erklärt, dass Ranger und Bergwanderer, manchmal sogar ein paar Klimaforscher dort übernachteten. „Ich war aber selber noch nie dort! Rechts geht es wieder hinunter ins Tal in ein kleines Dorf, etwa drei Meilen vom Hotel entfernt. Dort wohnt Smith mit seiner Familie."

Die Sonne stand schon sehr tief. Bald würde sie ganz hinter einer Bergkuppe verschwinden. „Ich muss ein Stück vorausschauen, warte hier." Sandra wunderte sich, wie er überhaupt etwas auf dem steinigen Boden erkennen konnte. Nach zehn Minuten kam er zurück. „ Ich habe ihre Spur gefunden." Er zeigte in die Richtung, aus der er gekommen war. „Sie hat den Weg verlassen. Dort ist sie hinauf. Die Kleine macht es uns nicht leicht."

In der Zwischenzeit wurde es dunkel. Mit dem Sonnenuntergang fielen auch die Temperaturen. Sandra schüttelt sich. Sie hatte das Gefühl, es war nicht mehr viel über null Grad. „Es ist kalt hier oben, hoffentlich hat Nadja sich warm angezogen", hoffte sie.

„Hier kann es bei Nacht selbst im Sommer öfters mal Frost geben. Mach dir keine Sorgen, sie hat ja warme Sachen mitgenommen. Wenigstens scheint der Mond hell, das macht es einfacher, ihrer Spur zu folgen."

Sandra wünschte sich, sie hätte Handschuhe. Ihre Hände wurden ganz steif. ‚Bei Vollmond wird es aber noch kälter', dachte sie, während Kennys Aufmerksamkeit in eine ganz andere Richtung gelenkt wurde. Neben dem Weg war das Gras zerdrückt. Ein kleiner Stock mit Erde beschmiert lag neben einem kleinen Häufchen aufgewühlten Bodens. „Jemand hat hier ein Loch gegraben und es wieder zugemacht." Er stieg ab und stocherte in der Erde herum. Die Überreste eines Apfels und das Papier eines Müsliriegels kamen zum Vorschein. Fragend sah er Sandra an.

„Das muss sie gewesen sein. Ich habe den Kindern immer gesagt, dass man keinen Abfall in der Natur zurücklassen darf. Dann haben wir den Biomüll vergraben und das andere wieder mitgenommen."

Der Pfad, den sie hin und wieder zu erkennen geglaubt hatte, verlief sich hier gänzlich im Nirgendwo. Kenny sagte nichts, aber Sandra wusste auch so, dass Nadja die Orientierung verloren hatte. Sie hatte schon des Öfteren die Richtung gewechselt. Die Zeit drängte. Sie ritten immer wieder kreuz und quer. Ab und zu fand Kenny Spuren auf dem jetzt meist steinigen Boden und manchmal mussten sie auch wieder ein Stück zurück, weil sie nichts mehr fanden.

Sie ritten im Abstand von einigen Metern nebeneinander her.

Schließlich stiegen sie ab und führten die Pferde am Zügel, um den Boden besser absuchen zu können. Dann fand Sandra etwas. Sie wäre fast hineingetreten und hätte nie geglaubt, dass man sich über einen Haufen Pferdeäpfel so freuen konnte. Dass die Hinterlassenschaft von einem Pony stammte, wusste sie auch, ohne dass sie Spuren lesen konnte. „Kenny, komm schnell."

Er nahm einen abgebrochenen Zweig und stocherte darin herum. Es dampfte noch etwas. „Bei diesen Temperaturen nicht ganz eine halbe Stunde alt, würde ich sagen. Sie kann nicht weit sein."

„Meinst du, ich soll sie rufen?", fragte sie.

„Kommt ganz darauf an. Wenn du glaubst, sie will gefunden werden? Dann rufe!"

Sandra hielt es für besser, still zu sein. Inzwischen war es schon kurz vor Mitternacht. Plötzlich rief Kenny leise: „Halt! Bleib stehen. Ich habe was gehört." Sie stoppte sofort. Einige Minuten verharrten sie in völliger Stille. Da war nichts. Kenny flüsterte: „Sie ist nicht weit. Ich habe das Pferd schnauben hören." Sie führten die Pferde in die Richtung, aus der er meinte, das Geräusch gehört zu haben. Sie spähte in die Dunkelheit. Dann sah sie Moritz. Im gleichen Moment wieherte das Pony.

Nun konnte Sandra sich nicht mehr halten. „Nadja!", rief sie. „Nadja, wo bist du? Hallo! Hörst du mich? Ich bin es, Sandra."

„Sandra?" Die feine Stimme klang sehr zaghaft. Kenny zeigte auf eine Gruppe niedriger Latschenkiefern. Sandra lief sofort los. Dort saß das Mädchen zusammengekauert auf der nackten Erde. Sie zitterte vor Kälte. Sandra setzte sich zu ihr und nahm die Kleine in den Arm. „Gott sei Dank, habe ich dich gefunden. Geht's dir gut?"

Nadja nickte mit dem Kopf: „Nur kalt!", brachte sie mühsam schlotternd heraus. Sandra hielt Nadja einfach eine Weile an sich gedrückt. Kenny blieb im Hintergrund. Es war nach Mitternacht und zu weit zu der Hütte, die Sandra vor ein paar Stunden erwähnt hatte. So suchte er derweilen Holz und entzündete ein Feuer. Als sie die Flammen sah, sagte sie: „Komm Nadja! Ich habe einen Freund mitgebracht. Kenny hat Feuer gemacht. Komm, wir setzen uns ans Feuer, dort wird dir bald wärmer werden." Das Mädchen widersprach nicht. Langsam half sie Nadja hoch und führte sie zum Lager. Kenny verteilte die Satteldecken auf dem Boden und legte die Schlafsäcke darüber. Als Nadja sich auf einem niederließ, nahm Sandra ihren Schlafsack und deckte sie noch zusätzlich damit zu, weil das Mädchen so zitterte. Sie legte sich neben sie und nahm sie wieder in den Arm. Nadja hatte Kenny die ganze Zeit schon angestarrt. „Ist das ein Indianer?", fragte sie zweifelnd, als sie wieder sprechen konnte.

„Hm", meinte Sandra, „Kenny ist ein echter Indianer." Er verstand nur seinen Namen und sein Blick ruhte auf ihr. Sie hätte zu gerne gewusst, was er dachte. Erst als sie sicher war, dass Nadja schlief, stand sie auf, nahm das Handy aus dem Rucksack und ging ein paar Meter. „Hallo ... Wir haben sie gefunden ... Ja, es geht ihr gut. Ihr war nur kalt ... Wir haben Feuer gemacht. Sie schläft jetzt ... Ich melde mich morgen wieder, bevor wir losreiten. Bis dann."

Als sie vom Lager weg war, merkte sie erst, wie kalt es wirklich geworden war. Es schüttelte sie richtig. Schnell ging sie zurück. Kenny machte auf seinem Schlafsack Platz und sie setzte sich neben ihn. Ohne nachzudenken, lehnte sie sich einfach an seine Schulter. Schützend legte er die Arme um sie. Keiner sagte ein Wort. So blieben sie eine Weile sitzen, bis Kenny wieder Holz nachlegte.

„Komm!" Er half Sandra auf und zog seine Decke zu Nadja hinüber. „Wir sollten alle dicht beieinanderliegen, damit die

Wärme nicht verloren geht." Dabei zeigte er auf seinen Schlafsack. Sandra legte sich sofort hin. Kenny kuschelte sich ganz nah an sie heran und zog den Reißverschluss zu. So dicht lag er nun bei ihr. Wie oft hatte sie schon davon geträumt. Ihr war immer noch etwas kalt und sie zitterte ein klein wenig. Da rückte Kenny noch ein Stück näher und legte die Arme um sie. „Ganz ruhig liegen bleiben, dann wird es gleich wärmer." Die Decke bis über die Nase gezogen fühlte sie seinen warmen Atem auf ihrem Gesicht, so schlief sie friedlich und erschöpft in seinen Armen ein.

Am Morgen lag sie immer noch genauso da. Obwohl Kenny in der Nacht zweimal aufgestanden war, um das Feuer in Gang zu halten. Sonst wären sie wahrscheinlich erfroren. Ganz still lag sie an seiner Schulter. Sie bewegte sich nicht, weil sie nicht wusste, ob er schon wach war. Eine Haarsträhne von ihm lag auf ihrer Wange. Sie roch ihn, spürte ihn, hörte sein Herz ruhig und gleichmäßig klopfen und war beinahe glücklich. Hinter ihr regte Nadja sich. Sandra drehte sich um. „Guten Morgen, du Ausreißer. Na, ausgeschlafen?"

Sandra hatte sich aufgesetzt und sah zu den Bergen hinauf. Sie befanden sich in Höhe der Baumgrenze. Es kam ihr nicht mehr weit vor bis dahin, wo weiße Schneefelder in der Morgensonne glitzerten. Doch sie wusste, dass die Entfernung täuschte. Sie unterhielten sich wie am Tag zuvor auf Deutsch. „Ich komm nicht mit zurück!", sagte Nadja wie aus heiterem Himmel trotzig.

Sandra schluckte. „Aber Nadja. Wo willst du denn hin? Deine Mutter und dein Vater lieben dich doch. Was meinst du, wie aufgeregt und verzweifelt sie gestern waren, weil du weggelaufen bist. Deine Mama hat geweint und dein Vater war auch ganz traurig."

„Geschieht ihnen ganz recht! Sie wollen sich scheiden lassen, dann bin ich ihnen sowieso nur im Weg. Ich habe gehört, wie Mama zu Papa gesagt hat, „... und was soll aus dem Kind werden?' " Widerspenstig setzte sie sich auf. „Daran siehst du doch, dass sie mich aus dem Weg haben wollen. Ich bin übrig! Ich hasse sie! Sie werden schon sehen, was sie davon haben!"

Sandra traf die geballte Wut und die Verzweiflung einer Zehnjährigen und sie wusste nicht recht, was sie daraufhin sagen sollte. Um Zeit zu gewinnen, schlug sie vor: „Lass uns hinuntergehen zum Bach und uns waschen." Sie liefen hinunter an das nahe gelegene Wasser, ein reißender, etwa drei Meter breiter Bach. Nadja sprang sofort ins Wasser.

„Ich komme nicht mit zurück!", schrie sie trotzig mitten im Bach stehend. Das Wasser reichte ihr bis an die Oberschenkel. Sandras Geduld war fast zu Ende.

‚Das kleine Luder', dachte sie, als sie den besten Stand auf den rutschigen Steinen suchte, um ihr zu folgen. Plötzlich ruderte Nadja mit den Armen. Sie versuchte, sich an Sandra festzuhalten, aber als diese ebenfalls nach dem Mädchen griff, verlor sie das Gleichgewicht und beide fielen ins eisigkalte Gletscherwasser. Sandra hatte Mühe, wieder auf die Beine zu kommen. Die Kälte ließ ihre Muskeln zu Eis erstarren und sie hatte das Gefühl, keine Luft mehr zu bekommen. ‚Ein Herzinfarkt', dachte sie im ersten Moment erschrocken, als ihre Rippen zu stechen anfingen. Es war nur ein kurzer Moment, bis sie wieder am Ufer stand, aber es kam ihr wie eine Ewigkeit vor.

Kenny rannte aufgeregt zu ihnen. Dabei sah er zu, wie Sandra auf dem steinigen Boden vor Nadja kniete und sie schüttelte. Dabei schrie sie: „Bist du verrückt. Du kleines verzogenes Gör. Deine Eltern lieben dich. Du wirst bei ihnen immer ein Zuhause haben, ob sie nun zusammen sind oder nicht. Meine Eltern sind gestorben, da war ich nicht viel älter als du. Weißt du, was es heißt, keine Eltern zu haben? Weißt du das?", brüllte sie und am liebsten hätte sie die Kleine geohrfeigt. Diese unbeschreibliche Wut ließ sie die Kälte für einen Moment vergessen. „Deine Eltern werden dich nie alleine lassen! Nie! Niemals! Weil! sie! dich! lieben!" Sie betonte dabei jedes einzelne Wort. „Hast du das in deinem dummen kleinen Kopf endlich begriffen?"

Sandra erschrak über sich selbst. Abrupt ließ sie Nadja los. Das Mädchen weinte und auch ihr liefen Tränen über das Gesicht. Sie wusste eigentlich gar nicht, ob es wegen ihrem Zornausbruch war oder warum sie plötzlich dermaßen die Fassung verlor. „Geh mit Kenny!", befahl sie. „Zieh deine nassen Sachen aus!"

Kenny verstand nur, wie sie dabei auf ihn gezeigt hatte. Er nahm Nadja kurzerhand auf den Arm und trug sie zum Feuer hoch. Als Kenny sie dort abgesetzt hatte, schaute er zurück zu Sandra. Sie lag jetzt auf dem Boden. Noch immer an der gleichen Stelle. Er rannte zurück zu ihr. Beim Näherkommen hörte er sie heftig weinen. Sie schluchzte hemmungslos. „Sandra, was ist los?" Er beugte sich über sie. Als er keine Antwort erhielt, drehte er sie zu sich um. Sie weinte nur immer weiter. Da nahm er sie in seine Arme und wiegte sie hin und her, streichelte ihr nasses Haar und küsste ihre Stirn. „Sandra, du musst aus den nassen Sachen raus. Komm ans Feuer!" Sie machte keine Anstalten aufzustehen, da hob er sie hoch und trug sie ebenfalls zur Feuerstelle.

Nadja saß immer noch in den nassen Kleidern da. „Ausziehen!", sagte Kenny zu ihr. „Du musst dich ausziehen!" Und weil Sandra nicht übersetzte und weil Kenny kein Deutsch konnte, machte er es ihr vor. Er zog die Jacke aus, tat so, als würde er das Hemd über den Kopf ziehen und deutete auf das Mädchen. Sie verstand und begann sofort ihre nassen Sachen auszuziehen. Dann schlüpfte sie nackt in den Schlafsack zurück. Kenny hatte kurz vorher noch Holz nachgelegt, weil es noch so kalt war.

„Sandra, du musst dich auch ausziehen!", wiederholte er. Aber sie bewegte sich nicht. Sie war jetzt still, aber die Tränen liefen ihr immer noch übers Gesicht. Ab und zu schüttelte sie sich vor Kälte. Er wusste, so hatte es keinen Zweck. Er musste handeln. Von hinten trat er an sie heran, öffnete ihre Jacke, zog sie aus. Streifte ihr den nassen Pullover ab, öffnete die Bluse, ihren BH und zog alles aus. Dann legte er ihr einen Schlafsack um die Schultern. Weil sie immer noch keine Anstalten machte, sich zu bewegen, zog er nun auch die Schuhe aus, öffnete ihre Hose. Widerstandslos wie eine Puppe ließ sie alles mit sich geschehen. Nun packte er sie an den Schultern und legte sie sanft nach hinten. Bei ihrem Slip zögerte er, aber auch der war total durchnässt. So lag sie splitternackt vor ihm. Unter anderen Umständen hätte er sie gerne länger angesehen, gestreichelt, geküsst ... Nur nicht daran denken –. Er packte sie vorsichtig in den Schlafsack.

Um das Feuer in Gang halten zu können, rannte er zu einer Gruppe kleinerer Bäume und hieb mit dem Messer ein paar vertrocknete Äste ab. Ein Stück weiter unten am Berg schnitt er noch ein paar lange Hölzer, über die er dann die Wäsche der beiden spannte. Er stützte die Zweige so geschickt, dass er sie neben das Feuer stellen konnte. In dieser Höhe standen nur noch vereinzelt Bäume. Schließlich nahm er das Pferd, um noch mehr Holz zu sammeln. Er wusste, er würde es brauchen. Kenny selbst war es inzwischen ganz schön warm geworden. Nadja schlief, als er zurückkam. Sandra hatte aufgehört zu weinen. Aber sie lag in ihrem Schlafsack und starrte apathisch in die Flammen. Kenny schlug ihre Decke ein klein wenig zurück. Sie war eisig kalt. Bei Nadja machte er den gleichen Test. Sie war warm. Er deckte sie wieder zu. Dann zog er

Sandra mitsamt Schlafsack näher zum Feuer. Er öffnete seine Jacke und sein Hemd, klappte beides auf und legte sich ganz nah an die nackte Sandra. Sie war wirklich eiskalt. Er hoffte, dass sich seine Hitze ein bisschen auf sie übertrug. So lag er da, wärmte sie mit seinem Körper, hielt sie ganz fest und streichelte ab und zu ihren Rücken.

Er spürte, dass seine Gefühle für Sandra noch tiefer geworden waren. Diese Frau wollte er für immer in seinen Armen halten. „Ich liebe dich!", flüsterte er ganz leise. Sandra antwortete nicht, legte aber ihre kalte Hand auf seinen Arm. So lagen sie eine ganze Zeit eng umschlungen da. Er fühlte, wie die Kälte langsam aus ihrem Körper wich.

Die Sonne war über die Berggipfel gestiegen und schien nun warm auf das kleine Lager. Trotzdem musste er das Feuer in Gang halten, damit die Sachen trockneten.

„Bitte, lass mich nicht allein", flüsterte sie, als er sich von ihr befreite und aufstehen wollte.

„Nein! Nein, das tue ich nicht. Ich muss nur nach dem Feuer sehen. Ich lege mich gleich wieder zu dir. Wir müssen schauen, dass eure Kleider trocken werden, damit wir bald aufbrechen können." Ganz sanft küsste er sie auf die Wange, dann stand er auf.

Nadja war inzwischen auch wieder wach. Sie rückte ebenfalls neben Sandra. „Bitte entschuldige. Es tut mir leid. Du hast recht. Ich gehe mit euch zurück", meinte sie kleinlaut. „Bitte sei nicht mehr böse auf mich."

Sandra war nicht mehr zornig auf Nadja, sondern eher auf sich selbst, weil sie sich so gehen lassen hatte. „Schon okay!", brachte sie mühsam hervor.

Kenny legte Holz nach. Holte unten am Bach Wasser in seiner Feldflasche. „Habt ihr Durst? Möchte jemand was trinken, oder was essen?" Sie verneinten beide. „In einer Stunde sind eure Sachen so weit trocken, dass ihr sie anziehen könnt. Dann können wir zurückreiten. In der Mittagssonne wird es schon gehen, auch wenn die Sachen noch ein kleines bisschen feucht sind."

Ohne zu zögern, ging er wieder zum Lager und schlüpfte zu den beiden unter die Schlafsäcke. So lagen sie zu dritt eng aneinandergekuschelt, bis es fast Mittag war. Sandra hatte wieder etwas ins Leben zurückgefunden, wäre aber fast eingeschlafen, weil ihr jetzt mollig warm war. Gerade da fing Kenny an, die beiden zu kitzeln. „Aufbruch Ladies", scherzte er. „Fertig machen zum Abflug!"

Während sich die beiden Frauen anzogen, sattelte Kenny die Pferde, packte zusammen und bereitete alles für den Heimritt vor. Als Letztes löschte er den Rest der Glut. Sandra holte das Handy aus dem Rucksack und rief wie versprochen im Hotel an. „Wir werden gegen Abend zurück sein."

Ob es Probleme gegeben hatte, wollte man wissen, weil sie noch nicht unterwegs waren. „Nicht der Rede wert", antwortete Sandra. Denn von ihr würde keiner erfahren, was sich hier oben abgespielt hatte. Schließlich machten sie sich auf den Heimweg.

Es war fast wie bei einem Ausflug. Das Wetter war herrlich schön. Nadja wollte von Kenny alles Mögliche über die Indianer wissen und Sandra musste übersetzen. Jedoch entging es Kenny nicht, dass sie dabei immer einsilbiger wurde, je näher sie zum Hotel kamen. Er glaubte, es läge daran, dass sie wohl überlegte, was sie den Eltern von Nadja erklären sollte.

Schon von Weitem konnten sie die Leute sehen. Alle, die da waren, als sie sich auf die Suche nach Nadja begeben hatten, standen nun wieder dort. Die glücklichen Eltern nahmen ihren Ausreißer in die Arme und für eine Weile schien es, als wäre wieder alles eitler Sonnenschein. Frau Schneider weinte wieder.

Dieses Mal vor Freude. Sie bedankten sich bei Sandra und Kenny und die scheinbar glückliche Familie ging davon. Mr Barkley drückte beiden die Hand und meinte stolz: „Das habt ihr wirklich gut gemacht." Dann war auch er verschwunden.

Sandra lehnte noch immer an ihrem Pferd. Mit einem Seufzer rutschte sie an den Flanken des Tieres hinunter und setzte sie sich einfach an Ort und Stelle auf den Asphalt. Kenny war sofort neben ihr. „Ich glaube, mir geht's nicht gut." Ihre Stimme war nicht viel mehr als ein Flüstern. Wie ein Häufchen Elend saß sie da. „Ich fühle mich schwach, so als wollten mich meine Beine nicht mehr tragen, und irgendwie zitterig."

Kenny legte die Hand auf ihre Stirn. „Du bist ja ganz heiß. Ich glaube, du hast Fieber", stellte er besorgt fest.

Smith war auch gleich zur Stelle. Er legte ebenfalls die Hand auf ihre Stirn. „Sie glüht ja. Lass uns die Pferde anbinden. Wir bringen sie erst einmal rüber. Den Rest mach ich dann schon."

„Kannst du aufstehen?", fragte Kenny. Als sie schwach nickte, griffen ihr die beiden Männer unter die Arme und führten sie einer rechts und einer links die hundert Meter zum Hotel. Smith brachte sie mit bis zu ihrer Zimmertür. Sandra war froh, dass sie unterwegs niemand gesehen hatte. Sie hing wie ein nasser Sack zwischen den beiden Männern. Ihre Füße setzten sich wie in Hypnose immer einer vor den anderen, nur war keine Kraft mehr darinnen, um ihr Körpergewicht zu tragen. Kenny ging mit ihr ins Zimmer. „Kann ich etwas für dich tun?" Er war echt besorgt. Er hatte sie aufs Bett gesetzt. Sandra schüttelte nur den Kopf und fing an, ihre Sachen auszuziehen. Ein Kleidungsstück nach dem anderen warf sie zu Boden. Als sie nur noch ihren Slip anhatte, streckte sie ihre Hand nach Kenny aus, der immer noch dastand wie angewurzelt. Wortlos half er ihr auf, schlug die Bettdecke zurück und setzte sie vorsichtig wieder aufs Bett zurück. Als sie sich hingelegt hatte, deckte er sie fürsorglich zu und strich ihr übers Gesicht. Sie nahm seine Hand und flüsterte: „Bitte, bleib bei mir. Du brauchst heute nicht im Stall zu schlafen." Dann schloss sie die Augen. Kenny saß noch eine Weile bei ihr am Bett, bis Sandra in einen unruhigen Schlaf gefallen war. Dann stand er auf und ging ins Bad. Er war gerade mit dem Duschen fertig, als er Stimmen im Zimmer hörte. Mit Sandras weißem Bademantel bekleidet ging er ins Zimmer zurück. Darlene saß bei Sandra auf dem Bett.

„Hallo!", begrüßte sie Kenny und musterte ihn. „Na", meinte sie mit einem Grinsen zu Sandra, „du hattest recht mit deinem Winnetou." Und wieder zu Kenny: „Weiß steht dir echt gut." Er verstand gar nichts. Sandra brachte ein schwaches Lächeln zustande. „Du bist ja eine echte Heldin!", lobte sie Sandra. „Nadja hat ihren Eltern berichtet, dass du sie aus diesem eisigen Bach rausgeholt hast. Diesem Gör gehört doch echt der Hintern versohlt."

Sandra war plötzlich ganz heiser. „Ohne Kenny wäre ich jetzt tot", krächzte sie und war wieder fast den Tränen nahe.

„Gott sei Dank bist du's nicht, aber ich glaube, dir geht's echt dreckig." Darlene war gleichermaßen burschikos wie auch feinfühlig. „Ich gehe jetzt in die Küche hinunter und mache dir eine Thermoskanne voll Tee. Außerdem sage ich Doktor Tjornsteen Bescheid. Er soll mal nach dir sehen." Zu Kenny sagte sie: „Er ist einer unserer Gäste. Er kommt aus Norwegen und ist Arzt."

„Ja, ich glaube, ein Arzt wäre jetzt gut", meinte auch Kenny. Er ging ins Bad zurück, wo er seine Hose wieder anzog. Mit nacktem Oberkörper rempelte er in der Tür mit Sandra zusammen. Er konnte sie gerade noch auffangen, sonst wäre sie zu Boden gegangen. „Hey, warum sagst du denn nichts?", tadelte er sie.

„... muss zur Toilette", keuchte sie und hing dabei schlaff in seinen Armen. Er führte sie ins Bad und ließ sie, als er sicher war, dass sie auf eigenen Füßen stand, allein. Als Sandra zurückkam, stand er vor ihrem geöffneten Kleiderschrank.

Er brachte sie wieder ins Bett zurück und erklärte: „Ich suche mir ein T-Shirt, ja?"

„Mir auch eins." Sandra brachte nur noch kurze Sätze zusammen und selbst die nur schwach.

Als es an der Tür klopfte, war er bereits angezogen. Mit einem gelben Shirt für Sandra in der Hand, öffnete er. Ein junger Mann, nicht viel älter als er, gab ihm die Hand. „Guten Abend! Ich bin Doktor Tjornsteen." Er hatte eine kleine Tasche bei sich.

„Danke, dass Sie gekommen sind." Mit einer Geste wies Kenny ins Zimmer.

„Sie sind ja zwei richtige Helden. Im ganzen Hotel spricht man über Sie." Er berichtete, dass Nadjas Eltern ihn auch gerufen hätten. Dass es dem Mädchen aber bestens ginge. Sie hatte ihm erzählt, was genau alles geschehen war. Er untersuchte Sandra und stellte schließlich fest: „Sie haben sich da eine ganz schöne Erkältung zugezogen. Das Fieber ist ziemlich hoch." Zu Kenny meinte er: „Sie sollte jedenfalls erst mal viel trinken. Am besten Tee. Außerdem strenge Bettruhe. Das Fieber ist gut, um Krankheiten aus dem Körper zu treiben. Aber höher werden darf es auf keinen Fall. Morgen Vormittag komme ich noch mal und dann sehen wir, ob ich ihr Antibiotika geben muss." Er hatte die Türklinke schon in der Hand. „Ach ja. Wenn irgendetwas sein sollte, meine Frau und ich haben Zimmer Nummer 27. Die gleiche Nummer auf dem Haustelefon. Sie dürfen jederzeit anrufen."

Kenny bedankte sich und folgte ihm auf den Gang hinaus. Da kam auch schon Darlene mit einem voll beladenen Tablett um die Ecke. Er hielt ihr die Tür auf. „Also", legte sie los, als sie das Tablett abgestellt hatte. „In der Thermoskanne ist der Tee. Zwei Tassen. Eine Flasche Mineralwasser", zählte sie auf. „Eine kleine Terrine mit Hühnersuppe für Sandra. Mit Empfehlung von Nuccio und er wünscht dir gute Besserung. Alle sind mächtig stolz auf dich. Und für dich, Kenny, kaltes Hühnchen, etwas Käse und Brot." Sie wartete gar keine Antwort ab. „Du musst ganz schnell wieder gesund werden, hörst du?" Sie gab Sandra einen Kuss auf die Wange. „Ich muss noch ein bisschen was arbeiten. Bis morgen." Wie ein Wirbelwind war sie durchs Zimmer gefegt und schon wieder weg. Kenny schmunzelte.

Er setzte sich zu Sandra aufs Bett. Erst weigerte sie sich, etwas von der Suppe zu essen. Weil er aber keine Ruhe gab, aß sie dann doch wenigstens die Hälfte davon. Kenny merkte nun, dass er ganz schön Hunger hatte. Er aß seine Portion mit Appetit. Nachdem sie beide ihren Tee getrunken hatten, entschuldigte er sich bei Sandra: „Ich muss noch mal kurz nach unten. Bin gleich wieder da. Brauchst du noch etwas?" Sie schüttelte den Kopf. Er nahm das benutzte Geschirr mit und verließ das Zimmer. In der Küche bestellte er noch eine Kanne Tee. Das war aber nicht der wahre Grund, warum er nach unten gekommen war. An der Rezeption ging er zu Darlene. „Ich müsste mal telefonieren." Darlene wies ihn zu der Telefonkabine am Eingang und schaltete die Verbindung frei.

„Hallo! ... Hier ist Kenny ... Ja! Wir haben das Mädchen gefunden. Aber es hat einen Zwischenfall gegeben. Die Kleine ist in einen Bach gefallen. Sandra hat sie rausgeholt und wurde dabei selbst klatschnass. Das Wasser war eisig kalt. Sandra liegt oben im Bett und hat ziemlich hohes Fieber ... Ja, ein Arzt war da. Er kommt morgen noch mal ... Ich bleibe noch hier ... O.K. Ich melde mich morgen wieder. Ist meine Mutter gut zu

Hause angekommen ... Okay. Prima." Dann legte er auf. Er sollte Sandra Grüße bestellen, doch das würde er keinesfalls tun. Er glaubte, Sandra würde es nicht wollen, dass die anderen zu Hause sich um sie Sorgen machten. Er holte den Tee in der Küche und ging zurück zu ihr.

In der Zwischenzeit war es wieder Nacht geworden. Sandra hatte die Augen geschlossen, doch er wusste, dass sie nicht schlief. „Kann ich noch etwas für dich tun?"

Sie rutschte nur etwas zur Seite. Ohne etwas zu sagen, zog er Hose und T-Shirt aus und legte sich neben sie. Kenny war bald darauf eingeschlafen. Die letzten paar Tage hatten auch ihn geschlaucht. Sandra lag noch eine Weile wach. Sie dachte an ihren Traummann, der nun neben ihr lag. Hatte sie nur geträumt oder hatte er da oben in den Bergen tatsächlich gesagt, dass er sie liebte?

,Ich liebe dich auch', sprach sie in Gedanken. Sie quälte sich auf die Seite zu ihm und spielte mit einer Strähne seines Haares. Bald darauf war auch sie in einen unruhigen Schlaf gefallen. Die Nacht verlief ruhig. Kenny flößte Sandra zweimal Tee ein. Einmal musste sie noch ins Bad. Zwischendurch schliefen sie immer wieder ein.

Als er sie am Morgen in den Armen hielt, war das Fieber nicht gesunken. Dies bestätigte später auch Doktor Tjornsteen. Sie hatte nun vierzig Grad Fieber und glühte regelrecht. Sandra hatte ihre Sprache ganz verloren. Sie konnte nur noch flüstern. Ab und zu quälte sie auch ein übler Hustenreiz. Sie bekam ein leichtes Medikament, das die Atemwege beruhigen sollte, und eine Spritze gegen das Fieber.

Herr und Frau Schneider kamen vorbei, um sich bei Sandra zu bedanken. Sie brachten ihr einen riesigen Blumenstrauß. Auch Mr Barkley kam sie besuchen. Darlene kümmerte sich rührend um sie und brachte den beiden, was auch immer sie benötigten.

Sandras Gesundheitszustand besserte sich aber nicht und so rief Kenny am Nachmittag, nachdem er mit Dr. Tjornsteen gesprochen hatte, wieder auf der Ranch an. „Sandra geht es noch nicht besser. Der Arzt, der sie behandelt, meinte, wenn wir sie warm einpacken, könnten wir sie morgen nach Hause fliegen. Sie wäre dort sicherlich besser aufgehoben und würde sich möglicherweise schneller erholen, meinte er."

Am anderen Ende der Leitung überlegte Onkel John kurz. „Also gut! Tim holt euch morgen früh ab."

„In Ordnung, Boss. Bis morgen dann." Kenny legte auf und begab sich zu Mr Barkley. „Ich werde Sandra morgen mit nach Hause nehmen. Der Doktor meinte auch, dass das besser für sie ist."

Barkley hatte nichts dagegen. Er sagte, dass die Saison sowieso bald zu Ende wäre. Die Papiere würde er Sandra zuschicken. Er sei sehr zufrieden mit ihr gewesen und würde mal anrufen, wie es mit nächstem Jahr wäre.

Kenny hoffte, dass Sandra nächstes Jahr nicht gehen würde, sondern dass sie bei ihm blieb. Wie das alles funktionieren sollte, wusste er auch noch nicht. Immerhin war sie so etwas wie eine Tochter für seinen Boss. Aber irgendwie würde das schon klappen. Was ihm noch größere Sorgen bereitete, war, dass Sandra sich noch nicht geäußert hatte, ob sie ihn auch liebte. Er glaubte zwar fest daran, aber er wollte es von ihr selbst hören.

Darlene war bei Sandra im Zimmer geblieben. Sie hatte Krankenschwester gespielt und Sandra geholfen, sich zu waschen. Das Fieber hatte sie geschwächt. Sie fühlte sich wie im Nebel. Als ob die Welt wie im Film an ihr vorbeizog. Sie war nicht einmal mehr fähig, allein zur Toilette zu gehen.

„Hey Sandra!" Kenny setzte sich zu ihr auf das Bett. „Morgen bringe ich dich nach Hause. Ich habe mit Doktor Tjornsteen und Mr Barkley gesprochen. Tim holt uns morgen Vormittag mit dem Flugzeug ab. Zu Hause werden dich meine Mum und Mrs Aigner gesund pflegen. Keine Angst, die bringen dich wieder auf die Beine."

Sandra konnte kaum folgen. ‚Was hatte er gesagt? Nach Hause?... Oma! ... Ach nein! Das war ja vorbei ... Die Ranch ... Kenny.‘ Sandra nickte schwach. „Mama, sie war da. Ich habe von ihr geträumt. Sie ist an meinem Bett gestanden", flüsterte sie. Kenny sah Darlene fragend an. Sandra hatte deutsch geredet.

„Sie hat irgendwas von ihrer Mutter gesagt, dass sie hier war. Oder dass sie von ihr geträumt hat. Oder beides.

Kenny machte sich nun ernsthafte Sorgen. Vielleicht sollte sie doch besser in ein Krankenhaus. Darlene sprach aus, was er dachte: „Sie fantasiert! Vielleicht solltet ihr sie morgen sofort in eine Klinik bringen. Ich werde ihren Koffer holen und dir helfen, ihre Sachen zusammenzupacken."

Als sie wiederkam, erzählte sie: „Weißt du, ich mag Sandra. Sie ist so ganz das Gegenteil von mir. Sie ging nie aus. Ein Mal waren wir zusammen im Kino. Ein paar Mal einkaufen. Aber wir haben oft zusammen geredet." Sie lachte. „Sie hat mir sogar meine Angst vor Pferden genommen und mir Reitunterricht gegeben. Einmal, als bei euch auf der Ranch dieses Baby auf die Welt kam, haben wir eine Flasche Sekt zusammen getrunken. Na ja, möglicherweise zwei. Da war sie etwas gelöster, – okay, beschwipst. Da hat sie von dir geredet. Vielleicht sollte ich dir das jetzt lieber nicht sagen, aber sie ist ganz schön verknallt in dich. Sie kann nicht sehr gut über sich selbst erzählen. Sie ist eher der Typ, der zuhört. Aber ich weiß, dass es stimmt. Sie ist verliebt in dich. Ein Mädchen wie Sandra meint sowas ernst. Nicht wie bei mir. Ich flirte gerne." Sie machte eine Pause. Irgendetwas wollte sie für Sandra tun. Es wäre nicht der erste Kuppelpelz, den sie sich verdient hätte. „Jedenfalls hoffe ich, dass das mit euch was wird. Sie hat es verdient, glücklich zu sein. Das hat eigentlich jeder. Nur eben jeder nach seiner Fasson. Ich werde sie bestimmt vermissen."

Bevor Tim am nächsten Morgen kam, riet Doktor Tjornsteen noch eindringlich dazu, erst zu ihrem Arzt zu fahren, der sie weiter behandeln würde. Tjornsteen war noch da, als Tim klopfte. „Hey!", grüßte er Kenny.

„Hey!", antwortete dieser. Sie boxten die Fäuste zur Begrüßung gegeneinander, wie sie es schon zu Schulzeiten getan hatten.

Tim nickte dem Arzt zu und ging zu Sandra ans Bett. „Hey! Kleine Schwester, wie geht's dir?" Er küsste ihre Stirn und sie lächelte schwach, kaum merklich. „Sind Sie sicher, dass wir sie mitnehmen können?", wandte er sich an den Arzt. Tim war erschrocken über ihren Zustand.

Dr. Tjornsteen nickte. „Ich habe es schon ihrem Freund hier gesagt. Ihr Zustand ist seit zwei Tagen unverändert. Sie darf keinen Zug mehr bekommen. Eine warme Decke. Warm anziehen. Auf jeden Fall sollten Sie zu Hause gleich einen Arzt aufsuchen."

„Sie sieht so fertig aus!", stellte Tim fest.

„Das ist sie auch! Fieber über längere Zeit laugt den Körper aus. Darum sollte der Kollege in Toronto versuchen das Fieber zu senken." Dr. Tjornsteen verabschiedete sich von Sandra. Er bedankte sich auch für die Geduld bei den Reitstunden, grüßte sie von seiner Frau und wünschte ihr alles Gute. Zu Kenny sagte er: „Also, Sie wissen ja Bescheid." Er wandte sich um. „Noch etwas! Die Berührungen eines geliebten Menschen können oft mehr helfen als jede Medizin, die ein Arzt verschreiben kann."

Tim runzelte fragend die Stirn, sah Kenny an, sagte aber nichts. Stattdessen fragte Kenny: „Brauchst du eine Pause, oder können wir gleich los?"

Als Tim erklärte, dass er topfit sei, ging Kenny zu Sandra ans Bett: „Hast du gehört? Wir bringen dich jetzt heim." Er schlug die Decke zurück und wickelte sie darin ein. Darlene hatte vorher geholfen, ihr eine Jogginghose und ein Sweatshirt anzuziehen. Kenny nahm Sandra auf die Arme. Tim packte den Koffer und den Rucksack. Sie mussten mit dem Auto zur Landebahn gebracht werden.

Im Foyer des Hotels warteten Herr und Frau Schneider mit Nadja. „Bitte entschuldige!", sagte Nadja. „Werde bald wieder gesund." Sie suchte in ihrer Tasche. „Ich habe ein Geschenk für dich." Dann schaute sie Kenny an. „Und für dich auch." Er verstand zwar wieder nichts, wusste aber, dass er gemeint war. Sie kramte zwei geknüpfte Freundschaftsbänder hervor. Eins legte sie Sandra um das Handgelenk. Das andere Kenny. „For you!", sagte sie. Ihr Englisch war noch nicht so besonders.

Kenny dankte ihr und Nadja sagte weiter auf Deutsch: „Ihr dürft die Bänder nicht abmachen, sonst zerbricht eure Freundschaft. Die Bänder bringen euch Glück." Sie gab Sandra einen Kuss. Kenny hatte sie zuvor in einen Sessel gesetzt. Als sich Nadjas Eltern noch mal bei Sandra bedankten, zerrte Nadja an Kennys Jacke. Er beugte sich zu ihr hinunter und sie gab ihm auch einen Kuss. Sandra indes brachte ein kleines Lächeln zustande. Als Kenny sie wieder auf die Arme nahm und sie zum Auto trug, schlang sie die Arme um seinen Hals und lehnte sich an ihn. Nur er sah, dass ihr ein paar Tränen übers Gesicht kullerten.

Darlene stand an der Landebahn und winkte dem Flugzeug

hinterher. Tim flog die Maschine. Kenny saß auf der Rückbank und hielt Sandra im Arm. Sie lag halb auf seinem Schoß. Tim sah, wie er ihr liebevoll übers Haar strich oder ihr den Mund mit einem Kleenex abtupfte, wenn sie einen Hustenanfall bekam. Tim dachte sich seinen Teil. Ohne Frage musste Sandra auf jeden Fall schnellstens zum Arzt. Er nahm das Funkgerät in die Hand, meldete am Flughafen in Toronto seine ungefähre Ankunftszeit, bestellte einen Wagen zur Rollbahn und ließ sich mit Dr. Briggs verbinden. Nachdem er alles erledigt hatte, fragte er Kenny: „Wie geht es ihr?"

„Ich glaube, nicht so besonders. Wahrscheinlich muss sie doch gleich in eine Klinik", spekulierte er. Er vermutete, dass da noch etwas war, das sie belastete. Manchmal fantasierte sie. Er verstand zwar nicht, was sie sagte, aber aus ihrem Ton hörte er, dass es Dinge gab, die nicht zuließen, dass sie gesund wurde. Er hätte gern allen Kummer mit ihr geteilt, darum fragte er Tim: „Du sprichst doch Deutsch, oder? Weißt du, was sie sagt?"

„Ich verstehe nicht alles, aber sie spricht mit ihrer Mutter!"
Irgendwas in Tims Stimme ließ ihn aufhorchen.

„Vielleicht sollte man sie über ihren Zustand informieren!", überlegte er.

Tim verzog das Gesicht. „Kenny, ihre Eltern sind schon fünfzehn Jahre lang tot. Sie kamen bei einem Autounfall ums Leben. Auch ihre Großmutter, von der sie dauernd spricht, ist schon tot." Nach einer Weile betonte er noch einmal: „Wir sind ihre einzigen lebenden Verwandten."

„Das habe ich nicht gewusst!", murmelte Kenny über Sandra gebeugt. Dass sie mit den Toten sprach, verdeutlichte noch einmal mehr ihren schlechten Zustand.

Kenny behielt recht, der Arzt wollte Sandra sofort in eine Klinik überweisen. „Wie lange, sagtest du, hat sie dieses Fieber schon?", fragte er Kenny, als er nach der Untersuchung hineingebeten wurde. „Ihre Lunge hört sich überhaupt nicht gut an. Sie hat sich da eine ernsthafte Lungenentzündung eingefangen, würde ich mal behaupten", meinte Doktor Briggs. „Also, wie gesagt, das Beste ist, ich überweise sie gleich in ein Krankenhaus." Kenny und Tim sahen sich an, dann nickten sie beide.

„In welches Krankenhaus sollen wir sie denn bringen?", fragte Tim.

„Nein! Ihr bringt sie gar nirgendwo hin. Ich werde einen Krankenwagen bestellen. Das ist besser für sie. Wartet einen Augenblick, dann sage ich euch, wo sie hinkommt." Dr. Briggs begab sich ins Nebenzimmer. Als er zurückkam, meinte er: „Sie kommt ins General State, der Krankenwagen wird in einer Viertelstunde hier sein. Will einer von euch mitfahren?"

„Ja, ich", beeilte Kenny sich zu sagen.

Das war ihm schon klar und Tim schmunzelte. „O.K.! Dann fliege ich zur Ranch zurück. Du bleibst dann wohl über Nacht in der Stadt, denke ich. Morgen früh wird Mutter sowieso nach Sandra sehen wollen, dann nehme ich dich mit zurück."

Tim ging zu Sandra und nahm ihre Hand: „Halte die Ohren steif, Mädchen, du wirst bald wieder gesund sein." Dann verließ er die Arztpraxis.

Es fiel Kenny schwer, nachdem er die ganze Zeit mit Sandra verbracht hatte, sie am Abend allein zu lassen. Nachdem man sie gründlich untersucht und ihre Lunge geröntgt hatte, gab man ihr eine Infusion. Kenny konnte im Moment sowieso nichts für sie tun. Sandra schlief tief und fest. Man hatte ihr etwas gegeben, damit sich im schlafenden Zustand ihre Atemwege entspannten. Außerdem hatte sie eine Sauerstoffmaske auf dem Mund, aus der irgendwelche Inhalationsgase in ihre Lungen strömten.

So, wie er sie verlassen hatte, fand er sie am Morgen wieder. Die Infusion tröpfelte unaufhörlich in ihre Venen. Aber sie war wach. Sie lag in ihrem Kissen und sah ihm entgegen. Ihre Augen blickten ihn hell und klar an. Kenny sagte nichts. Er setzte sich nur zu ihr ans Bett, nahm ihre Hand und küsste sie. So saß er Stunden später immer noch da, Sandras Hand in der seinen, als Tante Meggy, Onkel John und Tim hereinkamen.

Alle meinten es gut, aber irgendwie überfielen sie Sandra, redeten sinnloses Zeug auf sie ein. Tante Meggy vergoss ein paar Tränen. Sandra sah von einem zum andern. Bei Kenny blieb ihr Blick haften. Sie wussten plötzlich beide, dass er nun mit den anderen zurückfliegen würde und sie für den Rest der Woche allein bleiben musste.

Onkel John und Tante Margret sprachen gerade mit dem Arzt, als eine Schwester kam, um Sandra die Sauerstoffmaske abzunehmen. Tim ging hinaus auf den Gang. Die Schwester sagte, dass es nicht schön wäre, was nun käme. Aber ihr Freund könne bleiben, wenn er wolle. Die Schwester stellte das Kopfteil des Bettes höher, holte eine Brechschale und ein paar Tücher. Als sie Sandra die Maske abgenommen hatte, passierte eine Ewigkeit gar nichts. Sandra atmete nicht! Sie presste Kennys Hand ganz fest, bis sie schließlich mit einem tiefen Keuchen die Luft in sich einsog. Ihre Augen schrien förmlich um Hilfe. Dabei bäumte sie sich leicht auf. Das Ganze endete mit einem Hustenanfall. Es dauerte einige Minuten, bis Sandra wieder ruhig und gleichmäßig atmete.

Als die anderen das Zimmer wieder betraten, hielt Kenny Sandra in den Armen. „Es ist vorbei, es ist ja vorbei", beruhigte er sie. Sandra war wieder völlig in die Gegenwart zurückgekehrt. Sie war schwach und redete wenige Worte. Es war noch sehr anstrengend, weil sie so heiser war. Dann verließen sie alle mit dem Versprechen, in drei Tagen wiederzukommen. Auch

Kenny ging. Als alle schon draußen waren, streckte sie die Hand noch einmal nach ihm aus. Er kam zurück und beugte sich über sie. „Ich liebe dich auch", krächzte sie. „Bald komm ich wieder nach Hause." Er konnte nicht anders. Er küsste sie fest auf den Mund und hielt sie für einige Sekunden ganz fest. Tante Margret, Onkel John und Tim schauten den beiden durch die offene Tür zu.

Am Abend, als zu Hause wieder alle vor dem Kamin saßen, sagte John zu seiner Frau: „Sieht so aus, als hätten wir eine Tochter bekommen und gleich wieder verloren."

„Red keinen Quatsch", tadelte Margret ihn. „Tim haben wir doch auch nicht verloren, sondern noch eine Tochter dazubekommen, und ein Enkelkind. Jetzt bekommen wir halt noch einen Sohn. Überhaupt ist Kenny doch als kleiner Junge jeden Tag bei uns ein- und ausgegangen und wie ein Sohn bei uns aufgewachsen."

„Ja", meinte John und lachte. „Ich bin mal gespannt, wie lange Nat noch mit seiner Janet hinterm Berg hält. Er verkauft uns etwas für dumm, nicht wahr? Schließlich weiß es ja schon das ganze Dorf."

„Da hast du recht, aber solange er nichts sagt, kostet die Hochzeit schon kein Geld", scherzte sie.

So träumten sie an diesem Abend noch etwas vor sich hin. John setzte sich neben seine Margret auf das kleine Sofa und legte den Arm um sie. „Wir beide werden halt nun so langsam alt. Bereust du es, dass du damals mit mir nach Kanada gegangen bist?", fragte er sie.

„Mit dir an meiner Seite bereue ich nicht einen einzigen Tag. Nicht einen. Ich wäre sogar bis ans Ende der Welt mit dir gegangen", beteuerte sie noch einmal.

John gab seiner Frau einen langen zärtlichen Kuss. „Ich liebe dich heute noch wie damals." Margret wischte sich eine Träne aus den Augen. Das war die schönste Liebeserklärung, die er ihr machen konnte. Sie fühlte ja genauso. Im Gegenteil: Ihre Liebe war sogar noch gewachsen.

Drüben im Workhouse saßen Kenny und Moon zusammen und redeten. „Es geht ihr nicht so gut", erzählte er seiner Mutter gerade. „Das Schlimme ist, dass ich nicht bei ihr sein kann. Als sie ihr heute Mittag diese verdammte Sauerstoffmaske abgenommen hatten, da hätte ich am liebsten mit ihr getauscht und diese fürchterliche Prozedur auf mich genommen."

„So fühlt man halt, wenn man liebt", klärte sie ihren Sohn auf und legte die Hand auf seine Schulter. „Ich wusste es damals schon, dass ihr beide füreinander bestimmt seid."

„Weißt du, Mutter", sagte er, „ich habe viel nachgedacht in den letzten Tagen. Ich frage mich, wie das alles werden soll? Ich möchte nicht hier auf der Ranch mit ihr leben. Freilich, die Aigners waren immer sehr gut zu uns. Aber ich hätte mit meiner Frau gerne ein eigenes Zuhause."

„Ich verstehe! Nun lass Sandra erst einmal gesund werden. Du –", sie verbesserte sich, „ihr müsst ja nichts überstürzen. Ich bin überzeugt, es wird eine Lösung geben."

„Du hast bestimmt recht." Er ging um den Tisch herum und drückte seine Mutter. „Ich gehe jetzt ins Bett. In den letzten Tagen habe ich nicht sehr viel geschlafen." ‚Hoffentlich geht es ihr gut?', dachte er und spielte dabei mit dem Armband, das Nadja ihm umgebunden hatte. Das von Sandra hatte man im Krankenhaus fast aufgeschnitten, er konnte es gerade noch verhindern und ihr abnehmen. Nadja hatte den Knoten nicht allzu fest gebunden.

Die nächsten zwei Tage zogen sich zäh und langsam für ihn hin. Er dachte immer wieder an Sandra und wäre so gern bei ihr gewesen. Doch auf der Ranch ging das Leben weiter. Es gab viel zu tun. In einem Monat konnte es schon Winter sein.

Der Rest der Ernte musste noch eingebracht werden. Das Winterheu von den Sommerlagern geholt werden. Die Jungtiere mussten eingefangen und gebrannt werden. Als er mit Tim und Nat unterwegs war, fragte er: „Weißt du etwas von Sandra? Wie geht es ihr?"

„Mum hat gestern und heute in der Klinik angerufen. Gestern Nacht ging es ihr nicht so gut, sie musste wieder an dieses Inhalationsgerät. Aber jetzt, sagen die Ärzte, hat sie das Ärgste überstanden. Es geht ihr besser. Das Fieber ist auch zurückgegangen." Er sah Kenny verständnisvoll an. „Ich merke schon die ganze Zeit, dass du nicht bei der Sache bist."

„Ja. Ich wäre am liebsten bei ihr", gestand er.

Nat hatte die beiden erst fragend angesehen, dann hatte er kapiert. „Wow, du und Sandra! Läuft das zwischen euch schon länger?"

Kenny sah in Richtung Berge. „Nein! Eigentlich mochte ich Sandra schon, als sie hier ankam. Aber erst seit wir gemeinsam die Kleine in den Bergen gesucht haben, wussten wir, dass wir zusammengehören."

„Was ist da eigentlich genau gelaufen?", wollte Nat wissen. So erzählte Kenny den beiden, was vorgefallen war.

„He, das habt ihr richtig gut gemacht!", stellte Nat anerkennend fest.

Kenny schüttelte den Kopf. „Ich, ich hab gar nichts gemacht. Sandra ist die Heldin."

„Hoffentlich wird sie bald wieder entlassen."

„Ja, hoffentlich", sagte Kenny und Tim nickte dazu. „Wir sind erst so kurz zusammen und ich vermisse sie jetzt schon", gestand er.

„Wisst ihr", verkündete Nat nun. „Ich denke, es wird Zeit, dass Mum und Dad Janet kennenlernen. Ich habe vor, sie nächstes Wochenende hierher einzuladen. Wir sind jetzt schon zwei Jahre zusammen. Ich denke, ich sollte ihr irgendwann einen Heiratsantrag machen." Er dachte nach und fand, dass er sich blöd ausgedrückt hatte. „Zumindest würde ich sie gerne heiraten."

„Hört, hört! Mein kleiner Bruder trägt sich mit Heiratsgedanken. Na, das wird auch endlich Zeit. Ich habe mich schon manchmal gefragt, ob Mum und Dad sich nicht manchmal ganz schön blöd vorkommen, wo doch alle Welt schon über euch Bescheid weiß. Dann wird sich ja bald einiges ändern hier", meinte Tim.

Nat hatte einen roten Kopf bekommen und schwieg. Als die drei zur Ranch zurückritten, kam Mrs Aigner über den Hof. „Kenny, morgen müssen wir Lucy abholen. Ich möchte Sandra in der Klinik besuchen. Ich denke, du fliegst. Du willst sie doch gerne besuchen, oder?" Seine Chefin zwinkerte ihm zu und hatte so ein eindeutiges Grinsen im Gesicht.

„Gerne. Natürlich möchte ich sie sehen! Wissen Sie, wie es ihr geht?", fragte er bekümmert.

„Ich habe vorher mit ihr gesprochen. Ihre Stimme ist heiser, aber sie kann schon wieder reden. Heute hatte sie zum ersten Mal kein Fieber, aber sie fühlt sich immer noch schwach." Sie machte eine Pause. „Ihr Arzt hat gemeint, wenn das Wochenende so bleibt, dürfen wir sie am Montag mit nach Hause nehmen."

Kenny freute sich wie ein kleiner Junge, dem man ein Geschenk gemacht hatte. Margret sah und hörte, wie er aufatmete. Nachdem er sein Pferd versorgt hatte, lief er sofort zu seiner Mutter und küsste sie. Wie immer hatte sie die Neuigkeiten schon erfahren. „Wir päppeln sie schon wieder auf. Hab keine Angst, mein Junge", war ihr ganzer Kommentar.

Sie waren am nächsten Morgen sehr früh losgeflogen. Nachdem sie bei Sandra im Krankenhaus waren, hatte Tante Margret noch einiges zu erledigen. Unter anderem ging sie einkaufen. Dafür nahm sie sich dieses Mal ein Taxi. Der Verkehr in Toronto war ein Horror. Wenn sie mit dem Wagen nach Kingston fuhr, begegnete ihr oft nicht ein einziges Auto. Sie ließ Kenny bei Sandra in der Klinik zurück. „Ich gehe später mit Lucy essen und werde erst am Nachmittag wieder hier sein."

Als sie weg war, setzte er sich erst mal zu Sandra aufs Bett und gab ihr einen Kuss. „Geht es dir wirklich gut?" Seine Hände streichelten ihr zerzaustes Haar.

„Ja, ich bin nur müde. Der Husten wird noch eine Weile bleiben, sagt der Arzt. Aber sonst geht's schon. Ich muss mich halt noch eine ganze Zeit lang schonen, hat er gesagt."

„Ich soll dich auch von meiner Mutter grüßen. Sie meint, sie und Mrs Aigner werden dich schon aufpäppeln. Ich habe da auch keinerlei Bedenken." Sie lächelten beide und Sandras Herz hüpfte beim Klang seiner zärtlichen Stimme. Sie hatte wenig Appetit. Das Mittagessen, das sie bekam, reichte für beide. Nach dem Essen schlief sie kurz ein.

Sie war erst aufgewacht, als die Schwester kam, um das Bett zu machen. Sandra durfte aufstehen. Kenny führte sie dabei ein bisschen im Zimmer herum. Als sie sich wieder hinlegte, war ihr ganz schwindelig. Ab und zu bekam sie einen Hustenanfall. Sie sagte, dass der Arzt meinte, es würde erst besser werden, wenn sich der Schleim auf ihren Lungen und Bronchien gelöst hat. Dafür musste sie Medikamente einnehmen. Ein Mal am Tag bekam sie auch noch eine Infusion.

Sie tranken gerade Kaffee, als Tante Margret mit Lucy hereinkam. Lucy umarmte Sandra herzlich und Tante Margret brachte ihr einen Strauß Blumen,. Sonnenblumen mit blauen Iris. „Ich liebe Sonnenblumen!", bedankte sich Sandra. „Manchmal, wenn es mir nicht so gut geht, schließe ich meine

Augen und stelle mir ein ganzes Feld davon vor. Sonnenblumen, die sich im Wind wiegen." Aber manchmal träumte sie sich auch unter die alte Weide. Das war immer ihr geheimer Zufluchtsort gewesen.

„Wir sollten jetzt langsam wieder gehen. Tut mir leid, dass ich dich nur so kurz besucht habe. Aber ich bin überzeugt, Kennys Gesellschaft war dir sowieso lieber." Tante Margret strich Sandra übers Haar und lächelte wissend. „Am Montag holen wir dich nach Hause. Dann wird alles wieder gut." Lucy und ihre Mutter verabschiedeten sich von ihr.

Kenny sah die beiden an, dann ging er zu Sandra ans Bett und küsste sie. „Bis Montag ..." Er hätte gern noch mehr gesagt. Er schaute sich noch einmal zu seinen beiden Begleiterinnen um und küsste Sandra erneut. Dann verließen sie das Zimmer. Lucy sah ihn immer wieder erstaunt an, als sie im Fahrstuhl nach unten fuhren. Sie sagte nichts. Dennoch konnte sie es sich nicht verkneifen, sie knuffte ihn in die Seite und zwinkerte ihm zu. Kenny grinste und knuffte zurück. Lucy war in ihrer Pubertät auch ganz schön verknallt in Kenny gewesen. Aber er war ihr immer nur ein Freund geblieben und jetzt würde sie dieses Verhältnis eher als brüderlich bezeichnen. Obwohl sie ihre eigenen Brüder nie so gut verstanden hatte wie Kenny.

Am Abend unterhielt er sich wieder mit Moon. Es gab da einige Dinge, die ihn belasteten. „Ich freue mich ja, wenn Sandra wieder nach Hause kommt. Aber ich weiß nicht, wie ich mich dann verhalten soll. Sie wohnt schließlich drüben im Ranchhouse. Wenn ich sie sehen will, muss ich drüben klopfen und um Einlass bitten."

„Und jetzt weißt du nicht, wie dein Stolz damit fertig wird? Werden die Dinge so kompliziert, wenn man erwachsen wird? Früher bist du drüben immer ein und aus gegangen", unterbrach seine Mutter ihn. Sie hatte wieder mal den Nagel auf dem Kopf getroffen.·

„So ungefähr! Es ist doch blöde, dass wir so nah beieinander sind und trotzdem so weit. Verstehst du mich? Früher – da war ich eben ein Kind und heute bin ich ein Mann!"

Moon musste über seine Weisheiten grinsen, die er da von sich gab. „Ja, ich verstehe dich. Aber Liebe findet immer eine Lösung. Denk daran: Du musst nichts überstürzen. Lass Sandra erst mal heimkommen. Ich werde mich ja auch um sie kümmern." Moon legte ihrem Sohn die Hand auf die Schultern. Sie wusste, dass alles gut werden würde. Sie spürte es.

Kenny ritt übers Wochenende noch einmal in die Berge. In seiner Hütte wollte er nachdenken. Fern vom Trubel auf der Ranch. Die Einsamkeit dort oben hatte ihm schon immer gutgetan. Außerdem würde es wohl das letzte Mal vor dem Winter sein und er musste die Hütte wetterfest machen. Als er zurückkam, war er allerdings keinen Schritt weiter gekommen.

Am Montagmorgen machte er sich mit Tim auf den Weg, um Sandra abzuholen. Lucy war mit von der Partie, denn sie musste wieder zur Schule. Tante Margret wollte auch mitkommen, aber sie hatte vergessen, dass Katherin bei ihrer Schwester im Dorf einen Besuch machte und sie auf die kleine Caren, einen wahren Sonnenschein, aufpassen musste. Kenny war froh, dass er mit in die Stadt fliegen konnte, so hatte er wenigstens noch etwas Zeit, die er mit Sandra allein verbringen konnte. Tim hatte den ganzen Vormittag in Toronto zu tun.

Im Krankenhaus bekam Kenny noch einige Anweisungen vom Arzt. „Sie darf sich auf keinen Fall noch einmal erkälten, das ist jedenfalls das Wichtigste." Dann wandte er sich an Sandra: „Nehmen Sie diese Tabletten dreimal am Tag, bis sie alle sind. Die anderen kleinen Pillen werden Sie noch eine Weile weiternehmen müssen. Ansonsten auf jeden Fall noch viel Ruhe. Außerdem sollten Sie jede Woche ein Mal Ihren Arzt aufsuchen. Wenn nichts weiter dazwischenkommt, würde ich Sie gerne in vier Wochen zur Nachuntersuchung sehen."

Als der Arzt gegangen war, erzählte Kenny ihr von seinen Bedenken. „Weißt du, ich frage mich, ob ich dich auf der Ranch sehr oft besuchen kann? Na ja, du wohnst da bei meinem Boss und ich kann da nicht einfach hineinmarschieren und sagen: ‚Hallo, da bin ich.' Verstehst du, was ich meine?" Er sah sie etwas verlegen an.

„Ja! Ich verstehe, was du meinst, aber irgendwie schaffen wir das schon. Ich werde ja auch bald wieder gesund sein. Dann können wir an den Wochenenden zusammen sein." Sie wurde traurig. „Leider ist bald Winter."

Kenny drückte ihre Hand. „Es wird auch wieder Sommer. Ich liebe dich, Sandra. Irgendwann möchte ich für immer mit dir zusammen sein."

Sie sahen sich fest in die Augen. „Das möchte ich auch! Wenn es mir besser geht, können wir spazieren gehen und Pläne über unsere Zukunft machen. Es wird bestimmt alles gut."

Tim kam mit einer Schwester herein, die einen Rollstuhl schob. „So, junge Dame! Darf ich bitten, Platz zu nehmen. Es geht ab nach Hause."

Sandra strahlte über das ganze Gesicht und setzte sich in den Rollstuhl. Der Arzt schaute auch noch einmal kurz herein. „So, da habe ich noch ein Rezept für diese schleimlösenden Tabletten. Wie gesagt, die werden Sie noch eine Weile nehmen müssen. Außerdem habe ich noch einen Brief für Ihren weiterbehandelnden Arzt. Ich wünsche Ihnen alles Gute, Miss Weidner." Er reichte ihr die Hand und verließ das Zimmer.

Gegen Nachmittag kamen sie auf der Ranch an. Kenny ließ es sich nicht nehmen, sie zum Haus hinüberzuführen. Sandra stützte sich schwer auf ihn. Als sie jedoch die Hälfte der Strecke zurückgelegt hatten, wandte sie sich zu ihm um: „Bitte trag mich!" Sie hatte das Gefühl, die Beine würden ihren Dienst versagen, so fingen ihre Knie plötzlich vor Erschöpfung zu zittern an. Nachdem sie eineinhalb Wochen gelegen hatte, war die Anstrengung fast zu groß. Kenny nahm sie auf den Arm und trug sie die fünfzig Meter zum Haus.

Man hatte Sandra das Gästezimmer im Untergeschoss hergerichtet. So mussten Tante Margret und Moon nicht immer nach oben laufen und Sandra konnte auch ab und zu im Wohnzimmer sitzen. Alle drängelten sich zur Begrüßung um sie. Sie lernte erstmals die kleine Caren kennen.

„Oh, wenn es mir besser geht, würde ich sie auch gerne mal nehmen. Wir vertragen uns bestimmt gut miteinander." Sie streichelte dem Baby über den Kopf und das Baby dankte es ihr, indem es sie anlächelte.

„So", meinte Tante Margret, „am besten, wir lassen dich jetzt für eine Weile allein. Vielleicht möchtest du eine Stunde schlafen, bevor ich dir das Essen bringe."

„Ja gerne. Ich bin wirklich etwas erschöpft." Das war alles etwas viel. Immerhin war sie schwer krank gewesen.

Als sie das Zimmer verlassen hatten, erklärte Kenny Mrs Aigner, wie Sandra ihre Medikamente einnehmen musste und was der Arzt sonst noch gesagt hatte.

Sandra machte gute Fortschritte. Sie stand jeden Tag kurz auf, um sich etwas zu bewegen. Als am Mittwoch schönes Wetter war, bat sie, ob sie nicht etwas auf der Terrasse sitzen könnte. Man stellte ihr einen Liegestuhl hinaus und so konnte sie in eine Decke gehüllt die herbstliche Sonne genießen. Die frische Luft tat ihr wirklich gut. Bobby kam und begrüßte sie stürmisch, dann legte er sich zu ihren Füßen. Sie hoffte, dass sie Kenny sehen würde, wenn er zum Essen zur Ranch kam.

Moon leistete ihr ein bisschen Gesellschaft. Auch Katherin kam und die kleine Caren durfte ein paar Minuten auf ihrem Schoß sitzen. Die Sonne stand schon ziemlich tief. Sie hatte Angst, dass es nun bald zu kühl würde und sie ins Haus musste, ohne Kenny vorher gesehen zu haben. Da kamen endlich einige Reiter auf den Hof zu. Er war auch dabei. Nachdem er sein Pferd in den Stall gebracht hatte, lief er lächelnd auf sie zu. „Hallo, wie geht es dir?", fragte er zurückhaltend, fast schüchtern.

„Gut, danke! Es geht mir wirklich schon viel besser. Wenn das Wetter am Samstag so schön wie heute ist, könnten wir vielleicht ein bisschen spazieren gehen. Nicht so weit. Aber dann könnten wir eine Weile allein sein."

„Ich würde mich freuen." Er wollte sich schon abwenden und gehen, da drehte er sich noch mal um. Zum Teufel! Sollten die andern doch denken, was sie wollten. Er beugte sich hinunter, nahm sie zärtlich in die Arme und küsste sie.

Einer der Cowboys hatte es gesehen. „Hey! Unser schüchterner Kenny hat ein Mädchen. Ausgerechnet er ist bei unserem Cowgirl gelandet."

Scott grinste breit und klatschte vor Freude in die Hände. „Na also! Hab ich doch gleich gewusst, dass aus den beiden noch was wird." Alle schauten sich nach dem Paar auf der Veranda um. Zum Trotz küsste Kenny Sandra noch einmal. Während er zum Workhouse hinüberging, klopften ihm einige Cowboys auf die Schulter, so als wollten sie ihm zu einer Errungenschaft gratulieren. Sandra schüttelte nur lachend den Kopf über so viel Machogehabe.

„Wir sind so froh, dass es dir wieder besser geht. Du hast uns allen einen echten Schrecken eingejagt", machte ihr Onkel noch einmal beim Abendessen deutlich. Es war das zweite Mal, dass sie es wieder mit der Familie einnahm. Man sah es Onkel John und Tante Margret an, wie erleichtert sie waren.

„Ja, ich fühle mich schon wieder kräftiger. Ich würde morgen gerne wieder nach oben in mein altes Zimmer ziehen." Sandra hustete. Manchmal, besonders am Morgen, war der Husten richtig heftig. Am Anfang waren alle erschrocken, wenn sie so einen Hustenanfall bekam. In der Zwischenzeit hatten sie sich fast daran gewöhnt.

„Ab morgen möchte ich auch anfangen, etwas auf dem Hof umherzugehen." Sie musste langsam wieder etwas für ihre Muskulatur tun.

„Wie du meinst", sagte Tante Margret, „aber überanstrenge dich nicht."

„Keine Sorge", versprach Sandra. „Wenn ich müde werde, setze ich mich sofort wieder hin. Versprochen!" Sie hob drei Finger so, als ob sie schwören würde.

Das Wetter blieb sonnig und warm. Sandra richtete es so ein, dass sie Kenny fast jeden Tag sehen konnte, wenn auch nur für kurz.

Als Tim am Freitagnachmittag mit Lucy aus der Stadt zurückkam, brachte er zwei Briefe für Sandra mit. Beide kamen aus Deutschland. Einer war von Nadja und einer von ihrer Freundin Christine. Sie war erstaunt über das, was sie las.

Christine lebte auf Weidenhof. Sie war jetzt mit diesem Mann, Herrn Reinhard, zusammen, der den Weidenhof gekauft hatte. Sandra wunderte sich selbst darüber, dass es ihr jetzt gar nichts mehr ausmachte, das zu hören. Im Gegenteil, hoffentlich wurde Christine dort glücklich.

Nadja schrieb, dass ihre Eltern nun getrennt lebten. Sie waren aber in der gleichen Stadt und sie konnte jeden Tag beide sehen, wenn sie wollte. Es wäre ihr zwar lieber gewesen, wenn sie eine richtige Familie wären, meinte sie, doch so würde sie wenigstens von beiden verwöhnt. Die Grüße für Kenny fehlten natürlich auch nicht.

Auch in Darlene hatte Sandra eine gute Freundin gefunden. Sie war zwar schreibfaul, aber sie rief mindestens zwei Mal in der Woche an.

Am Abend verkündete Nat, dass er am Sonntag gerne ein Mädchen zum Essen einladen würde. Wenn seine Eltern nichts dagegen hätten, könnte man Janet ja nach der Kirche mit zur Ranch nehmen.

„Ach, wer ist denn dieses Mädchen?", tat Onkel John unwissend. Tante Margret grinste in sich hinein.

„Sie heißt Janet Bolton. Ihr kennt die Boltons ja. Sie haben die Post." Selbstverständlich kannte man sich. John spielte sogar ab und zu mit James Bolton Karten. Schon oft hatte man dabei über die Beziehung ihrer Kinder gesprochen. Nat räusperte sich verlegen. Dann ließ er es endlich heraus: „Janet ist meine Freundin."

„Nein? Wirklich? Wie lange hast du uns das schon verschwiegen?", fragte Onkel John und stellte sich dumm.

Nat hüstelte wieder. „Noch nicht so lange." Und als niemand etwas darauf sagte, meinte er: „Na ja, eigentlich schon über ein Jahr." Genau genommen waren es fast zwei. Aber Nat konnte selbst kaum sagen, wann er gemerkt hatte, dass er sich in die gute Freundin verliebt hatte. Er räusperte sich wieder.

Alle wussten natürlich schon lange Bescheid und als Onkel John dann noch ganz trocken meinte: „Ich glaube, du solltest zum Arzt gehen. Sandra hat dich bestimmt angesteckt. Du klingst so erkältet", prusteten alle los vor lachen. Nat bekam einen roten Kopf.

Tim boxte ihn in die Seite. „Mein kleiner Bruder!", meinte er.

Tante Margret machte dem Spaß ein Ende: „Sag Janet, wir freuen uns auf ihren Besuch."

Sandra konnte es auch kaum erwarten, dass es Wochenende wurde. Sie hatte mit Kenny ausgemacht, dass er sie am Samstagnachmittag abholte. Nach dem Kaffee entschuldigte sie sich: „Kenny wird bald da sein. Ich will ein bisschen mit ihm spazieren gehen." Um alle Bedenken abzuwehren, versprach sie Tante Margret schon im Voraus, noch bevor sie irgendwelche Zweifel anmelden konnte: „Ich ziehe mich warm an und wir werden nicht zu weit gehen. Falls es etwas länger dauert, macht euch bitte keine Sorgen. Wir machen eine kleine Pause und notfalls kann Kenny mich ja heimtragen."

Zu ihrer Verwunderung antwortete sie aber nur: „Ich habe da keine Bedenken. Kenny wird schon auf dich aufpassen."

„Tja", meinte Onkel John und sah seine Frau dabei wissend an. „Jetzt werden die beiden flügge. Ich weiß nicht, ob ich das zulassen soll. Wer weiß, was die zusammen machen?" Er zuckte verschmitzt die Schultern. Dieses Mal war es Sandra, die einen roten Kopf bekam – Onkel John und seine Sprüche.

Sandra wusste, wie ungern Kenny am Ranchhouse klopfte, deshalb zog sie sich ihre Jacke an und setzte sich auf die Veranda hinaus, um auf ihn zu warten. Es dauerte nicht lange, bis er über den Hof kam. „Bist du bereit?"

„Ja, und wie! Ich freue mich schon so." Händchen haltend, Bobby in Begleitung, schlenderten sie vom Hof. Als sie außer Sichtweite waren, nahm Kenny sie in den Arm. „Ich habe mich schon so nach dir gesehnt. Lange hätte ich es nicht mehr ausgehalten."

„Und ich habe mich nach dir gesehnt." Sie schmiegte sich an ihn. „Ich würde so gerne einmal mit dir zu deiner Hütte reiten." Das hatte sie sich schon gewünscht, bevor sie die Aigner Ranch verlassen hatte und die Arbeit im Ontario Hotel angenommen hatte.

„Das erlauben die Aigners nie. Bald gibt es da oben Schnee.

Ich muss doch auf dich aufpassen. Das wäre unverantwortlich", gab er zu bedenken. „Ich habe selbst nicht mehr geplant, noch einmal vor dem Winter hinaufzugehen."

Sandra lachte bei dem Gedanken daran, dass sie erst Onkel John um Erlaubnis bitten müsste. „Weißt du eigentlich, dass ich fast siebenundzwanzig bin?"

Kenny stimmte in ihr fröhliches Lachen mit ein. „Nein! Wirklich? Schon so alt!"

„Hey! Nicht frech werden!" Sie stieß ihm ganz leicht den Ellenbogen in die Rippen.

An einer sonnigen Stelle, nahe einem Busch, legten sie sich ins Gras. Kenny spürte es wieder ganz deutlich, wie sehr er sich, ja, wie sein ganzer Körper sich nach ihr sehnte. Sandra sprach es aus: „Hätte ich das untere Zimmer behalten, hättest du jeden Abend bei mir einsteigen können. Wir hätten dann die Nächte zusammen verbringen können und niemand hätte uns gehört!"

„Hey! Dir geht es ja anscheinend schon wieder ganz gut", neckte er sie. Dann beugte er sich über sie und schaute ihr verliebt in die Augen. „Wie ich mich danach sehne, dich zu streicheln, zu küssen, nach deiner Haut, nach dir." Seine Männlichkeit regte sich. Sein Verlangen wurde unsagbar groß. Er musste sie einfach küssen. Erst berührte er ihren Mund ganz sanft und zaghaft. Dann wilder, verlangender. Sandra öffnete leicht ihre Lippen, ließ ihn gewähren, nagte an seiner Unterlippe. Leidenschaftlich küssten sich die beiden. Mit einem Arm hielt er Sandra fest. Die andere Hand wanderte über ihren Körper. Sie wand sich erregt unter seinen Berührungen. Doch plötzlich drückte sie ihn von sich. Sofort ließ er sie los.

„Ich bekomme keine Luft", japste sie und bekam einen Hustenanfall.

Mit einem Mal war Kenny wieder nüchtern. Erwacht aus

dem Rausch seiner Gefühle. „Es tut mir leid. Ich wollte dir nicht wehtun."

„Du hast mir nicht wehgetan. Ich wollte es ja auch. So weit bin ich halt doch noch nicht."

Er zog sie wieder an sich, sanft dieses Mal. „Ich werde warten!", versprach er. Als er sie wieder zurückgebracht hatte, setzte sie sich wieder auf ihren Liegestuhl auf der Veranda. Kenny blieb noch eine Weile bei ihr, bis die Sonne langsam rubinrot hinter den Bergen verschwand.

„Ich habe Dave noch nicht gesehen, seit ich zurück bin", wunderte sie sich.

„Er arbeitet nicht mehr hier. Er hat Betsy Richter geschwängert. Ihr Vater hat eine Autowerkstatt in Kingston. Jetzt arbeitet er als Mechaniker dort und er musste das Mädchen heiraten", erklärte er ohne Groll.

„Naja! Zündkabel durchschneiden kann er ja. Also hat er Erfahrung mit Autos." Sie sahen sich an und nun lachten sie beide darüber wie über einen schlechten Witz.

„Du wusstest, dass er es war?", fragte er verwundert.

„Ja. Vom ersten Augenblick an! Er hat es aus verschmähter Liebe getan. Er hat mich an dem Abend geküsst und ich habe ihn abblitzen lassen. Verletzte Eitelkeit war das Motiv."

Kenny musste sie einfach wieder und immer wieder küssen. Er war glücklich, das zu hören.

Plötzlich meinte Sandra: „ Ich glaube, das geht nicht gut. Das Mädchen tut mir leid." Nach einer kurzen Pause sagte sie: „Und Dave auch."

Sie saßen noch einige Minuten still zusammen, dann ging Kenny.

Am nächsten Tag wurde Janet im Hause der Aigners eingeführt. Von da an war es offiziell und sie kam nun öfter. Auch Nat war nun des Öfteren bei Familie Bolton zu Gast. So wie es aussah, würde es im nächsten Jahr eine Hochzeit geben. Es war geplant, dass Nat mit seiner Frau auch auf der Ranch baute. John und Margret hatten gehofft, dass hier einmal eine richtig große Familie lebte. Es hatte den Anschein, dass ihr Wunsch in Erfüllung gehen würde.

Sandra fragte sich, wo sie und Kenny wohl einmal leben würden. Er wollte nicht unmittelbar hier in der Nähe wohnen, das wusste sie.

Die Tage wurden kürzer. Sandra ging oft mit dem Kinderwagen spazieren. Die kleine Caren war ein liebes Baby. Mit Kenny unternahm sie bei schönem Wetter ebenfalls Spaziergänge oder auch schon kleinere Ausritte.

Die Nachuntersuchung im Krankenhaus verlief gut und sie bekam ihr letztes Päckchen Tabletten mit. Am Eingang des Krankenhauses stieß sie fast mit einem Mann zusammen. „Tschuldigung", murmelte der nur. Sie war schon an ihm vorüber, als sie sich noch einmal umdrehte. Auch er blickte zurück.

„Dave?", fragte sie.

„Hallo Sandra!", kam prompt die Antwort.

Dave sah schlecht aus. Es schien, als wäre er um zehn Jahre gealtert. „Wie geht es dir?", fragte sie trotzdem.

Er deutete in Richtung Aufzug. „Betsy bekommt ein Baby", erklärte er. Betsy musste seine junge Frau sein. Auf der Ranch hatte sie gehört, dass sie noch keine achtzehn war. Dave war mindestens zehn Jahre älter als sie.

„Sie ist erst im sechsten Monat." Seine Stimme klang seltsam monoton. „Vielleicht besser, wenn es stirbt." Sandra war schockiert. Sie hätte ihm am liebsten die Meinung gesagt. Aber irgendwie konnte sie es nicht. Dave war in einer schrecklichen Verfassung. Er wirkte sehr verzweifelt. Er, der sich immer so aufgeblasen hatte und den starken Max gespielt hatte. Er tat ihr so leid. Sie wusste einfach nicht, was sie sagen sollte, so wandte sie unbewusst einen Lieblingsspruch ihrer Großmutter an: „Es wird schon alles gut werden." Sie legte kurz die Hand auf seinen Arm. Er drehte sich weg und ging ohne einen seiner Sprüche und ohne sie anzumachen.

Tim war dieses Mal geflogen. Als sie von ihrer Begegnung erzählte, meinte er nur: „Das war vorauszusehen. Betsy war immer ein schüchternes Mädchen. Sie war sehr zurückhaltend Jungs gegenüber. Ich glaube, – und das ist jetzt nicht böse gemeint –, sie ist ein bisschen zurückgeblieben. Wenn du verstehst, was ich meine? Ausgesehen hat sie immer wie ein Engel. Lucy war immer neidisch auf Betsy, weil sie in der Kinderkirche immer einen Engel in der Weihnachtsgeschichte spielen durfte." Bei dem Gedanken daran lachte er. Doch er kam gleich wieder zum Thema zurück. „Wenn er vernünftig gewesen wäre, hätte er sich gar nicht mit ihr eingelassen. Ich denke, er hat ihre Unerfahrenheit schlichtweg nur ausgenutzt. Und das hat er nun davon."

Sandra nickte. „So etwas Ähnliches hat Kenny auch gesagt." Sie spürte, dass auch Tim Mitgefühl für alle Beteiligten hatte.

Es war kalt geworden. Anfang November fiel der erste Schnee und der blieb auch gleich liegen. Die meisten Cowboys hatten die Ranch verlassen. Sie verbrachten den Winter bei ihren Familien, sofern sie welche hatten. Auf der Ranch gab es nichts für sie zu tun. Fast alle würden aber im nächsten Jahr wieder hier sein. Denn John Aigner sorgte gut für seine Männer und bezahlte sie anständig.

Es war still geworden. Oft saßen alle beisammen und redeten oder spielten. Sandra fand jede Menge Bücher zum Lesen. Sogar deutsche Bücher. Sie entdeckte sogar eine Gitarre, auf der sie am Abend vor dem Kamin spielte und sang.

„Die hatte einmal Lucy gehört. Aber du hast wesentlich

mehr Talent als sie", meinte Nat und verdrehte die Augen bei dem Gedanken an Lucys musikalische Künste.

Manchmal saß Kenny bei ihnen und jeder wünschte sich irgendwelche Evergreens von ihr, die sie dann versuchte zum Besten zu geben. Ansonsten tat ihr die Ruhe sehr gut. Sie fühlte sich sehr wohl. Lucy blieb nun länger in der Stadt. Manchmal bis zu vier Wochen lang. Als die Weihnachtsferien begannen, holte Tim sie ab.

Sandra war ein paar Wochen zuvor in der Stadt und hatte ein paar Geschenke besorgt. Was sie Kenny schenken wollte, wusste sie lange nicht. Bis sie gesehen hatte, dass seine Handschuhe ganz kaputt waren. Sie hatte Tim gebeten, ob er ihr braune Lederhandschuhe für Kenny besorgen konnte. Seine Hände waren ungefähr so groß wie Kennys, fand sie. Er traf wirklich eine gute Wahl. Sandra stickte noch ein kleines Muster am Handgelenk ein. Im Muster verflochten links ein „S" und rechts ein „K" miteinander. Sie war sehr zufrieden mit ihrer Arbeit. Außerdem strickte sie noch einen Schal für ihn.

An Heiligabend wurde im Ranchhouse gekocht und gebacken. Moon half dabei. Es wurde noch ein Tisch aufgestellt und wie jedes Jahr wurden Moon, Kenny, Scott und die anderen acht Cowboys, die auf der Ranch geblieben waren, zum Essen eingeladen. Da man wegen dem Schnee nicht zur Kirche fahren konnte, las Kathrin die Weihnachtsgeschichte und Onkel John sprach ein Gebet. Nach dem Abendessen sangen sie gemeinsam noch ein paar Weihnachtslieder.

Als die anderen gegangen waren, blieben Kenny und Moon noch einen Augenblick. Kenny ging auf Sandra zu. Er gab ihr ein Briefcouvert. Als sie es entgegennahm, hielt er ihre Hand fest und steckte ihr einen kleinen goldenen Ring an den Finger. Sie fiel ihm vor Freude um den Hals. Dann lief sie schnell nach oben, um die Handschuhe und den Schal zu holen. Als er sie anprobiert hatte, sagte er: „Die passen wie angegossen. Meine alten sind ja fast kaputt. Hast du das gestickt?" Sie nickte stolz. Daraufhin drückte er sie an sich. „Sie sind wunderschön." Kurze Zeit später verabschiedeten sie sich.

Von John und Margret bekam Sandra einen Gutschein für ein paar Cowboystiefel und einen Hut. Sandra hatte auch ein Geschenk für alle anderen. Außerdem hatte sie die Woche vor Weihnachten wie eine Wahnsinnige Plätzchen gebacken. Für alle im Haus, für Moon und Kenny und die anderen Cowboys.

Als sie abends in ihrem Zimmer war, fiel ihr der Brief ein. Sie hatte ihn auf ihren Nachttisch gelegt, als sie die Handschuhe geholt hatte. Sie öffnete ihn und las:

Sandra, mein Herz

Ich halte es fast nicht mehr aus, dich jeden Tag zu sehen und doch so fern von dir zu sein.
Wäre es nicht toll, eine Woche allein zu zweit zu sein?
Am 2. Januar eine Verwöhnwoche im Hotel Big Valley in der Stadt. Das ist mein Weihnachtswunsch und gleichzeitig mein Geschenk an dich.
Bitte sag ja!
Ich liebe dich!

Kenny

Dieser Brief sprach aus, was auch sie sich schon lange wünschte. Endlich mit Kenny alleine sein. Sie sehnte sich nach ihm. Ja, und es war ganz natürlich, sie sehnte sich auch danach, endlich mit ihm zu schlafen.

Als sie am nächsten Tag noch kalten Braten von dem opulenten Mahl vom Vortag zu den Cowboys hinüberbrachte, gab sie ihm seinen Brief zurück. Sie hatte daruntergeschrieben:

Einladung angenommen! Kann es kaum noch erwarten!

Die Tage kamen und gingen und mit dem neuen Jahr kam ein gewaltiger Blizzard.

Tim wollte die beiden in die Stadt fliegen, aber als es so weit war, schneite es so heftig, dass man nicht einmal Lucy zur Schule bringen konnte. Man hatte zwischen allen Gebäuden Wege freigeschaufelt und der Schnee türmte sich an den Wänden über einen Meter hoch. So etwas hatte sie zwar schon im Fernsehen gesehen. Doch es hier zu erleben, war etwas ganz Neues. Onkel Johns Kommentar dazu war aber nur: „Damit war zu rechnen, es war bisher viel zu trocken."

Kenny war deprimiert! „Man könnte meinen, alles hat sich gegen uns verschworen."

Sandra legte ihren Finger auf seine Lippen. „Dann wird es eben in deiner Hütte oben doppelt so schön." Ihr fiel das Warten ebenso schwer wie ihm, aber es ließ sich nun mal nicht ändern.

Die Zeit schlich zäh dahin. Einen ganzen Monat schneite es und das, was sie bereits für eine Katastrophe hielt, war nur der Anfang. Die schmalen Pfade zwischen der Ranch und den anderen Gebäuden kamen ihr vor wie Tunnel. Sie konnte nicht mehr über die weißen Wände hinüberschauen. Selbst Onkel John erklärte im März, als der Schnee schmolz, dass er selten solche strengen Winter mit so viel Schnee in Kanada erlebt hätte.

Aber der Frühling kam. Er verwandelte die Weiden in Sümpfe. Und der kleine Bach, der einige hundert Meter von der

Ranch entfernt vorbeiplätscherte, wurde zum reißenden Fluss. Nachts in ihrem Zimmer hörte sie das Wasser des Creeks rauschen. Noch bevor er wieder ruhig in seinem Bett floss, erblühten rings um die Ranch sämtliche Obstbäume. Wenn man über die Wiesen ritt, spritzte es unter den Hufen auf und bei jedem Schritt gab es schmatzende Geräusche.

Anfang Mai wurde die Verlobung von Nat und Janet gefeiert. Die beiden planten ihre Hochzeit. Nun war es also amtlich.

Eine Woche später war es dann endlich für Sandra und Kenny soweit. Sie hielten es nicht mehr länger aus. Obwohl es noch ziemlich kalt war, wollten sie endlich ihren Ausflug zu Kennys Hütte in den Bergen machen. Tante Margret meldete ihre Bedenken an. Aber Kenny versprach, dass er sie heil zurückbringen würde. Onkel John hatte da etwas mehr Vertrauen. „Kenny passt schon auf sie auf!", war sein ganzer Kommentar.

So ritten sie am Samstagmorgen los. Überall grünte es. Die Pfade waren wieder trocken und sicher und es war sonnig und warm. Unterwegs fing Sandra zu singen an. Sie war rundum glücklich und übermütig. Schließlich veranstaltete sie ein Pferderennen mit Kenny. Sandra gewann! Sie ahnte schon, dass er sie mit Absicht gewinnen ließ. „Weißt du, dass ich jetzt schon ein Jahr in Kanada bin", fragte sie ihn, als sie schon eine Weile schweigend nebeneinander hergeritten waren.

„Ja, und ich weiß auch noch ganz genau, wie ich dich vom Flughafen abgeholt habe", erwiderte Kenny träumerisch.

„Und?" Sie sah ihn fragend an.

„Was und?"

„Na ja! Ich möchte jetzt hören, dass es Liebe auf den ersten Blick war." Sie versuchte einen strengen Blick.

„Sorry! Ich weiß es nicht mehr genau, was ich über dich dachte. Ich habe mich wohl eher gefragt, was so ein verzogener Stadtmensch auf einer Ranch sucht", antwortete er ehrlich.

„Und ich fand dich damals schon interessant, aber auch irgendwie arrogant, weil du nicht mit mir gesprochen hast", konterte sie. „Aber das wäre ja nun geklärt." Sie machte eine Pause, legte den Kopf schräg. Nun wollte sie es genau wissen. „Wann hast du gemerkt, dass du dich in mich verliebt hast?"

Er tat so, als müsse er sehr darüber nachgrübeln. „Nun ja, ich glaube, das war, als ich mich an dem Abend im Hotel von dir verabschiedet habe. Damals, als wir die Pferde gebracht haben. Ich hatte plötzlich das starke Verlangen, dich zu küssen."

„Und ich war die ganze Nacht traurig, weil du es nicht getan hast. Überhaupt", fuhr sie nach einer Weile fort, „habe ich Barkleys Angebot nur angenommen, weil du eifersüchtig warst und dich so dämlich benommen hast."

„Habe ich nicht! Und ich war auch nicht eifersüchtig", erwiderte er trotzig.

„Du gibst aber zu, dass du mich damals in der Nacht mit Dave gesehen hast?", bohrte sie weiter.

„Warum hast du ihm damals keine geknallt? Das habe ich mich die ganze Zeit gefragt. – Und ich frage mich noch heute."

„Das frage ich mich auch manchmal. Aber ich war doch noch nicht lange auf der Ranch und ich wollte keinen Ärger." Sie sah ihn an und dann lachte sie: „Und du liebst mich doch sowieso nur wegen meinem sanftmütigen Wesen, oder?"

„Ich sage nichts mehr ohne meinen Anwalt." Er lachte sie an und versetzte sein Pferd in einen leichten Galopp.

Gegen Mittag kamen sie bei der Hütte an. An manchen Stellen, wo die Sonne nicht hinkam, lag noch Schnee. Ein paar hundert Meter entfernt glitzerte das Wasser eines kleinen Sees, der von einem schnell fließenden Gebirgsbach gespeist wurde.

„Kann man dort schwimmen gehen?", fragte sie, ohne einen Blick von dem See zu lassen.

„Ich gehe ab und zu dort schwimmen, ja. Aber ich warne

dich, selbst im Hochsommer ist das Wasser eiskalt. Zwanzig Grad erreicht es nie."

„Brrr..." Sandra schüttelte sich. „Vielleicht muss ich mich ja irgendwann dringend abkühlen, wenn ich mit dir hierherkomme." Sie sah ihn forsch an.

Allein bei diesem Blick spürte Kenny, wie es ihm heiß wurde und sich sein Körper nach ihr verzehrte. Er griff nach ihrer Hand und zog sie ungestüm zu sich her. Seine Lippen pressten sich auf die ihren und sie erwiderte seinen Kuss. Tiefer an ihrer Hüfte spürte sie, wie er sich an sie drückte. Sie fühlte seine Erregung. Sie war körperlich spürbar und auch ihr wurde schwindelig vor Begehren.

„Du bist ein Biest! Quäle mich nicht so! Wir müssen erst noch etwas anderes erledigen." Seine Stimme klang ganz anders als sonst. Tiefer und irgendwie wilder ... Er ließ sie los und wandte sich von ihr ab. Keine Minute zu früh, denn sonst hätte er sich nicht mehr beherrschen können.

Die Pferde wurden abgesattelt und gekoppelt. Mit einer Schlinge wurden die Vorderbeine zusammengebunden. So konnten sie sich zwar frei bewegen, aber nicht weglaufen.

Die Hütte war nicht sehr geräumig, bot aber Platz genug für ein gemütliches Wochenende zu zweit. Ein Bett, ein Tisch, zwei Stühle, ein Kamin und ein Kanonenofen zum Kochen. Kenny machte Feuer im Kamin. Dann hackte er noch etwas Holz für den kleinen Ofen. Währenddessen räumte Sandra die mitgebrachten Dinge ins Regal. Einige haltbare Vorräte waren noch vom letzten Jahr da. In der Nähe der Hütte war eine Quelle. Nachdem Kenny Wasser geholt hatte, kochte Sandra Tee und sie aßen eine Kleinigkeit. Während sie das restliche Essen aufräumte, kümmerte Kenny sich um das Feuer im Kamin. Immer wieder zwischendurch trafen sich ihre verzehrenden Blicke.

Schließlich klappte er das Bett hoch. Darunter befand sich eine Kiste. Er rollte ein großes Büffelfell vor dem Kamin auf dem Boden aus. In der Zauberkiste befanden sich auch mehrere Decken und zwei Kissen. Hätte sie nicht solches Vertrauen zu ihm gehabt, wäre sie auf den Verdacht gekommen, er hätte öfter Besuch hier oben, so gut war er eingerichtet. Kenny bereitete ein richtiges Liebesnest für die beiden. Dann schloss er die Fensterläden. Sandra hatte diesen Tag so sehr herbeigesehnt. Nun hatte sie etwas Angst. Sie zitterte.

„Ist dir immer noch kalt?", fragte Kenny.

„Nein! Mir ist nicht kalt. Nur ... Ich bin etwas aufgeregt."

„Ich liebe dich so sehr." Seine Stimme war so sanft. „Du willst es doch auch, oder? Ich werde auch ganz lieb zu dir sein", schmunzelte er. Im Schein des Kaminfeuers lehnte sie sich an ihn, küsste ihn, damit er endlich den Mund hielt. Sie hatten beide noch etwas Hemmungen. Langsam glitten sie zu Boden. Sandra lag ausgestreckt auf dem Rücken. Kenny beugte sich über sie. Er bedeckte ihren Mund, ihr Gesicht, ihren Hals mit seinen Küssen. Seine Hand ging unter ihrem Pullover auf Wanderschaft. Bald hatte er das Ziel seiner Begierde gefunden. Sandras Brustwarzen wurden ganz hart unter seinen Berührungen. Sie stöhnte leise und wand sich unter seinen Händen. Blitze zuckten durch ihren Körper. In glühender Leidenschaft zogen sie ihre Kleider aus. Er stöhnte, als Sandra seine Hose öffnete. Seine Erregung hatte sie schon vorher gespürt. Bevor er in sie eindrang, genoss er es, ihren zuckenden Körper anzuschauen. Schon einmal hatte er sie so gesehen. Damals wurde ihr Körper allerdings von Weinkrämpfen geschüttelt. „Sandra, mein Herz! Ich liebe dich so sehr, dass es fast wehtut", stöhnte er.

Dann ergaben sie sich beide dem Rausch ihrer Leidenschaft. Sandra keuchte vor Lust immer lauter, immer heftiger, bis sie sich schließlich aufbäumte und ihm entgegenschrie. Sie fühlte sich, als würde sie hinausgeschleudert ins Universum. Dort wo sie seine Seele fand und sich mit ihr in der Ewigkeit vereinte. Kennys Muskeln zuckten und sie spürte, wie sein Körper bebte, als er sich in sie verströmte. Sandra konnte das Gefühl nicht beschreiben. Sie fühlte sich unheimlich geborgen und verloren zugleich. Sie wollte nur noch in seinen Armen liegen und gehalten werden. Langsam verebbte dieses starke Gefühl und sie schmusten und spielten noch eine ganze Weile miteinander. Sandra konnte sich gar nicht sattsehen an Kenny. Wie seine Muskeln sich anspannten und wieder lockerten, als sie mit ihm spielte. Einmal lag sie auf ihm, einmal neben ihm. Seine Lippen, die sie zärtlich von ihrem Mund bis hinunter zu ihren Zehen verwöhnten, waren pure Magie.

Als sie sich auf ihm ausruhte, wurde Kenny ernst. Er dachte nach. „Damals, als du Nadja aus dem Wasser gefischt hast. Da warst du so böse, hast sie angeschrien. Was ist damals passiert? Was hast du zu ihr gesagt?"

Sandra schwieg.

„Ich weiß nicht viel über dich. Erzähl es mir, bitte", flehte er sie an.

Sandra wälzte sich neben ihn, dann begann sie zögernd: „Ich habe gesagt, dass meine Eltern tot sind. Dass sie froh sein sollte, dass sie Eltern hat und dass sie sie lieben. − So ungefähr." Sie machte eine Pause. „Okay, ich erzähl dir alles. Wir hatten in Deutschland einen Tierpark, ein wunderschönes Gelände in einem ehemaligen Kloster. Ich war sehr glücklich dort mit meinen Eltern und meiner Großmutter. Meine Eltern nahmen mich immer mit, wenn sie wohingingen. Bis zu jenem Tag. Ich war zwölf. Meine Eltern mussten weg. Heute weiß ich, sie sind zu einem Banktermin gefahren wegen einer Kreditsache, weil sie so viele Schulden hatten. Ich wollte unbedingt mitkommen, aber ich durfte nicht. Ich hatte so lange gebettelt, bis mein Vater böse wurde, und das passierte höchst selten. Wenn es mal Schelte gab, dann eher von meiner Mutter.

„Tu ein Mal, was man dir sagt! Du bleibst zu Hause bei Großmutter! Aus und basta", hat er gesagt. Dann sind sie weggefahren. Ich war zornig und habe mich unter den Zweigen der alten Weide versteckt. Ich habe geweint, aber vor Wut, weil ich zurückgewiesen wurde. Ich wollte so lange unter der Weide versteckt bleiben, bis sie sich Sorgen machten. Aber sie kamen nie wieder zurück und sie machten sich nie wieder Sorgen um mich. Ein anderer Wagen hatte einen Lkw überholt und sie frontal gerammt. Sie waren sofort tot.

Ich war nicht richtig traurig, glaube ich. Ich war wütend, weil sie fortgegangen waren. Für immer! Weggegangen, ohne mich dabeihaben zu wollen. Und sie sind nicht mehr heimgekommen. Haben sich keine Sorgen mehr um mich gemacht. Haben am Abend nicht nach mir gesucht. Ich war sehr egoistisch!

Auch später fehlte es mir an nichts. Meine Großmutter sorgte gut für mich. Bis zu dem Tag vor eineinhalb Jahren, als auch sie starb." Sie erzählte von ihren Schwierigkeiten bis zum Verkauf des Guts. „Weißt du, ich war auch auf meine Großmutter böse, weil sie mich in diesem hoffnungslosen Fiasko allein gelassen hatte. Außerdem fühlte ich mich als Versager, weil ich es nicht geschafft hatte, das Vermächtnis meiner Familie zu erhalten.

Als ich Nadja aus dem Wasser geholt hatte, dachte ich nur, wie gut sie es hatte, geliebt zu werden von zwei Eltern. Die sie nicht im Stich gelassen hatten wie mich. Das schrie ich ihr entgegen. Ich glaube, ich wollte vor lauter Selbstmitleid sterben." Weil Kenny nichts sagte, sprach sie weiter. „Im Fieber sah ich meine Eltern und meine Großmutter an meinem Bett stehen. Sie erzählten mir, wie schwer es gewesen wäre, mich zu verlassen. Dass ich aber weiterleben müsste. Und meine Mutter sagte, ich müsse mir selbst vergeben. Das tat ich dann auch. Ich schloss endlich Frieden mit allen. Besonders mit mir. Ich weiß nun auch, dass ich keine Schuld an dem Tod des Mädchens hatte."

Als sie geendet hatte, bedeckte Kenny ihren nackten Körper wieder mit Küssen. Sandra hatte gar nicht gewusst, wo sie überall erogene Zonen hatte. Er half ihr, ihren Körper neu zu entdecken. Nachdem er an ihren Brustwarzen geleckt und daran gesaugt hatte wie ein Baby, liebten sie sich ein zweites Mal. Viel zärtlicher und intensiver. Als sie es vor Erregung kaum mehr aushielten, setzte sie sich auf ihn und ritt ihn zum Höhepunkt. Dann streckte sie sich auf ihm aus und schlief glücklich und erschöpft auf seiner Brust ein.

In der Nacht war Kenny einmal aufgestanden, hatte Holz nachgelegt und sie beide zugedeckt. Dann schliefen sie Arm in Arm verschlungen bis zum Morgen.

Sie ritten am nächsten Morgen sehr früh wieder zurück, weil Kenny ihr unbedingt etwas zeigen wollte. Etwa die Hälfte der Strecke blieben sie auf dem Weg, den sie gekommen waren. Dann ritten sie in Richtung Osten weiter. Gegen Mittag überquerten sie ein altes Flussbett, in dem nur noch ein flaches Bächlein floss. Sandra sah das Haus schon von Weitem. „Wer wohnt denn da?", wollte sie von Kenny wissen.

„Seit fast zehn Jahren niemand mehr", antwortete er. „Mr und Mrs Geiger haben hier gewohnt. Sie sind auch aus Deutschland gekommen. Als sie die Ranch aus Altersgründen nicht mehr bewirtschaften konnten, haben sie das meiste Land an die Aigners verkauft. Als Mr Geiger starb, zog Mrs Geiger in die Stadt nach Kingston. Sie lebt heute noch dort."

Beim Näherkommen sah Sandra, dass die Farbe schon etwas abblätterte. Sonst schien das Haus noch ganz in Ordnung zu sein.

„Es gibt hier Strom und das Wasser kommt aus einer eigenen Quelle", sprach Kenny weiter. „Mit dem Auto ist man in einer Stunde in Kingston und in einer Dreiviertelstunde auf der Aigner Ranch." Kenny machte eine Pause. Sie waren inzwischen abgestiegen. Neben dem Haus standen drei Birken. Von dort aus sahen sie hinüber. Die Fensterläden waren geschlossen. Sandra stellte sich das Haus vor mit offenen Läden, schönen Gardinen am Fenster, Blumen davor ...

„Sandra, könntest du dir vorstellen, hier mit mir zu leben?" Die Frage traf sie wie ein Schlag. Sie wusste nicht, was sie antworten sollte. Sie war, seit sie aus der Schule kam, immer berufstätig gewesen. Kenny müsste wahrscheinlich weiterarbeiten, schon des Geldes wegen. Sollte sie dann den ganzen Tag mutterseelenallein hier auf ihn warten? „Du brauchst dich nicht gleich zu entscheiden. Ich müsste ja auch Mrs Geiger fragen, ob sie überhaupt verkaufen oder es vermieten würde und was das kostet."

Es entstand eine weitere Pause. Nach ein paar Minuten erklärte Sandra: „Das Haus ist wunderschön. Es gefällt mir, aber ..." Dann erzählte sie Kenny von ihren Bedenken.

Daran hätte er auch gedacht, als ihm heute Nacht die Idee mit dem Haus gekommen war, meinte Kenny. „Solange wir noch keine Kinder haben, könntest du ja arbeiten und dann ..." Er brach ab. „Entschuldige! War vielleicht eine Schnapsidee." Ein klein wenig Enttäuschung schwang in seiner Stimme mit.

„Nein, Kenny! Ist schon in Ordnung." Sie schmiegte sich an ihn.

„Es ist nur, ich will für immer mit dir zusammen sein." Er drückte sie ein Stück von sich. Als sie sich in die Augen sahen,

fragte Kenny ganz ernst: „Sandra, willst du mich heiraten?"
Seine Haare wehten leicht im Wind, als er sie fragte.

Wieder antwortete sie nichts. Stattdessen musste sie lachen.
Sie dachte an den Abend mit Darlene. ‚Winnetou, ich werde
ihn heiraten', hatte sie zu ihr gesagt.

Kenny überlegte sich, ob er was Blödes gefragt hatte oder
was Falsches oder zu früh. „Ich meine es ernst. Warum lachst
du?", wollte er wissen. Seine Stimme klang etwas gekränkt.

„Als Caren auf die Welt kam, war ich beschwipst, weil ich
mit Darlene Sekt getrunken habe. Da habe ich zu ihr gesagt:
Ich werde Winnetou heiraten!"

Sein Gesicht legte sich in Falten. Er sah zu Boden. Plötzlich
wurde ihr klar, Kenny wusste nicht, wer Winnetou war.

„Kenny!" Sie hob sein Kinn, sodass er sie anschauen musste.
„Kenny, Winnetou ist eine Filmfigur. Karl May hat Bücher
über ihn geschrieben. Ich dachte, das sei Weltliteratur!", erklärte sie ihm. „Jedenfalls war er im Film ein Apatchenhäuptling.
Ich war als Kind und als junges Mädchen total in ihn verknallt.
Du hast mich an ihn erinnert, schon als du mich vom Flughafen abgeholt hast und gerade eben auch wieder, als der Wind
dir die Haare zurückgeweht hat."

Sein Gesicht hellte sich wieder auf. „Richtig, Darlene hat
mich einmal Winnetou genannt, als du krank warst. Ich wusste
nicht, was sie damit meinte." Er atmete erleichtert auf. „Ich bin
nur froh, dass er keine ernsthaft Konkurrenz für mich ist."

Sandra lachte wieder. „Sie meinte damit, dass - ich - dich -
heiraten - will!" Sie betonte jedes Wort einzeln. „Ich liebe dich
doch auch!" Sie konnte kaum aussprechen, da riss er sie schon
wieder an sich. Als sie wieder zu Atem gekommen war, sagte
sie: „Und wegen dem Haus. Einerseits gefällt es mir sehr. Ich
würde gern darin leben, aber es ist so weit weg. So einsam!"

„Macht nichts. Wir finden bestimmt was anderes." Damit

war für den Anfang alles geklärt. Trotzdem war Sandra neugierig. Sie wollte einmal um das Haus herumgehen. Sie hoffte insgeheim, dass sie eine Stelle fand, wo man in das Haus hineinschauen konnte. Leider gab es keine. Alles war ordentlich verschlossen. Selbst der Stall war mit einem Vorhängeschloss verriegelt.

Sandra, die auf einmal wie aufgekratzt war, neckte Kenny. Sie bot ihm ihren Mund zum Kuss und als er sich zu ihr beugte – er war schließlich einen Kopf größer als sie –, lief sie weg. Sie tollten eine Weile wie die Kinder herum. Ein paar Mal schaffte sie es, ihm zu entwischen. Dann mit einem Mal hatte er sie. Er hielt sie fest im Griff. Sandra lachte und wollte sich aus seinem Arm winden, aber er war viel stärker als sie. Er hielt sie wie in stählernen Klammern, ohne ihr dabei wehzutun. Wie zur Bestätigung sagte er: „Ich hab dich und ich gebe dich nie wieder her." Sie glitten zu Boden. Blitzschnell setzte sie sich auf ihn. „Wer hat hier wen?", fragte sie aufreizend. Kenny tat so, als könne er sich nicht wehren. Er schloss die Augen und lag regungslos da. Sandra war so glücklich. So sehr, dass sie es nicht in Worte fassen konnte.

Plötzlich wurde ihre Aufmerksamkeit abgelenkt. Direkt neben Kennys Kopf zwischen seinen Haaren blinkte etwas in der Sonne. Sie legte sich flach auf ihn, worauf er die Arme um sie schloss. Ihr Interesse galt aber nicht ihm. Sie nahm seine Haare zur Seite und bohrte zwischen den Grashalmen in der Erde. Da hatte sich etwas fest eingegraben. Kenny merkte, dass ihre Aufmerksamkeit nicht mehr ihm galt und drehte den Kopf zur Seite. „Suchst du nach Würmern?", fragte er sie.

„Nein, da ist etwas aus Metall, ich glaube es ist aus Gold. Gib mir mal dein Messer". Der Boden war ziemlich hart.

„Du sitzt darauf." Sandra rutschte von ihm herunter. Endlich befreit holte Kenny sein Klappmesser aus der Hosentasche und stach in die Erde an der Stelle, wo Sandras Finger war. Sie gruben einen goldenen Ring aus. Er hatte eine kleine Verzierung. Eine Ranke, die zu einer Blüte geformt war. In der Mitte musste einmal ein Stein gewesen sein. Man erkannte die Fassung ganz deutlich. „Was sollen wir damit tun?", fragte Kenny.

„Ich werde ihn zu Mrs Geiger bringen. Es muss ihrer sein. Bei Gelegenheit wollte ich sowieso mal nach Kingston. Ich möchte Dave und seine Familie besuchen. Er hat mir so leidgetan damals im Krankenhaus."

„Glaubst du, das ist eine gute Idee?"

Sie antwortete nicht. Aber das war eben Sandra! Sie steckte den Ring in die Tasche ihrer Jeans. Gerade schob sich eine Wolke vor die Sonne. „Wir müssen zurück." Kenny war aufgestanden. „Es wird heute noch regnen." Er half ihr beim Aufstehen. Sie wollte schon in Richtung der drei Birken gehen, wo ihre Pferde grasten, da meinte Kenny: „Warte noch!" Sie blieb stehen. „Das war das schönste Wochenende, das ich je erlebt habe. Ich danke dir dafür!" Er gab ihr einen Kuss und sie küsste ihn leidenschaftlich zurück. Dann machten sie sich auf den Heimweg. Unterwegs ließ sie ihren Gedanken freien Lauf.

‚Haben Indianer Nachnamen?', fragte sie sich. Sicherlich! „Kenny, wenn ich dich heirate, wie werde ich dann heißen? Ich meine, wie heißt du mit Nachnamen? Nicht dein indianischer Name." Sie hatte ihn sowieso vergessen, musste sie sich eingestehen. Nur den ungefähren Sinn wusste sie noch.

„Sandra Brown!", sagte er bedeutungsvoll.

„Brown", philosophierte sie laut. „Na ja, es hätte schlimmer kommen können." Sie sagte es im Spaß, aber er deutete es anders.

„Der Name ist mir nicht wichtig. Ich kann auch den Namen Weidner annehmen, wenn dir das lieber ist." Sie unterbrach ihn nicht. Darüber musste sie erst nachdenken.

„Mit der Kolonialisierung der Indianer nahm man ihnen nicht nur ihre Freiheit, sondern sie wurden staatsbürgerlich erfasst. Ich stell mir das so ähnlich vor wie in der Weihnachtsgeschichte, ‚auf dass ein jeder sich zählen ließe.‘ Jeder musste sich auf irgendeinem Amt melden und es wurde nötig, dass jeder einen vollständigen Namen trug. Einen, den man in einen Personalausweis schreiben konnte. Natürlich nur, sofern der von dem Regierungsbeamten akzeptiert wurde. ‚Brown Bear‘ verweigerte man meinem Großvater. Brown oder Bear war erlaubt und deswegen heiße ich nun Kenneth Brown mit vollem Namen.“

„Okay Mr Brown, dann sollten wir jetzt etwas schneller reiten, dass Mrs Brown trockenen Fußes nach Hause kommt.“ Er empfand ein Glücksgefühl dabei, sie sich als Misses Brown vorzustellen.

Trotzdem antwortete er: „Ja, du hast recht. Mister Weidner will auch nicht nass werden.“ Ob nun Weidner oder Brown. Hauptsache, sie würde seine Frau sein ...

Sie setzten die Pferde in einen leichten Trab. Es war nun nicht mehr weit nach Hause. Sie brauchten bei gemütlichem Tempo etwas weniger als zwei Stunden von Geigers Haus bis zur Ranch. Nachdem sie die Pferde im Stall versorgt hatten, küsste er sie noch einmal auf die Wange. Als sie über den Hof ging, fielen die ersten Regentropfen.

Während der nächsten Woche hingen beide ihren Gedanken nach. Kenny überlegte, wo und wie er Sandra noch ein Zuhause bieten konnte. Sandra dachte ebenfalls darüber nach. Außerdem wusste sie nicht, wie sie den Aigners sagen sollte, dass Kenny ihr einen Heiratsantrag gemacht hatte. Es war bestimmt leichter, zuerst mit Moon darüber zu reden.

Die Aigners hatten Sandra auf ihren Geburtstag, den ersten Juni, angesprochen. Sie wollten ein kleines Fest machen, wie es hier üblich war. An der Geburtstagsfeier könnten sie dann von ihren Heiratsplänen erzählen, überlegte sie sich. Sie musste nur noch Kenny fragen, was er davon hielt. Sie wartete, bis er Feierabend hatte. Dass sie zusammengehörten, wussten ja sowieso längst alle. Kenny hatte im Workhouse bestimmt schon so manchen dummen Männerspruch zu hören bekommen. Er war sofort mit ihrem Vorschlag einverstanden.

„Ich dachte, du hast es dir vielleicht anders überlegt und willst mich nicht mehr", schäkerte sie mit ihm. Als Antwort bekam sie einen Klaps auf den Hintern. „Und das mit dem Haus ...", fuhr sie fort. „Ich denke, wir sollten Mrs Geiger danach fragen."

Kenny vergewisserte sich noch einmal, ob sie wirklich gut darüber nachgedacht hätte. Er würde nirgendwo wohnen wollen, wo Sandra sich nicht wohlfühlte. „Ja, ich bin mir ganz sicher! Aber bevor wir irgendwelche Pläne machen, sollten wir erst mal fragen", antwortete sie fest. Weil es in dieser Woche noch viel zu tun gab, machten sie aus, dass sie in zwei Wochen nach Kingston fahren wollten.

An Sandras 28. Geburtstag waren alle da. Auch Janet hatte sie eingeladen. Sie gehörte ja auch schon fast zur Familie. Janets Vater hatte die Post im Dorf. „Ach, Sandra, bevor ich es vergesse! Gestern kam ein Einschreibebrief für dich. Vater meinte, ich soll ihn dir mitbringen. Du musst nur hier unterschreiben." Sie zog einen Zettel hinten aus dem Umschlag und hielt ihn Sandra hin. Sandra bewegte den Brief wie glühende Kohlen von einer Hand in die andere, so als hätte sie Angst, sich die Finger zu verbrennen. Ein Einschreiben aus Deutschland! Vom Gericht! Das bedeutete mit Sicherheit nichts Gutes. Sie öffnete und las.

Alle konnten sehen, wie die Farbe aus Sandras Gesicht wich.

„Das glaub ich nicht." Sie ließ den Brief auf den Tisch fallen. „Das glaub ich einfach nicht." Sie stand auf und ging in die andere Ecke des Raumes, wo sie sich auf einen Sessel fallen ließ. Kenny wusste nicht, ob er ihr folgen sollte, oder John Aigner zuhören sollte, der den Brief aufgenommen hatte und ihn übersetzte:

„... angeklagt, ihrer Aufsicht einem Schutzbefohlenen gegenüber nicht nachgekommen zu sein. ... demzufolge mitschuld am Tod des Kindes Melanie Treiber zu sein. Familie Treiber fordert ein Schmerzensgeld in Höhe von 650.000 Mark."

Aus dem Sessel hörte man ein Stöhnen. „Ich glaube das einfach nicht." Sandra sprang auf, hastete zur Tür. Sie glaubte ersticken zu müssen. Kenny sah nur noch, wie sie sich auf den Rücken eines ungesattelten Pferdes schwang und zum Hof hinauspreschte. Sie war bis an den Waldrand geritten. Dort war sie abgestiegen. Als Kenny kam, hörte er, wie sie die Bäume anschrie: „Das kann doch nicht wahr sein! Das gibt es doch nicht! Ich will doch nur in Frieden leben!" Sandra schlug mit den Fäusten auf einen Stamm ein, als Kenny sie wegzog und in die Arme nahm. Ihre Power war raus. „Warum?", hauchte sie. Dann lehnte sie sich wortlos an ihn. Er hielt sie eine Weile fest, sagte nichts, streichelte sie nur. Nach einer Weile hob er ihre wunden Hände an den Mund und küsste sie sacht. Sie bluteten nicht, waren aber ganz rot. Außerdem musste sie gegen einen Baum getreten haben, stellte er fest. Sie humpelte leicht, als er sie zu ihrem Pferd brachte. Schweigend ritten sie zurück zur Ranch.

Die Familie hatte gerade darüber diskutiert, was zu tun wäre. Als Sandra die Tür öffnete, wurde es schlagartig still. Kenny hatte die Pferde in den Stall gebracht, dann kam er nach. Bei einer Tasse Kaffee meinte Onkel John, dass sie am besten nächste Woche schon nach Deutschland fliegen sollte und dass sie sich dort einen guten Anwalt nehmen müsse. Soweit es möglich wäre, über diese Entfernung hinweg, würde sie jede Unterstützung bekommen, die sie bräuchte. Sandra blieb den ganzen Nachmittag über still. Dafür stand Kenny auf: „Mr Aigner! Ich brauche Urlaub. Sandra und ich wollten Ihnen heute eigentlich mitteilen, dass wir heiraten möchten. Ich werde mit ihr nach Deutschland fliegen. Ich werde sie nicht allein lassen. Wir stehen das gemeinsam durch!"

Onkel John fand, das sei eine gute Idee. Kenny würde ihm zwar fehlen, jetzt wo es so viel auf der Ranch zu tun gäbe, aber er wäre erleichtert zu wissen, dass er Sandra begleiten würde.

Kenny hatte Sandras Hand genommen und hielt sie fest. Sie konnte es im Moment nicht zeigen, aber sie war ihm sehr dankbar. Dankbar dafür, dass er für sie da war. Dankbar für seine Liebe. Er würde ihr Kraft geben.

Beim Abendessen wurde Wein getrunken. Sandra stieg der Alkohol gleich zu Kopf. Demzufolge wurde sie etwas gelöster. „Christine, meine Freundin, lebt jetzt auf Weidenhof. Sie hat dort ein Hotel eröffnet", fiel ihr ein. „Dort können wir wohnen. Ich ruf sie später noch an." Außerdem, was noch wichtiger war: „Nadjas Vater. Er ist Rechtsanwalt, vielleicht kann er mir helfen."

„Recht so, Mädel!" Onkel John munterte sie auf. „Gib dich nie geschlagen, wie hart es auch kommen mag."

Janet blieb über Nacht und als Kenny und Moon sich verabschiedeten, hielt Sandra ihn zurück. „Bitte, geh nicht! Es wird niemand etwas sagen, wenn du heute Nacht bei mir bleibst." So gingen sie gemeinsam in ihr Zimmer. In dieser Nacht kuschelten sie sich eng aneinander und gaben sie gegenseitig Wärme und Halt.

Der Flug wurde für Mittwoch gebucht. Als Kenny mit einer riesigen Reisetasche aus dem Haus kam, musste sie zweimal hinschauen. So hatte sie ihn noch nie gesehen. Er sah hinreißend aus. Eine schwarze Jeans, ein weißes Hemd. Darüber ein schwarzer Lederblouson. Die Haare hatte er zu einem Pferdeschwanz gebunden. Sandra trug ein beiges Leinenkostüm, darunter eine rosa Bluse und beigefarbene Pumps. So brachte Tim die beiden zum Flughafen.

Der Flug verlief ruhig bei tollem, sonnigem Wetter ohne große Turbulenzen. Die Maschine landete pünktlich in Berlin. Von einer Telefonzelle aus rief sie Christine an. Sie teilte ihr mit, wann sie in Kampstadt ankommen würden. Christine wollte sie am Bahnhof abholen. Kenny hatte inzwischen das Gepäck geholt. Sandra fiel auf, dass er dabei nicht nur von ihr beobachtet wurde. Eine Blondine sah ihn an, als würde sie ihm gleich die Kleider vom Leib reißen. Er bemerkte es gar nicht.

Mit der S-Bahn fuhren sie zum Hauptbahnhof. Von dort aus nach Kampstadt mit dem Zug. Sandra fühlte sich seltsam. So ähnlich wie damals in Toronto auf dem Flughafen, als sie dort angekommen war. Hier war ihr alles so fremd und doch so bekannt. Es schien ihr, als wäre Deutsch irgendeine ausländische Sprache, die sie früher mal gelernt hatte.

Eine alte Frau sprach Kenny an: „Kenn se mer saachen, ob der Zuch nach Schwanberg fährt?" Er sah Sandra Hilfe suchend an.

Sogar Sandra hatte Probleme mit dem Dialekt der alten Dame. Und Kenny sprach gar kein Deutsch. „Moment!", kam sie ihm zu Hilfe. „Sehen Sie, hier auf dem anderen Gleis. Wir helfen Ihnen gern." Sie nahm ihre Tasche und die der alten Dame und brachten sie zum Zug. Als diese ihren Sitzplatz gegenüber von Sandra und Kenny eingenommen hatte, kramte sie in ihrer Tasche.

„Su freindliche junge Leit find ma nit oft. Dank ihn'n

scheen." Damit reichte sie den beiden eine Tafel Schokolade. Kenny musste schmunzeln. Bis die Dame ausstieg, war die Schokolade schon gegessen.

In Kampstadt musste gerade die Berufsschule aus sein. Sandra war früher selbst dorthin gegangen. Jedenfalls waren scharenweise junge Leute mit Rücksäcken und Büchertaschen unterwegs. Die meisten Mädchen starrten Kenny ungeniert an. Sie drehten sich nach ihm um. Ein rothaariges Girl pfiff ihm sogar nach auf die Art und Weise, wie es sonst Männer bei Frauen tun.

Christine wartete in einem silbernen Mercedes Benz auf einem der Taxi-Plätze. Sandra erkannte sie erst wieder, als sie ausgestiegen war. Sie liefen sofort aufeinander zu und fielen sich um den Hals. „Gut siehst du aus! Ich kann es gar nicht fassen, dich wiederzusehen." Christine war ganz gerührt vor Freude. „Ich wollte auf dem Bahnsteig warten, aber ich hab keinen Parkplatz gefunden." Sie machte nur eine kurze Pause. Sandra lachte, weil sie sich plötzlich an Tante Margret erinnert fühlte. „Das ist dein Freund?", fragte sie. Irgendwie klang das sehr ernüchternd, so als würde sie sagen: ‚Na ja, eine blinde Henne findet auch mal ein Korn', so, als wäre sie erstaunt, dass es gleich so ein vollkommenes Korn war.

Kenny kam auf sie zu und gab ihr die Hand. „Nice to see you." Worauf Christine ein verlegenes „Hello" zustande brachte. Wenn man eine Fremdsprache nicht so oft braucht, kommt man sich am Anfang doof vor, wenn man sie anwenden muss. Das hatte Sandra in Kanada selbst erfahren.

Kenny stieg freiwillig nach hinten. Auf der Fahrt erfuhr Sandra, dass Jakob, der alte Pferdepfleger, einen Schlaganfall hatte und nun in einem Altenpflegeheim war und dass Christine sich mit Ingo, dem neuen Besitzer des Guts, verlobt hatte. Die Löwen waren auch zurück. Man hatte den neuen Besitzer ebenfalls verklagt und forderte nun per Gerichtsbeschluss, dass die Tiere eingeschläfert werden sollten. Sandra wollte an der Auffahrt zum Weidenhof aussteigen. Sie wollte das letzte Stück zu Fuß gehen. Als der Mercedes angefahren war, lehnte sie sich an Kenny, der hinüber zu dem ehemaligen Kloster sah. Er war etwas überwältigt. Auf Sandra wirkte es eher befremdlich. Nachdem sie so lange in Kanada gelebt hatte, kam ihr hier alles so aufgeräumt und eng vor.

Wenn sie von der Aigner Ranch aus aufbrach, egal in welche Richtung, sah sie keine Straßen, keine Autos, keine Häuser, einfach niemanden – und das auf eine Entfernung von über fünfzig Kilometern.

Ein schlechtes Gewissen beschlich sie, denn sie spürte, dass sie sich in Kanada mehr zu Hause fühlte, als sie es hier jemals gewesen war. Sie konnte nicht mal mehr begreifen, dass sie sich damals nach dem Verkauf so schlecht gefühlt hatte. Ihr war nur ein klitzekleines bisschen wehmütig zumute. „Hier bin ich geboren und aufgewachsen", sagte sie. „Das war mein Zuhause."

Kenny wischte eine Träne von ihrer Wange. Es war der Grund ihrer Rückkehr, der ihr Sorgen bereitete. „Komm!", sagte er und nahm sie bei der Hand. Gemeinsam durchquerten sie die Allee aus alten Weiden, die sich wie ein Tunnel um sie schloss und kaum Sonnenlicht durchließ.

Ein Gedanke machte sich in ihrem Kopf breit. Ein Lied, das sie mal gehört hatte: „Together we're strong" – Gemeinsam sind wir stark.

„Ja, das sind wir", antwortete Kenny. Sie hatte gar nicht gemerkt, dass sie es laut gesungen hatte.

Er staunte nicht schlecht, als sie aus dem Tunnel heraus ins Freie traten und direkt vor dem großen Haupttor des Gutshofs standen. Er trat fast ehrfürchtig hindurch. Ganz im Zentrum des Innenhofes dominierte eine riesige Weide. Ihre Zweige hingen bis auf den Boden hinab. Darum herum führte ein Reitzirkel. Um diesen wiederum standen einige Tische und Stühle, wo Eltern etwas trinken oder eine Kleinigkeit zu sich nehmen konnten, während sie ihren Kindern beim Reiten zusehen konnten. Die Kleineren wurden auf ihren Ponys geführt.

So ein Gebäude hatte er noch nie gesehen. Es war auch nahezu einzigartig in Deutschland. Der Denkmalschutz hatte sie früher auch mehr gekostet, als an Förderungsgeldern hereinkam, erinnerte sie sich.

Ingo Reinhard kam auf sie zu, um sie zu begrüßen. Er bot ihnen gleich das Du an. Sandra hegte keinerlei Groll mehr gegen ihn. Im Gegensatz zu damals. Da hätte sie ihn am liebsten erwürgt. Sie musste zwar verkaufen, trotzdem hätte sie jeden gehasst, der es gewagt hätte, Weidenhof zu kaufen. Paradoxerweise brauchte sie das Geld. Er, Ingo Reinhard, hatte die nötigen Mittel und nicht nur das. Er hatte aus Weidenhof ein Schmuckstück gemacht und wahrscheinlich auch eine Einnahmequelle.

Sandra konnte es kaum erwarten, sich umzusehen. Auch Kenny war gespannt. So marschierten sie gleich los, nachdem sie das Gepäck auf ihr Zimmer gebracht hatten. Kenny wunderte sich. Die Pferde waren nicht nur größer als die kanadischen Mustangs, sondern Sandra hatte fast zu jedem Pferd eine persönliche Beziehung, kannte sie, mit Ausnahme der neu gekauften Pferde, beim Namen. Auf der Ranch hatten sie besonders auffälligen Pferden Spitznamen gegeben, die sie von Zeit zu Zeit änderten. Nur im Ontario-Hotel-Barn hatte an jeder Box ein Namensschild gestanden.

Als sie durch den Stall zum Tierpark hinausgingen, sah Kenny ein totes Kalb auf dem Steinboden liegen. Er sah Sandra fragend an. „Weißt du, wie viel Fleisch ein Löwe pro Tag braucht?", versuchte sie ihm zu erklären. „Die Bauern bringen ihre verendeten Tiere hierher. Sonst müssten sie den Abdecker auch noch bezahlen, der es sonst abholen würde." Am Löwengehege blieb sie gedankenverloren stehen. Kimba und Selma liefen am Gitter auf und ab.

Im Tierpark hatte sich viel verändert. Es war alles schön renoviert worden und ein Gärtner kümmerte sich um die Anlagen. Zwei Pfleger versorgten die Tiere. Zwei Kamele waren neu angeschafft worden. Aber die Tiergehege waren noch genauso angeordnet wie früher. Gleich neben der Kasse befand sich ein Häuschen mit einigen Terrarien. Ein paar ungiftige Schlangen und verschiedene Spinnenarten wurden hier ausgestellt. Linksherum ging es zu den Wasseranlagen, an Wildenten, Flamingos und verschiedenen Gänsen vorbei. Im Wasser schillerten Goldfische von riesiger Größe und auf der kleinen Insel ging gerade eine Schildkröte an Land. Schneeeulen, Uhus, verschiedene Papageien und andere Vögel bewohnten geräumige Volieren. Sie hatten ihren Spaß bei den Aras, die irgendwelche Worte aufschnappten und wiederholten. Ob englisch oder deutsch, selbst ihr Lachen konnten die schlauen Vögel imitieren. Es ging vorbei an Höckerrindern, Ziegen, Schafen, Lamas, den Kamelen, Eseln, einem Luchs, Berglöwen, den Schwarzbären, Füchsen, Kapuzineräffchen und vielen anderen Tieren.

Die größte Freude hatte sie, als sie im Hundezwinger ihren alten Freund Arno entdeckte. Er erkannte sie gleich wieder. Sie öffnete die Tür und er sprang sofort an ihr hoch, leckte sie überall ab und hielt schließlich ihre Hand in seinem Maul fest. Er war ganz wild vor Freude und Sandra war traurig, dass sie ihn wieder einschließen musste. Die Hunde durften nur bei Nacht frei auf dem Gelände laufen.

Zum Weidenhof gehörte nun auch ein Restaurant, dort nahmen sie gemeinsam ihr Abendessen ein. Früher hatten sie dort nur ein Café und eine Vesperstube.

Sandra musste sich noch mit Herrn Schneider in Verbindung setzen. Sie rief ihn sofort an. Zuerst war er hocherfreut zu hören, dass sie sich gerade in Deutschland befand. Und als sie ihm ihre Lage geschildert hatte, war er sofort bereit, sie zu vertreten. Sie machten gleich einen Termin zwei Tage später aus. Nadja wollte er auch mitbringen, wenn er zum Weidenhof kam.

Der Rest des Tages verlief gemütlich. Einige Bekannte von Sandra waren gekommen. Ihr Exfreund war auch da. Als er Kenny sah, fiel ihm die Kinnlade herunter. „Sieht aus, als wäre zumindest dein Märchen wahr geworden", höhnte er. „Vielleicht sollte ich auch noch mal zu träumen anfangen." Er lächelte Sandra spöttisch an. Sie kannte ihn aber besser und wusste, dass er ein bisschen eifersüchtig war.

„Vielleicht solltest du das in der Tat tun. Wenn man keine Träume hat, hat man auch keine Ziele, nach denen man strebt. Dann ist das Leben doch irgendwie traurig, oder?" Sie ließ ihm Zeit zum Nachdenken, bevor sie ihm einen neuen Schock versetzte: „Im Übrigen werden Kenny und ich heiraten."

„Du gehst also wieder zurück?" Es klang ein bisschen enttäuscht. Immerhin hatte keiner Schluss gemacht. Sie war einfach gegangen.

„Ich bin nun dort zu Hause!", betonte sie. Was gab es da mehr zu sagen?

Kurz bevor sie zu Bett gingen, als die Gäste schon fort waren, unterhielten sie sich noch mit Ingo und Christine über das eigentliche Problem. Über den Grund ihrer Reise.

„Die Leute haben Geldsorgen, jetzt versuchen sie mit allen Mitteln, welches zu bekommen." Aus Rücksicht auf Kenny sprach Ingo englisch.

„Und dafür", regte Kenny sich auf, „versuchen diese Leute sogar Kapital aus dem Tod ihrer Tochter zu schlagen."

„Der Mann hat seitdem angefangen zu trinken", warf Christine ein.

„Halt! Irrtum!", unterbrach nun Sandra. „Melanies Vater war vorher schon Alkoholiker. Sie hatte an dem besagten Tag mit ihrer Freundin telefoniert, hatte sich bei ihr beschwert, dass ihr Vater schon wieder betrunken war. Sie hatten sich hier verabredet, weil Melanie es zu Hause nicht mehr ausgehalten hat."

„Jetzt wird mir einiges klar. Dann hat er ein schlechtes Gewissen", tat Ingo psychologisch weise.

‚Seltsam‘, dachte Sandra bei sich. ‚Wie jeder Mensch so seine Schuldgefühle hat.‘ Sie hoffte nur, dass alles gut werden würde. Am nächsten Morgen schlich Sandra sehr früh aus dem Zimmer. Kenny schlief noch. Als er erwachte, machte er sich sofort auf die Suche nach ihr. Ihm blieb fast das Herz stehen, als er sie im Tierpark fand. Sie saß mitten im Löwengehege an einen Baumstamm gelehnt. Eine Löwin lag neben ihr, eine quer über ihren Beinen. „Ich habe die beiden als Babys mit der Flasche gefüttert", erklärte sie ihm.

„Trotzdem! Es sind wilde Tiere! Komm bitte da raus! Du warst eineinhalb Jahre weg." Er bemühte sich mit aller Kraft, ruhig zu bleiben, obwohl er eigentlich sehr sauer und aufgeregt war. Um nicht zu sagen, er war kurz davor, auszuflippen. Eines der wenigen Male, in denen er drohte, die Beherrschung zu verlieren. Wie konnte sie bloß so etwas Dummes machen?

„Was machst du für Blödsinn? Es hätte Gott weiß was passieren können", fuhr er sie entnervt an, als sie wieder bei ihm war. „Ich wäre fast durchgedreht! Weißt du, wie unvorsichtig das war? Du weißt doch nicht, was die Tiere im letzten Jahr alles erlebt haben und wo sie waren?"

„Entschuldige, ich wollte dich nicht beunruhigen. Aber ich musste es tun. Ich weiß jetzt, dass alles gut wird."

Kenny wusste zwar nicht, wie sie zu der Erkenntnis kam bei dieser Aktion, bei der sie ihr Leben riskierte, aber er glaubte ihr und es nützte nun auch nichts mehr, wütend auf sie zu sein. Er schüttelte noch einmal den Kopf so, als könne er damit die Sorgen abschütteln, und nahm sie in den Arm. „Dummerchen!", brummte er noch einmal.

Nach dem Frühstück war der ganze Tag verplant. Erst ritten sie aus. Sandra zeigte Kenny die Gegend. Anschließend fuhren sie zum Friedhof. Lange stand sie schweigend vor dem Grab ihrer Familie. Sie hatte eine Gärtnerei beauftragt, sich um das Grab zu kümmern, und es war wunderschön bepflanzt. Versonnen zupfte sie noch ein paar Grashalme aus und pflanzte zwischen die Stiefmütterchen ein Tränendes Herz. Wie konnte man so etwas Schönem nur einen so wehmütigen Namen geben? Ihre Mutter hatte diese Blumen geliebt.

Genauso hatte sie ihre Großmutter als kleines Kind gefragt, warum der schöne Baum im Hof Trauerweide hieß. „Warum ist der Baum traurig?", wollte sie wissen.

Ihre Oma wusste es wahrscheinlich nicht besser, aber sie zog das Gesicht nach unten, ließ die Arme hängen und nahm eine leicht gebückte Haltung an. „Wie sehe ich aus?", fragte sie.

„Traurig!", stellte Sandra fest.

„Ja, und weil die Weiden ihre langen Zweige bis zum Boden hängen lassen, nennt man sie Trauerweiden."

Aber Sandra lernte auch, dass die Weiden ganz nützliche Bäume waren. Ihre Oma zeigte ihr, wie man einen Korb aus den biegsamen Zweigen flechten konnte. Und ihr Vater hatte ihr einmal eine lebende Baumschaukel gebastelt, indem er die

Zweige einfach verknotet hatte. Wenn es nach ihr gegangen wäre, hätte sie den Baum „Lachweide" genannt. Oder einfach nur „Lieblingsbaum". Er war ihr Schaukelbaum, Kletterbaum und ihr sicheres Versteck gewesen.

Nach dem Friedhof fuhren sie zu Jakob in das Pflegeheim. Der gute alte Jakob. Sie wusste nicht einmal, ob er sie erkannte. Trotzdem erzählte sie ihm von Kanada, von den Aigners und dem weiten Land und dass es ihr dort gut ging. Sie stellte ihm Kenny vor und erklärt ihm, dass er sich keine Sorgen um sie machen müsste, weil Kenny sie heiraten und auf sie aufpassen würde. Ein Schatten huschte über Kennys Gesicht, denn er dachte an die Aktion mit den beiden Löwen am Morgen. Da hätte er sie gar nicht beschützen können ... Als sie den alten Mann zum Abschied auf seine stoppelige Wange küsste, fiel eine Träne auf sein Gesicht. „Leb wohl! Bei meiner Familie im Himmel ist bestimmt ein Platz für dich reserviert. Da bist du dann nicht mehr allein und wieder völlig gesund." Es fielen ihr sonst keine Worte ein. ‚Ich werde ihn nie wieder sehn', dachte sie mit trauriger Gewissheit beim Hinausgehen.

Am nächsten Tag kam Nadja mit ihrem Vater. Die Begrüßung fiel sehr herzlich aus. Sie stürmte auf beide zu und warf sich zuerst Sandra an den Hals, dann Kenny. Das Mädchen war im letzten Jahr bestimmt zehn Zentimeter gewachsen. Nadja wollte wissen, ob sie die Bänder noch trugen. Sie hatten sie beide noch am Handgelenk. Allerdings waren sie schon etwas ausgeblichen. Oft schon hatten sie sie an das Wochenende in den Bergen erinnert und das unfreiwillige Bad im eisigen Gebirgsbach. Vielleicht hätten sie und Kenny ohne Nadja gar nicht zusammengefunden? Im Moment jedoch gab es Wichtigeres zu besprechen. Deswegen durfte Nadja mit einigen anderen Jugendlichen zusammen ausreiten. Sandra legte den Brief vor, den sie in Kanada erhalten hatte.

„Aha", meinte Herr Schneider, nachdem er ihn gelesen hatte. „Jetzt erzählen Sie mal in allen Einzelheiten, was damals vorgefallen ist."

„Ich weiß gar nicht, wo ich anfangen soll."

„Ganz von vorne am besten. Wir haben viel Zeit." Es tat ihr gut, dass Herr Schneider so ruhig mit ihr sprach. Er hatte eine sehr tiefe, sonore Stimme.

„Also, die Löwen sind in der Zwischenzeit wieder hier", begann Sandra. „Später können wir uns dann alles ansehen.

Wir haben die Löwen bekommen, als sie sechs Wochen alt waren. Ich habe sie noch mit der Flasche aufgezogen. Die Gitterstäbe hatten die vorgeschriebene Norm und das Gitter selber ist von einem breiten Wassergraben umgeben. Davor ist noch einmal eine geschlossene Absperrung.

Damals war kurz zuvor so ein schlimmer Sturm. Wir hatten viele Schäden. Das Sturmholz stapelten wir am Futtergang zwischen der Absperrung und dem Gitter.

Melanie kam ab und zu, um hier zu helfen, so wie viele andere Kinder auch. Sie betreute die Kaninchenfarm. Die Kiddies wurden von mir nicht bezahlt. Sie bekamen dafür gratis Reitstunden.

An diesem Tag, Samstagnachmittag, wusste ich nicht, dass Melanie da war. Später hat eine Freundin von ihr erzählt, Melanie hätte sie angerufen. Ihr Vater war Alkoholiker. An diesem Tag war er wieder betrunken. Die beiden hatten sich hier verabredet. Melanie ging hinaus in den Tierpark. Heiko, ein Student, hat sie gesehen. Ich war derzeit im Haus. Sie jagte einem Kaninchen hinterher. Später hat Heiko sie gefunden. Sie lag hinter der Absperrung. Der Löwe hat sie mit seiner Tatze erschlagen."

„Wie kam es dazu?", wollte Herr Schneider wissen.

„Darüber können wir nur Spekulationen anstellen. Heiko hat

gesehen, wie das Kaninchen unter dem Holzstapel vorkam. Sie wollte es sicher einfangen, ist dabei über die Absperrung gestiegen und hat sich ans Gitter gelehnt. Im Löwen muss das Jagdfieber erwacht sein. Die Löwin hat mit der aufgerichteten Tatze durch das Gitter gegriffen und dann die Pfote gedreht." Sandra machte eine demonstrierende Handbewegung.

Herr Schneider stellte wieder eine Frage. „Wie ist das Mädchen in den Tierpark gelangt?"

„Hinten im Pferdestall führt eine Tür hinaus. Das wissen oder wussten damals wie heute nur Mitarbeiter. Dort ist sie raus."

„Was ist nach dem Unfall geschehen?"

„Melanie wurde gerichtsmedizinisch untersucht. Die Löwen wurden mit gerichtlicher Verfügung betäubt und abgeholt. Sie wurden vorübergehend in einem Zoo in Quarantäne gegeben. Ich durfte den Tierpark nicht mehr eröffnen, bis alles geklärt war. Die Polizei stellte Ermittlungen an. Der Fall wurde abgeschlossen und ich habe an Herrn Ingo Reinhard verkauft und bin nach Kanada ausgewandert."

„Warum, Herr Reinhard, haben Sie die Löwen zurückbekommen?", wandte er sich an Ingo.

„Weil man festgestellt hat, dass die Sicherheitsvorkehrungen ausreichend sind. Und weil die Löwen bei uns artgerecht gehalten, ernährt und gepflegt werden."

„Sandra, waren Sie damals versichert?", ging das Verhör weiter. Die Fragerei ging ihr ein wenig auf die Nerven. Sie hatte das alles schon einmal durchgemacht, aber sie wusste, dass es nötig war.

„Ja, natürlich waren wir versichert!"

„Musste die Versicherung irgendwelche Zahlungen vornehmen?"

Ingo beantwortete die Frage an ihrer Stelle. „Nein! Außerdem habe ich die Versicherung von Frau Weidner übernommen."

Ein Lächeln huschte über Herrn Schneiders Gesicht. „Das ist gut! Das ist sogar sehr gut." Er machte eine Pause. „Ich brauche dann noch eine Kopie von der Versicherungspolice. Außerdem brauche ich Ihr Einverständnis, Sandra, damit ich Einblick in die Polizeiakte erhalte. Beruhigen Sie sich ein bisschen. Ich glaube nicht, dass Treibers mit ihrer Klage durchkommen." Er legte beruhigend seine Hand auf ihren Arm.

Als sie hinausgegangen waren, um eine Besichtigung durch den Tierpark zu unternehmen, schmiegte sie sich in Kennys Arm. „Das hat mir wieder etwas Mut gemacht", sagte sie leise zu ihm. Bestätigend drückte er ihre Hand.

Nach dem Abendessen fuhren Nadja und ihr Vater wieder ab. Bevor sie gingen, sagte er nochmals: „Machen Sie sich keine Sorgen. Das kriegen wir schon hin. Sollte ich noch etwas benötigen, rufe ich Sie an. Ansonsten melde ich mich vor der Verhandlung noch mal bei Ihnen." Sie gaben sich noch einmal die Hand und Herr Schneider lief zu seinem Wagen.

Am nächsten Tag nahm er sich die Sache gleich vor. Er besorgte sich alle Unterlagen bei der Polizei und dem Gericht.

„Ist Frau Weidner schon in Deutschland?", wollte der Polizeibeamte wissen. „Wir hätten da noch einige Fragen an sie."

„Ich dachte, das wäre damals schon alles geklärt worden Ihrerseits. Welche Probleme gibt es denn da jetzt noch?" Herr Schneider war etwas ungehalten.

„Ja, es war alles geklärt, aber da der Fall jetzt noch einmal aufgerollt wird, sind wir gezwungen, noch einmal alle Fakten zu überprüfen. Und nun, da wir wissen, dass Herr Treiber damals den Unfall verursacht hatte, bei dem Frau Weidners Eltern zu Tode kamen, ist es für uns besonders wichtig!", antwortete der Polizist.

„Was? Höre ich da richtig? Herr Treiber war an einem Unfall schuld, bei dem Frau Weidners Eltern ums Leben kamen." Der Anwalt war sichtlich empört. Für Martin Schneider war sofort klar, dass das eine nichts mit dem anderen zu tun hatte, sondern nur ein dummer Zufall war, aber bei Gericht sah es natürlich nicht gut aus, wenn das irgendwie bekannt wurde.

„Ja! Als Herr Treiber die Anzeige machte, mussten wir auch seine Daten überprüfen. Das weiß er wahrscheinlich selbst noch nicht. Wir haben herausgefunden, dass er damals mit 2,3 Promille als Führer seines Wagens einen Lkw überholt hatte. Er drängte dabei das Fahrzeug von Familie Weidner von der Straße. Das Auto hatte sich mehrfach überschlagen. Die Insassen waren sofort tot." Bei den 2,3 Promille pfiff Herr Schneider erstaunt durch die Zähne. „Allerdings ist Herr Weidner, der am Steuer saß, auch erheblich zu schnell gefahren. Deswegen kam Herr Treiber damals mit einem relativ geringen Schmerzensgeld davon. Er musste seinen Führerschein für ein Jahr abgeben und bekam eineinhalb Jahre auf Bewährung. Er war zuvor niemals auffällig gewesen, besaß ein fleckenloses Führungszeugnis und war zu der Zeit auch noch Bürgermeister in seiner Gemeinde."

‚Na toll', dachte Herr Schneider bei sich. ‚Warum einfach, wenn's auch kompliziert geht?' Als der Polizist geendet hatte, fragte er aber nur: „Wann war das genau? Über diese Sachen habe ich mit meiner Klientin natürlich nicht gesprochen. Und vor allen Dingen, weiß Frau Weidner, dass Herr Treiber der Unfallverursacher war?"

„Das war 1970. Frau Weidner war damals erst zwölf oder dreizehn Jahre alt." Er machte eine Pause. „Und ob Frau Weidner davon weiß, werden wir herausfinden."

„Oh mein Gott. Die Sache scheint doch etwas schwieriger zu werden, als ich gedacht habe." Sandras Verteidiger legte die

Stirn in Falten. „Ich möchte auf jeden Fall dabei sein, wenn Sie sie verhören. Das ist Ihnen hoffentlich klar!"

Der Polizist nickte. „Okay! Dann kommen Sie gleich morgen früh um 9.30 Uhr noch einmal mit Frau Weidner hierher. Wenn das möglich ist?", fügte er noch hinzu. Ging aber davon aus, dass es möglich war, denn er redete gleich weiter. „Bis dahin muss ich aber bitten, nicht mit Ihrer Mandantin über die neuen Fakten zu reden. Da fällt mir ein, warum rufen Sie Frau Weidner nicht gleich von hier aus an und bitten Sie, dass sie morgen früh hierherkommt." Der Beamte schob ihm drängelnd das Telefon hinüber.

Der Anwalt griff zum Hörer und wählte die Nummer. Nach einer Weile meldete sich Ingo Reinhard am Telefon. „Schneider hier! Guten Tag, Herr Reinhard! Könnte ich bitte Frau Weidner sprechen?" Es dauerte eine Weile, bis sie kam. „Frau Weidner, hier spricht Herr Schneider. Ich bin gerade auf der Polizei, um mir die Akten zu holen. Es wären da noch einige Fragen offen, meinte der Beamte. Könnten Sie morgen früh um 9.30 Uhr hier sein? Zimmer 34. ... Nein. Ich kann Ihnen auch noch nichts Genaueres sagen. Aber ich werde auch hier sein ... Ja gut, also dann bis morgen." Es ärgerte ihn schon, dass er Sandra nichts sagen durfte. Aber er war zugleich auch gespannt. Ob sie ihm etwas verschwiegen hatte? Gleichzeitig fragte er sich aber auch, warum sie das hätte tun sollen ...

Sandra hatte das Telefongespräch wieder sehr verunsichert. „Ich mache mir Sorgen. Warum muss ich denn noch mal eine Aussage bei der Polizei machen? Die wissen doch schon alles." Die anderen saßen alle am Tisch beisammen. „Ich will nicht noch einmal alles durchkauen müssen."

Der Tag zog sich endlos langsam dahin. Nicht einmal Kenny konnte sie aufmuntern. Als sie am Abend noch einen kleinen Spaziergang machten, sagte sie zu ihm: „Weißt du was? Am liebsten würde ich den Treibers einen Besuch abstatten. Ich würde ihnen noch einmal sagen, wie leid mir das Ganze tut. Dass ich aber nichts dafür kann. Und ich würde sie fragen, warum sie mich jetzt nach zwei Jahren anklagen."

Er blieb stehen und sah sie fest an: „Ich glaube, das wäre nicht so gut. Wahrscheinlich würden dich diese Leute gar nicht erst anhören, weil sie so verbittert sind. Außerdem würde das vor Gericht wahrscheinlich auch nicht so gut aussehen, wenn du auf eigene Faust dahin gehst."

„Ich glaube, du hast recht." Sie gingen weiter.

In dieser Nacht liebten sie sich wieder. Aber Sandra konnte ihren Gefühlen nicht genügend Raum lassen. Lange lagen sie noch Arm in Arm. Keiner konnte richtig ruhig schlafen. Kenny wollte es nicht zeigen, aber auch er machte sich große Sorgen. Sandra bedeutete in der Zwischenzeit alles für ihn. Sie war sein Leben. Er konnte nicht ertragen, dass sie so litt.

Am nächsten Morgen war Sandra richtig aufgeregt. Beim Frühstück war sie so zittrig, dass sie ihren Kaffee auf die weiße Bluse verschüttete. Essen konnte sie sowieso nichts und jetzt musste sie sich auch noch einmal umziehen gehen.

Sie bekamen wieder den kleinen Wagen von Christine wie schon ein paar Tage zuvor. Sandra wollte selbst fahren, weil sie den Weg kannte, aber Kenny ließ es nicht zu. Sie war viel zu durcheinander.

Auf dem Polizeipräsidium durfte er ihr beim Verhör allerdings nicht zur Seite stehen. Er musste draußen vor der Tür warten. Herr Schneider war schon da. Er wollte um alles in der Welt nicht zu spät kommen. Er wusste, die Polizei hätte ihr ohne den Beistand ihres Anwalts Fragen oder Fallen gestellt, die unterhalb der Gürtellinie lagen.

Ein junger Polizist, der sich als Kommissar Bauer vorstellte, gebot ihr, gegenüber vom Schreibtisch Platz zu nehmen. Er selbst setzte sich auf die andere Seite. Obwohl er jung und sympathisch aussah, war er bei Sandra schon unten durch. ‚So ein junger Mann und schon Kommissar‘, dachte sie. ‚Der will sich bestimmt noch seine Lorbeeren verdienen‘, und sie wollte ihm dabei bestimmt nicht behilflich sein.

„Herr Vogt, der Ihren Fall vor eineinhalb Jahren bearbeitet hat", begann er, „ist pensioniert worden. Ich fürchte, Sie müssen nun mit mir vorliebnehmen." Er versuchte sich zu entschuldigen und lächelte dabei hinreißend. „Tja, es sind da noch einige Ungereimtheiten. Fangen wir doch gleich an." Er machte eine kleine Pause. „Es geht um den Tod Ihrer Eltern. Was wissen Sie darüber?"

Sandra sprang erstaunt auf, sah erst Herrn Schneider, dann den Polizisten entsetzt an. „Was hat das denn damit zu tun?" Der Polizist sagte nichts. Herr Schneider nickte ihr aufmunternd zu. Sandra setzte sich wieder. „Also, ich war damals zwölf. Meine Eltern sind zu einem Banktermin gefahren. Sie kamen nicht wieder zurück", erklärte sie kurz und bündig, mehr wollte sie dazu nicht sagen.

„Entschuldigen Sie, Frau Weidner. Ich muss Sie das fragen und wenn Sie so kurz angebunden sind, macht das die Sache für uns auch nicht leichter. Ich werde Ihnen später auch erklären, warum. Sie können mir ruhig etwas genauer erklären, was damals passiert ist."

Sie schluckte: „Na ja, irgendein Verkehrsrowdy ist durch die Gegend gerast, hat einen Lkw überholt und dabei meine Eltern von der Straße gedrängt."

„Mehr wissen Sie darüber nicht?", fragte der Polizist noch einmal.

Sie sah es ganz deutlich vor sich. Sie kam aus ihrem Versteck unter der Weide hervor. Vorher war sie mit ihrem Pony durch die Landschaft geprescht. Das kleine Pferd hatte büßen müssen, dass sie so sauer war. Ihr Vater hatte trotz Bitten und Betteln gesagt, sie müsse zu Hause bleiben. Weil sie dann immer noch gequengelt hatte, war ihr Vater etwas laut geworden und hatte sie angepflaumt, ob sie nicht wenigstens ein Mal das tun könne, was man ihr sagt. Ihre Laune war noch mehr gefallen, weil sie sich vor ihren Eltern versteckt hatte und sie waren nicht mal auf die Idee gekommen, sie zu suchen. Als sie dann später ins Wohnzimmer kam, saß ihre Großmutter am Tisch und hatte das Gesicht in den Händen vergraben. Sie hatte Sandra gar nicht kommen hören. „Oma, ist dir nicht gut?", hatte sie erschrocken gefragt.

Da hob die Großmutter den Kopf. Sie hatte geweint. Sie legte den Arm um sie und ihre Stimme klang so fremd. „Sandra, mein Kind, du musst jetzt ganz tapfer sein. Deine Mama und dein Papa hatten einen Autounfall. Sie sind jetzt im Himmel beim lieben Gott."

Sandra hatte damals gleich begriffen, was sie damit gemeint hatte. Sie waren tot. Sie kommen nie mehr zurück. So tot wie damals ihre Katze, die ihr Papa begraben hatte. Sie stellte keine Fragen mehr. Sie weinte nicht. Sie waren tot. Aus! Schluss! Basta! Nie wieder würde es so sein wie früher, so viel hatte sie damals begriffen.

Heute wie damals war sie aufgewühlt, traurig und wütend zugleich. „Nein! Mehr weiß ich nicht. Meine Eltern waren tot. Das genügt doch für ein zwölfjähriges Mädchen. Aus! Schluss! Basta!", wiederholte sie gereizt. „Das ist doch genug. Mehr wollte ich gar nicht wissen." Sandra reckte das Kinn hoch. „Könnten Sie mir jetzt vielleicht endlich erklären, was das jetzt mit dem Tod von Melanie Treiber zu tun hat, weswegen ich doch eigentlich angeklagt worden bin?", forderte sie aufgebracht.

„Nun, als Herr Treiber die Anzeige gemacht hat, suchten wir

die Akten heraus. Ich interessiere mich in solchen Angelegenheiten auch für die Personen und ihre Umstände im Allgemeinen. Darum suchte ich im Archiv auch nach den Akten des Unfalls, nachdem ich gelesen hatte, dass ihre Eltern damals ums Leben kamen." Wie zur Bestätigung schlug er mit der flachen Hand auf ein Aktenpaket. „Hören Sie, ich bin da auf etwas gestoßen, wenn das vor Gericht rauskommt, könnte das den Staatsanwalt und den Richter negativ beeinflussen." Er schnaufte tief durch Nase. „Das dürfte ich jetzt wahrscheinlich gar nicht sagen." Er machte eine Pause und sah Herrn Schneider vielsagend an.

„Nein, eigentlich dürften Sie das nicht sagen! Aber Sandra: Er hat recht!", bestätigte er noch einmal.

Die Spannung stieg. Sandra wurde immer ungeduldiger. „Was ist los? Sagen Sie mir doch endlich, was hier los ist."

Herr Bauer fuhr fort: „Der Autofahrer, der damals den Unfall verursachte, war betrunken, wussten Sie das?"

Sie schüttelte den Kopf.

„Es war Herr Treiber!"

Sandra saß da, wie vom Blitz getroffen. Alle Farbe wich aus ihrem Gesicht. Sie sagte nichts. Sie war unfähig zu denken. Nur Herr Schneider sprach besänftigend auf sie ein. Er sah den Kummer in ihren Augen blitzen. Er legte seine Hand auf Sandras. „Das kriegen wir schon hin. Es tut mir leid, dass wir Ihnen das nicht ersparen konnten."

Der Polizist nahm das Wort wieder auf. „Verstehen Sie. Es könnte sein, dass das Thema überhaupt nicht auf den Tisch kommt, aber wenn, müssen Sie darauf vorbereitet sein." Er machte eine Pause. „Bitte lesen Sie sich das Protokoll von damals noch einmal durch. Überlegen Sie, ob sie noch etwas hinzufügen möchten." Er schob es herüber.

Sie nahm es, überflog die Zeilen. Aber sie war nicht bei der

Sache. Ihr Kopf war leer. Sie hörte ihre Oma wieder sagen, als wäre es gestern gewesen: ‚Deine Mama und dein Papa sind jetzt im Himmel beim lieben Gott.' Machte das jetzt noch einen Unterschied, wer daran schuld war ...? Sie saß da und schaute auf das Protokoll, ohne es zu lesen.

„Frau Weidner!" Der Polizist riss sie aus ihrer Lethargie. „Sind Sie fertig?"

„Ja."

„Haben Sie noch etwas hinzuzufügen?"

„Nein."

„Gut, das wäre dann alles." Alle drei standen auf. „Sollte Ihnen noch etwas einfallen, melden Sie sich bitte." Sie gaben sich die Hand und verließen den Raum.

Als die Tür geöffnet wurde, war Kenny aufgestanden. Sandra ging auf ihn zu, lehnte sich an ihn. „Bitte halt mich fest!", stöhnte sie. Kenny drückte sie eine Weile nur fest an sich. Keiner sagte etwas. Wieder fühlte er sich so mies, weil er nicht imstande war, ihr zu helfen. Wenn er bloß mehr tun könnte, als sie zu halten und zu trösten. Sachte küsste er ihre Schläfe. Nachdem sie sich wieder etwas gefangen hatte, lud Herr Schneider die beiden auf eine Tasse Kaffee ein. Kenny ließ Sandra Zeit, drängelte sie nicht zum Reden. Beim Kaffee erzählte ihm Herr Schneider von dem Verhör.

„Hören Sie Sandra, Sie müssen jetzt einen klaren Kopf behalten. Es wird alles gut gehen. Herr Treiber wird davon nichts zur Sprache bringen. Ich habe nachgeforscht. Die Sache ist ein Jahr vor der Eheschließung von Herrn und Frau Treiber passiert. Wahrscheinlich weiß seine Frau gar nichts davon und soll es auch nicht wissen, sonst wäre das Thema schon vorher auf den Tisch gekommen und darum wird es dieses Mal wahrscheinlich auch nicht zur Sprache kommen. Kommissar Bauer hatte jedoch recht. Sie müssen nichtsdestotrotz in Kenntnis gesetzt sein. Sonst hätten Sie vor Gericht womöglich irgendwelche Fehler gemacht."

„Das macht doch gar keinen Unterschied!", warf Sandra plötzlich in die Runde.

Kenny und Herr Schneider schauten einander fragend an.

„Schatz, was macht keinen Unterschied?", fragte Kenny.

„Es macht keinen Unterschied, wer an dem Unfall schuld war. Nicht einmal mehr, ob er betrunken war. Meine Eltern sind tot. Ich habe lange gebraucht, bis ich meinen Frieden gefunden habe." Kenny wusste sehr gut, was sie damit meinte. „Letztendlich hat das eine gar nichts mit dem anderen zu tun. Es ist ein blöder Zufall, dass Treiber meine Eltern von der Straße gedrängt hat. Schließlich wusste das der Löwe nicht. Er ist lediglich seinem Jagdtrieb gefolgt. Jetzt geht es um etwas anderes und jeder Richter, der das eine mit dem anderen in Verbindung bringen würde, ist meiner Meinung nach krank."

Am Abend, als sie im Bett lagen, sagte sie zu Kenny: „Weißt du, Herr Treiber tut mir eigentlich leid. Wahrscheinlich sucht auch er Vergebung und hat seinen inneren Frieden verloren. Ich könnte mir vorstellen, dass er glaubt, dass Melanie hier ums Leben kam, sei eine Strafe für damals. Und wenn ich nun schuldig gesprochen würde, wäre das eine Bestätigung für ihn, dass er unschuldig am Tod meiner Eltern ist", spekulierte sie.

Kenny legte den Arm um Sandra. „Dass du nach all dem noch so denken kannst? Du hast das Herz eines Engels. Solche Gedanken kämen mir nie in den Sinn." Kenny liebte sie mit jedem Tag mehr. Das war es, was er gesucht hatte. Eine Frau, die klug war, die im Leben ihren Mann stand und die so viel Herz zeigte, wie Sandra es tat. Wie zur Bestätigung nahm sie seine Hand und zog sie an sich, um sie auf ihrer Brust zu platzieren.

Neckisch fragte sie: „Wirklich?" Sie machten noch eine Weile Blödsinn miteinander. Dann schliefen sie Arm in Arm ein. Trotz der Umstände ihres Deutschlandbesuches fühlte Sandra sich in diesem Moment zufrieden und ruhig.

Zwei Wochen waren vergangen, seit sie wieder hier auf Gut Weidenhof war, wo sie geboren wurde und aufgewachsen war. Sie spürte mit jedem Tag mehr, dass sie Heimweh nach einem anderen Ort hatte. Heimweh nach Kanada, ihrem neuen Zuhause. Wie mochte es wohl Kenny ergehen, der zum ersten Mal so weit weg von zu Hause war. „Hast du auch schon Heimweh?", fragte sie ihn nachdenklich.

„Nein, Heimweh würde ich es nicht nennen, aber ich vermisse meine Leute schon ein wenig. Es würde mir hier schon gefallen, wenn wir aus einem anderen Grund hier wären und nur Urlaub machen würden. Nun, wir werden ja bald wieder heimfahren", meinte er zuversichtlich.

„Hey! Du vielleicht, aber was, wenn ich ins Gefängnis muss?" Schon als sie es ausgesprochen hatte, stockte beiden das Herz bei dem, was eigentlich als Spaß gedacht war. Sie schob diesen Gedanken von sich. Er schlich sich zwar immer wieder in ihren Kopf, doch dann versuchte sie, sich selbst abzulenken. Sie verdrängte diesen Gedanken.

Kenny versuchte ein fröhliches Lachen, so als habe sie einen Witz erzählt. Vor Sandra konnte er jedoch nicht verbergen, wie viel Mühe ihm das gequälte Lächeln bereitete. Zwei Tage waren es nur noch bis zur Verhandlung.

„Kenny, wenn alles vorbei ist, dann lass uns bitte so schnell wie möglich zurückfliegen, ja?", bettelte sie fast.

„Okay! Vielleicht bekommen wir für Donnerstag noch einen Flug." Sie standen im Hof. Er drückte sie an sich und wechselte das Thema, um sie auf andere Gedanken zu bringen. „Du, wann wollen wir eigentlich heiraten?"

Es gelang ihm nicht vollständig, sie abzulenken. „Zu was heiraten, wir sind doch eh schon die ganze Zeit zusammen?", fragte sie zurück und boxte ihn dabei leicht in die Seite.

Ganz deutlich spürte er, wie sich ihr Körper in seinen Armen verspannte. „Du, da ist Frau Treiber", flüsterte sie ihm ins Ohr.

Er löste sich von ihr und sah sich suchend um. „Wo?"

Sie stand am Tor und sah sie mit traurigen Augen an. Eher mehr so, als würde sie durch sie hindurchsehen an einen fernen Ort. Wie ein Roboter setzte sich Sandra in Bewegung, ging auf sie zu, streckte ihr die Hand entgegen. Das war ihre Chance. „Guten Tag, Frau Treiber. Möchten Sie zu mir?" Aus einem Reflex heraus hob die Frau die Hand und nickte nur. Sandra war aus ihrer Starre erwacht. Die Frau sah verhärmt und abgemagert aus. Ihr Gesicht erinnerte Sandra an Masken aus dem Wachsfigurenkabinett. Sie tat ihr unendlich leid, wie sie so verloren dastand. Wie ein einzelner verdorrter Baum auf einer Lichtung. „Kommen Sie, lassen Sie uns eine Tasse Kaffee trinken." Sie griff nach Frau Teibers Arm. Mechanisch setzte sich die Frau in Bewegung und auch Kenny folgte ihnen. Im Café nahmen sie am Tisch in der Ecke Platz. „Das ist mein Freund Kenny – das ist Frau Treiber." Die beiden reichten sich ebenfalls die Hand. Kenny verstand nun schon ein bisschen Deutsch, sprach allerdings kaum ein Wort.

„Sandra, ich wollte Ihnen nur sagen, dass es mir leidtut!" Sie stockte. Früher, als Sandra noch ein Mädchen war, hatte Frau Treiber sie geduzt. „Ich glaube nicht, dass Sie daran schuld sind, am Tod meines Lieblings", redete sie weiter. Sie machte eine Pause. Es klang fast so, als sei sie zu schwach zum Sprechen. „Ich vermisse sie nur so, meine Melanie." Sie fing an zu weinen, kramte in ihrer Tasche nach einem Taschentuch. Kenny war aufgestanden und brachte ihr einige Servietten. „Danke!" Erst wischte sie sich die Tränen ab, dann schnäuzte sie sich laut. „Sie sollten wissen, mein Mann ist gestern ins Krankenhaus gekommen. Er wird bald sterben." Die Tränen waren nun versiegt.

„Oh, das tut mir leid." Es tat ihr in diesem Moment auch wirklich leid. Sie nahm die Hand der Frau, die bald völlig allein auf der Welt sein würde.

„Warum tut es Ihnen leid? Das braucht es nicht." Frau Treiber fing an, frei von der Seele weg zu erzählen. „Er hat es an der Leber. Hat sich zu Tode gesoffen. Er hat Melanie aus dem Haus getrieben. Er hat uns immer fertiggemacht, meine Melanie und mich. Ich hatte nicht den Mut, ihn zu verlassen. Er hat unser gesamtes Geld verspielt und versoffen. Jetzt müssen wir das Haus verkaufen. Da wollte er noch Gewinn aus dem Tod meiner Melanie schlagen und Sie sollen dafür büßen für das, was er uns angetan hat. Das tut mir alles so leid." Sie machte wieder eine Pause und rang mit den Händen. Die Tränen flossen unaufhörlich über ihre Wangen. „Wissen Sie, ich wollte die Anzeige zurücknehmen, als mein Mann ins Krankenhaus gekommen ist. Aber die vom Gericht sagen, das kann nur der, der die Anzeige gemacht hat."

Sandra war klar, dass Frau Treiber mindestens genauso darunter litt wie sie. Wenn nicht noch mehr.

„Ich bete zu Gott, dass Sie nicht bestraft werden. Sonst werde ich wirklich nie mehr in meinem Leben glücklich, mit dieser Schuld kann ich nicht leben." Sie stand auf und wandte sich zum Gehen.

„Weißt du, die arme Frau hat mehr verloren als ich. Sie steht vor dem Nichts. Hoffentlich schafft sie es wieder auf die Beine", sagte sie zu Kenny, als Frau Treiber fort war.

Am nächsten Tag rief Herr Schneider an. „Entschuldigen Sie! Ich habe noch einige Neuigkeiten für Sie. Eigentlich gestern schon. Aber ich hatte noch einige wichtige Termine. Wussten Sie, dass Frau Treiber die Anzeige von ihrem Mann zurückziehen wollte?"

Sandra erzählte ihm von dem Gespräch mit ihr.

„Ich möchte Frau Treiber als Zeugin aufrufen. Das würde Sie entlasten."

„Nein! Hören Sie, das möchte ich nicht." Sie machte eine Pause. Stockend fügte sie hinzu: „Nur wenn es sich absolut nicht vermeiden lässt. Frau Treiber macht genug durch." Sandra glaubte zu wissen, dass das über die Kräfte der armen Frau gehen würde.

Ihr Anwalt tadelte sie: „Sandra, ich wünsche mir ein bisschen mehr Egoismus von Ihnen. Was machen Sie denn durch? Denken Sie an sich. Kämpfen Sie! Ich halte mich für einen guten Anwalt. Meine Erfolgsquote ist hoch. Aber ich kann keine Wunder vollbringen."

Vielleicht hatte Herr Schneider den letzten Satz nicht so gemeint, doch Sandra geriet wieder ins Grübeln.

Donnerstag! Wieder eine schlaflose Nacht lag hinter ihnen. Es war nebelig und trüb, als sie vor dem Gerichtsgebäude eintrafen. Sie sprachen wenig. Herr Schneider, Kenny und sie betraten unter dem gerechten Blick der Göttin Justitia, die über dem Eingangsportal thronte, das Gerichtsgebäude. Aufgeregt stand Sandra auf, als der Richter den Raum betrat, weil alle anderen es auch taten. Sie nahm wieder Platz, als auch er mit seiner schwarzen Robe Platz genommen hatte. Weder Herr noch Frau Treiber waren anwesend.

Der Richter erklärte, dass die Verhandlung trotzdem stattfinden würde, auch wenn der Kläger nicht anwesend war. Irgendwie schaffte Sandra es, die Verhandlung wie in Trance zu überstehen. Der Richter, ein älterer freundlicher Herr, verlas die Anklageschrift. Sie wurde aufgerufen. Brav beantwortete sie wahrheitsgemäß die Fragen, die ihr gestellt wurden. Das Protokoll der Polizei wurde verlesen. Das Gutachten der Versicherung. Dann war es vorbei. Sie standen draußen und warteten, bis der Richter und der Staatsanwalt zurückkommen würden und das Urteil verlesen wurde.

Sandras Nerven lagen blank. „Oh Gott. Ich glaube, das überlebe ich nicht, wenn die jetzt noch länger brauchen." Sie zitterte und ihre Hände waren eiskalt. Kenny spürte, dass sie am Ende ihrer Kräfte war. Er nahm ihren Arm und stützte sie, als sie den Gerichtssaal wieder betraten. Fast fürchtete er, sie würde zusammenbrechen, deswegen führte er sie bis zu ihrem Platz. Als sie zur Urteilsverlesung aufstehen mussten, dachte sie, ihre Beine würden sie nicht mehr tragen.

„Im Namen des Volkes ergeht folgendes Urteil." Der Richter nahm seine Brille, setzte sie bedächtig auf und sah sie an. „Der Angeklagten Frau Sandra Weidner, wohnhaft in Dail County, Kingston, Kanada, ist keine Schuld am Tod von Melanie Treiber nachzuweisen. Sie wird somit von der Anklage freigesprochen."

Sandra fiel mit einem lauten Krachen auf den Stuhl zurück. Die Beine versagten nun endgültig den Dienst. Fast wäre der Stuhl nach hinten gekippt. Einige Zuhörer zuckten vor Schreck zusammen, blieben jedoch stehen. Der Richter blickte sie über die Brille hinweg nachsichtig an. Normalerweise hätte sie noch stehen müssen.

„Es wurde nachgewiesen, dass das Gut Weidenhof mit seinem Tierpark verantwortungsvoll geführt wurde. Die beiden Löwen wurden artgerecht untergebracht. Ebenfalls haben Sie, Frau Weidner", er senkte den Kopf und sah sie erneut über die Brille hinweg an, „keine Schuld daran, dass sich Melanie Treiber eigenmächtig Einlass in den Tierpark verschafft hatte ..."

Den Rest hörte sie nicht mehr. Irgendwie schaffte sie es jedoch, noch einmal aufzustehen, als der Richter den Gerichtssaal verließ.

Erst als Kenny sie stürmisch in die Arme riss, herumwirbelte und auf Englisch zu ihr sagte: „Hey Baby, du hast es geschafft. Es ist vorbei!", brach sie in Tränen aus. Auch Kenny hatte feuchte Augen bekommen. Sie ließ sich von ihm in den Armen wiegen wie ein kleines Kind. Herr Schneider hielt sich im Hintergrund.

„Ich möchte nach Hause", stöhnte Sandra, als sie sich gerade wieder etwas beruhigt hatte.

Er hatte sofort verstanden. „Ich werde später gleich auf dem Flughafen anrufen, ob wir für Samstag noch einen Flug kriegen. Okay Baby?" Sie konnte richtig spüren, wie gelöst Kenny auf einmal war. Im Gegensatz dazu war ihr seine Anspannung vorher gar nicht bewusst gewesen.

Als sie sich zu Herrn Schneider umwandte, war dieser verschwunden. Sie sah gerade noch, wie er im Besprechungszimmer des Richters verschwand. „Komm, wir warten draußen auf ihn."

Er nahm sie bei der Hand und führte sie weg. „Vorhin dachte ich wirklich, du würdest zusammenbrechen."

„Na ja! Weit weg war ich nicht davon", bestätigte sie ihm.

„Kannst du einen Moment allein bleiben. Da drüben ist eine Telefonzelle." Ohne eine Antwort abzuwarten, lief er davon. Sie beobachtete ihn. Er hatte seine Haare wieder mit einer Perlmutspange zusammengebunden. Groß und breitschultrig, ein Mann wie ein Traum. Dieser Mann würde bald ihr Mann sein. Sie grinste, weil sie bemerkte, dass er außer von ihr noch von einer jungen Frau beobachtet wurde. Sie trug eine Gerichtsrobe über dem Arm und sah ihm nach, wie er in der Telefonzelle verschwand. Als er zurückkam, strich er ihr über die

Wange. „Ich hoffe, du kannst es verkraften, aber wir können erst am Montag fliegen."

Es war ihr egal. „Hauptsache nach Hause!", meinte sie nur kurz.

Kenny sah auf seine Armbanduhr, die er ausnahmsweise trug. „Wollen wir deinen Onkel aus dem Bett schmeißen und ihm die guten Neuigkeiten sagen?" Er blinzelte sie an.

Sandra brachte ihn aber recht bald von dem Gedanken ab, in Kanada mitten in der Nacht anzurufen. „Das machen wir heute Abend bei einer Flasche Sekt, oder zwei, oder drei."

Inzwischen kam auch Herr Schneider zurück. „Der Richter, er meinte, dass hauptsächlich Frau Treiber zu diesem Urteil beigetragen hätte. Sie hat heute Morgen noch einmal angerufen und wieder versucht, die Anzeige zurückzuziehen. Herr Treiber ist heute Nacht gestorben."

Dann hätte es also doch auch anders ... Aber nein. Egal. Hauptsache, der Albtraum war nun endgültig zu Ende.

Am Abend gab es im Weidenhof noch ein kleines Fest. Herr Schneider kam mit seiner Freundin. Frau Schneider mit Nadja. Alle Gäste vom Weidenhof waren eingeladen, obwohl die überhaupt nicht wussten, worum es ging. Es wurde ein lustiger Abend. Sandra war reichlich beschwipst, als sie endlich zu Bett gingen. Der Druck der letzten Wochen war schnell von ihr abgefallen.

Als sie Onkel John telefonisch Bescheid sagte, dass alles in Ordnung war, konnte sie förmlich hören, dass auch ihm ein Stein von der Seele plumpste. „Kommt ihr nun endlich bald wieder nach Hause. Wir ersticken in Arbeit!", witzelte er gleich wieder. Typisch Onkel John eben. Sandra erkannte aber die Wahrheit in seinen Worten. Sie fehlten in einer Zeit, in der auf der Ranch wirklich viel zu tun war.

Die letzten Tage machten es sich Sandra und Kenny richtig

gemütlich. Sie unternahmen schöne Ausritte und gingen im nahe gelegenen See baden, schmiedeten Pläne für ihr gemeinsames Zusammenleben und liebten sich. Manchmal fragte Sandra sich, ob sie noch normal war, weil sie nie genug von Kenny bekommen konnte.

Als es endlich Montag wurde und Ingo und Christine sie zum Flughafen fuhren, konnte sie es selbst kaum glauben, dass sie etwas traurig war, ihre Freunde und Weidenhof wieder zu verlassen. Bevor sie eincheckten, versprachen die Reinhards, sie bald einmal in Kanada zu besuchen.

Wieder einmal stieg Sandra die Gangway hinab. Es war anders als beim ersten Mal. Es war ein sonniger warmer Tag in Toronto und sie war auch nicht mehr allein. Sie war glücklich und zuversichtlich, denn Kenny war ja bei ihr und sie waren beide da, wo sie hingehörten – in Kanada. Sie konnte es kaum erwarten, bis sie wieder auf der Ranch waren.

Tim holte sie ab und Erinnerungen an den Tag kamen hoch, als Kenny sie abgeholt hatte. Sie umarmten sich herzlich und Tim gab Sandra einen Kuss auf die Wange.

Als sie auf der Ranch ankamen, waren alle versammelt und umringten sie. An der Eingangstür zur Halle hing ein großes Schild. „Herzlich willkommen!" stand in großen bunten Buchstaben darauf. Der Tisch war festlich gedeckt und es gab einen kleinen Sektempfang zur Begrüßung.

„Wir wollten dir eine Freude machen, wo doch dein Geburtstag so traurig verlaufen ist, und wann gäbe es noch was zum Feiern, wenn nicht jetzt", meinte Onkel John, als er mit ihnen anstieß.

Nat hatte neben Kenny und Sandra Platz genommen. „Es gibt tolle Neuigkeiten!", berichtete er. „Janet und ich werden in zwei Monaten heiraten. Genau genommen am 20. Juli. Janet ist schwanger. Ich werde Daddy. Ist das nicht wunderbar?", fragte er.

„Hey! Das ist ja eine tolle Neuigkeit. Ich freue mich für dich." Während sie das sagte, sah sie kurz zu Kenny hinüber. In seinen Augen konnte sie lesen wie in einem offenen Buch. ‚Und was ist mit uns?', fragten sie.

Es war kaum zu glauben, Nat, der manchmal selber noch ein Kind war, wurde Vater. Aber Sandra war sich sicher, dass er ein prima Familienvater und alles bestens meistern würde. „Dad war erst gar nicht begeistert. Er hat gemeint, die Reihenfolge sei falsch, auch wenn man daran jetzt nichts mehr ändern könnte", fuhr er fort. „Na ja, ihr kennt ja seine Sprüche."

„... und wie immer hat der Boss recht!", gab auch Tim seinen Beitrag dazu.

Sandra und Kenny beteiligten sich kaum am Gespräch. Es war nicht zu verwundern, als Nat die Frage stellte, die nun unweigerlich kommen musste: „Und wie sieht es bei euch beiden aus?"

Sie sahen sich verlegen an. Dass sie zusammengehörten, war jedem klar. Pläne hatten sie auch schon geschmiedet. Über Kinder geredet, aber das Wörtchen ‚wann' hing noch offen in der Luft. Keiner der beiden antwortete auf die Frage, so ging das Gespräch lustig weiter. Irgendwer sagte plötzlich etwas von „Doppelhochzeit." Niemand wusste so recht, wer zuerst davon angefangen hatte. Sandra hatte keine Ahnung, ob das Gespräch, das nun entflammt war, ernst gemeint war oder nicht, aber sie fürchtete fast, dass es immer ernster wurde, je länger sie darüber redeten. Sie hatte das Gefühl, alle würden sie anstarren. Selbst Kennys bohrenden Blick konnte sie auf sich spüren. So versuchte sie, von sich abzulenken. Sie stellte die Frage, obwohl sie die Antwort schon wusste: „Wo werdet ihr eigentlich nach eurer Hochzeit wohnen?" Neben Tims Haus war schon der Grundriss für Nat und Janets neues Heim abgesteckt.

Es wurde noch ein schöner Abend. Kenny fühlte sich im Ranchhouse nicht so wohl, das spürte Sandra. Gegen zehn nahm er sie liebevoll in den Arm, gab ihr einen Kuss und ging hinüber ins Workhouse.

Kingston war eine verschlafene Kleinstadt. Dail County war etwa vierzig Kilometer von der Ranch entfernt. Kingston ungefähr das Doppelte. Doch welche Rolle spielten solche Entfernungen in einem derart dünn besiedelten Gebiet.

Mrs Geiger saß auf der Terrasse, die zur Straße hinausführte. „Ja, wenn das nicht der junge Kenny ist", stellte sie fest und lächelte dem jungen Mann zu, „... und die kleine Lucy ist auch dabei."

„Hallo, Mrs Geiger." Er ging auf die alte Dame zu. „Das ist nicht Lucy. Darf ich Ihnen vorstellen, das ist Sandra Weidner, die Nichte vom Boss."

Sandra hätte sich nicht vorstellen können, dass Mrs Geiger noch so stark war, aber sie spürte einen kräftigen Druck, als sie ihr die Hand schüttelte.

„Ach ja! Ich habe schon von Ihnen gehört. Sie müssen entschuldigen, meine Augen wollen nicht mehr so recht." Sie griff sich an den Kopf. „Ihr wollt doch nicht etwa zu mir?", fragte sie ungläubig.

Als Kenny bejahte, schien sie sichtlich erfreut und bot ihnen gleich Platz an. „Wollt ihr eine Limonade trinken?"

„Machen Sie sich bitte keine Umstände wegen uns." Kenny kam gleich zur Sache. „Mrs Geiger! Sandra ist meine Freundin. Wir werden heiraten."

„Nein! Mein kleiner Kenny will eine Familie gründen!", rief sie aus. Sie klatschte die Hände zusammen und ein Strahlen ging dabei über ihr Gesicht. „Wissen Sie, Kenny hat meinem Mann oft geholfen, wenn er es allein nicht geschafft hat. Auch die Aigner Jungen waren oft da." Anscheinend fiel es der alten Dame schwer, sich auf ein Thema zu konzentrieren. „Wie geht es denn Kathy und dem Baby? Katherin stammt nämlich aus dem Haus da drüben." Sie zeigte auf die andere Straßenseite.

„Oh, der kleinen Caren geht es prächtig. Sie entwickelt sich zu einem echten Sonnenschein", antwortete Sandra.

„Und Nat? Ich habe gehört, er heiratet auch bald. Die kleine Bolton soll ja schwanger sein?" Mrs Geiger war bestens informiert. Tratsch verbreitete sich in so einem kleinen Ort sehr schnell. „Ja, so etwas hat es früher alles auch schon gegeben", sinnierte sie. „Ach, was rede ich denn da. Sind ja jetzt alle erwachsen, die Kinder. Von wegen klein. Gucken Sie Kenny hier an, der spuckt mir ja schon auf den Kopf!"

„Würde mir niemals einfallen", neckte er spontan zurück und drückte Mrs Geiger die Hand. Alle lachten ausgelassen. „Mrs Geiger", fing Kenny von Neuem an. „Ich wollte Sie etwas fragen. Ich gehöre ja nicht zur Familie Aigner. Ich möchte mit meiner Familie einmal nicht auf der Ranch leben, verstehen Sie das? Aber auch nicht weit weg", fügte er schnell hinzu. „Es kommt wahrscheinlich etwas überraschend für Sie, aber ich wollte Sie fragen, ob Sie uns Ihre kleine Farm vermieten würden? Oder später sogar eventull verkaufen?"

Mrs Geiger sah wieder hinaus auf die Straße, suchend, als würde sie dort Antwort finden. Ein roter Ford raste auf dem staubigen Asphalt vorbei. „Kenny, war das nicht Dave?" Sandra stieß Kenny an, der unverwandt die alte Dame ansah. Diese gab stattdessen Antwort: „Ach, das ist eine Tragödie. Betsy Richter hat Schlaftabletten genommen. Das Baby soll ja behindert sein und er säuft. Die Richters können auch nicht mehr so. Sie hatte kürzlich einen Schlaganfall."

Sandra war geschockt. „Oh nein, Daves Frau ist tot! Das wusste ich nicht! Das ist ja furchtbar!"

„Ja, das ist es. Ich glaube, Sie haben ein gutes Herz, Miss Sandra."

Kenny mischte auch wieder mit: „Sie ist ein Engel!" Er legte seine Hand auf die ihre.

„Mrs Geiger", begann Sandra. „Wir haben uns Ihre Farm angesehen. Ich habe dort etwas gefunden." Sie kramte den Ring aus ihrer Tasche und gab ihn der alten Frau. Die hielt ihn sich ganz nah vor das Gesicht. Er musste ihr sehr viel bedeutet haben, denn als sie ihn erkannte, leuchteten ihre Augen und ein paar Tränen glitzerten darin.

„Das ist ja mein Ehering", flüsterte sie. „Mein Gott!" Sie war fassungslos. „Ich habe den Stein in all den Jahren immer aufbewahrt." Sie machte eine kleine Pause. „Ich war unbeherrscht, als ich noch jünger war. Wir haben uns nicht oft gestritten, mein Felix und ich. Aber ein Mal so richtig. Wegen einer Kleinigkeit. Was war es denn eigentlich?" Sie stockte immer wieder. „Ach, es muss so unwichtig gewesen sein. Ich habe es vergessen. Wir haben uns gegenseitig hochgeschaukelt. Ich war so wütend auf meinen Felix, da habe ich den Ring vor Wut zum Fenster rausgeworfen. Dann sind wir den ganzen Nachmittag auf allen vieren herumgekrochen und haben ihn gesucht. Den Stein habe ich gefunden. Im Haus. Den musste ich vorher schon verloren haben. Ich habe lange Zeit gehofft, dass ich den Ring finden würde, wo ich doch das Steinchen auch wieder hatte." Sie drehte den Ring ein paar Mal zwischen den Fingern und steckte ihn dann an den Ringfinger. Ihre Hände waren knochig und sie hatte Schwierigkeiten, den Ring überzustreifen, aber er passte noch immer. „Ihr habt mir die größte Freude gemacht, die man einer alten Frau nur machen kann!" Eine Träne rollte über ihr Gesicht.

„Mrs Geiger!" Es war Kenny, der sie in die Gegenwart zurückholte. „Sie wollen das Haus nicht verkaufen?", vermutete er laut.

„Nein!", sagte sie ganz bestimmt. „Nein, aber wenn jemand darin leben sollte, dann ihr. Ich werde es an euch vermieten. Es soll wieder Leben dort sein." Sie seufzte tief. „Uns war es leider nicht bestimmt, eigene Kinder zu haben." Kurz träumte sie vor sich hin. „Na ja, wenn ihr mal Kinder habt und wenn ich mal nicht mehr bin ... Wer weiß, dann sollt ihr das Haus haben." Sie stand auf. Hinter ihrem Stuhl stand ein Stock. Darauf stützte sie sich schwer. Sie ging ins Haus und holte den Schlüssel. Da sie keine Ahnung hatte wegen der Miete, beschlossen sie, noch einmal vorbeizukommen, wenn ihr Neffe da war. Sandra hatte die alte Dame in ihr Herz geschlossen und andersherum ebenso. „Hoffentlich werdet ihr dort genauso glücklich sein, wie wir es einmal waren", sagte sie zum Abschied.

Sandra wollte noch bei Dave vorbeischauen. Kenny hielt diese Idee für nicht so gut, aber schließlich gab er nach. Bei Familie Richter erlebten sie eine böse Überraschung. Aus Josh Richter war ein alter verhärmter Mann geworden. Die Sorgen spiegelten sich in den tiefen Furchen in seinem Gesicht wieder. „Dave ist nicht da. Der ist nie da, wenn man ihn braucht. Gehen sie rauf, meine Frau ist oben." Er widmete sich wieder dem Auto zu, an dem er herumbastelte.

In der Werkstatt führte eine steile Treppe nach oben. Sie klopften an, bekamen aber keine Antwort und so traten sie ein. Sie standen gleich in der Stube. Mrs Richter lag auf dem Sofa. Sie hatte braune Ringe unter den Augen. Sie sah fast älter aus als Mrs Geiger zuvor, obwohl sie mindestens zwanzig Jahre jünger sein musste.

„Mrs Richter!" Die Angesprochene setzte sich mühsam auf. „Wir wollten eigentlich zu Dave."

„Der ist nicht da", gab sie barsch zurück.

„Ja dann! Wir gehen wieder." Sandra fühlte sich nicht willkommen. Außerdem war ihr nicht wohl in dem Haus. Es roch überall säuerlich und es war schmutzig. Sie wandten sich schon zum Gehen, als das Baby anfing zu schreien. Sandra wandte sich um. In einer Ecke stand ein großer Weidenkorb. Das Kissen bewegte sich über den strampelnden Beinchen. Ihr weiblicher Instinkt ließ sie zu dem Kind gehen. Sie nahm den Kleinen heraus und strich ihm sanft über das Köpfchen. Das Kind war nun fast ein Dreivierteljahr alt. Sie verstand nicht viel von Kindern, aber so viel wusste sie, dass dieses Kind aussah, als wäre es kaum zwei Wochen alt. Nicht nur das. Es war irgendwie blass und wirkte durchsichtig.

„Wenn Sie schon da sind, könnten Sie dem Kleinen die Flasche geben", krächzte Mrs Richter. „Ich tu mir schwer mit dem Aufstehen."

Kurzerhand drückte Sandra Kenny das Kind in den Arm. „Wo sind die Sachen?" In der Küche, wohin sie die Frau schickte, fand sie das reinste Chaos vor. Alles war unordentlich und noch schmutziger als in der Stube. Sandra hätte es nicht gewundert, wenn irgendwelches Ungeziefer herumkroch. Unwillkürlich schüttelte sie sich. Sie setzte einen Topf mit Wasser auf den Herd und fing an ein Fläschchen zu waschen. Sie wusste, so konnte sie hier nicht weg. Während das Wasser heiß wurde, fing sie an aufzuräumen. Sie stellte noch einen Topf auf den Herd. Einen viel größeren diesmal. In diesem Moment fing das Baby an, aus Leibeskräften zu schreien. Der hilflose Kenny folgte ihr in die Küche. Sie sah das Entsetzen in seinen Augen. „Kenny, ich kann hier nicht so einfach weg. Nicht bevor das Kind gefüttert, gewickelt und die Küche in Ordnung ist." Er ergab sich mit einem tiefen Seufzen. Inzwischen war das Fläschchen fertig. Gott sei Dank hatte sie bei Katherin oft gesehen, wie das gemacht wird. Sie nahm Kenny das Baby ab und ging zurück in die Stube. Der Kleine sog ungeduldig am Schnuller.

„Sie können aber gut mit Kindern umgehen." Die Stimme der Frau war etwas freundlicher geworden.

„Na ja! Eine Verwandte auf der Aigner Ranch hat auch ein Baby." Es klang eher wie eine Entschuldigung.

„Ach, die Aigner Ranch. Ich dachte doch, dass ich Ihren Freund von irgendwo her kenne. Du bist doch der Indianerjunge?" Selbst Sandra konnte den negativen Ton in ihrer Stimme erkennen. Das war schon etwas seltsam, wenn man bedachte, dass Richter auch ein deutscher Name war. Schließlich war Kenny ein Ureinwohner dieses Landes. Na ja, fast. Indianer gab es hier schon immer, aber Kennys Zweig der Cheyenne kam einst von North Dakota über die Rockys nach Kanada.

Kenny jedoch gab keine Antwort und nur Sandra sah, wie er mit der Augenbraue zuckte. Er wandte sich ihr zu und ihm wurde ganz warm ums Herz. Er konnte sich gut vorstellen, wie sie einmal mit seinem Kind auf dem Arm dasaß. Das Bild von „Madonna mit Kind" fiel ihm ein. Sie saß da, als hätte sie da Vinci Modell gestanden. Bevor der Kleine das Fläschchen ganz leer getrunken hatte, war er schon wieder eingeschlafen. Seine Mundwinkel verzogen sich ab und zu zu einem Grinsen. „Gell kleiner Mann, jetzt geht's wieder besser. Aber aus deinem Höschen riecht es gar nicht gut."

„Sie müssen ihn noch aufstoßen lassen." Ach ja, das hätte sie fast vergessen. „Windeln sind dort drüben." Mrs Richter hatte nichts dagegen, dass man ihr die Arbeit abnahm. Ganz im Gegenteil.

Nachdem das Kind versorgt war, fing Sandra an, die Küche sauber zu machen. Kenny half ihr dabei. Er fühlte sich nicht sonderlich wohl bei der kranken Frau, die anscheinend etwas gegen Indianerjungen hatte.

„Wir werden ihn in ein Heim geben." Sandra glaubte, nicht richtig zu hören. „Ich kann den Kleinen nicht versorgen und sein Vater kümmert sich nicht um ihn", rief die Frau durch die Tür.

Auf der Rückfahrt zur Ranch schwiegen beide. Jeder hing seinen eigenen Gedanken nach. Von dem, was sie bei Familie Richter gesehen hatten, waren beide zutiefst betroffen. Lange nachdem Sandra zu Bett gegangen war, dachte sie noch an den armen kleinen Wurm, der doch so gar nichts dafür konnte und so unter den Umständen seiner Familie zu leiden hatte. Irgendetwas musste man doch für die Familie tun können.

Am nächsten Morgen fragte sie ihren Onkel spontan: „Könnte Dave nicht wieder bei uns arbeiten?"

John Aigner verschluckte sich fast an seinen Pfannkuchen. „Wie kommst du jetzt darauf? Ich hatte damals nicht den Eindruck, als würdest du ihn besonders mögen."

Sandra erzählte ihnen, was sie gestern bei Familie Richter gesehen hatte. Alle schienen betroffen, obwohl es ihnen nicht ganz unbekannt war, was dort ablief. Betsy hatte Schlaftabletten genommen. Das war zu der Zeit, als Sandra und Kenny in Deutschland waren. Auch über die Krankheit von Mrs Richter war Tante Margret informiert.

„Na ja, theoretisch sind wir komplett." Onkel John dachte nach. „Andererseits war Dave immer ein guter Arbeiter. Bis auf seine Saufeskapaden. Ich werde es mir noch einmal durch den Kopf gehen lassen." Damit war das Thema für die nächsten zwei Tage vom Tisch. Dann meinte der Boss wieder beim

Frühstück: „Also, ich hab es mir überlegt. Von mir aus kann Dave wieder anfangen."

Sandra freute sich und fuhr noch am Morgen mit dem Auto nach Kingston. Dieses Mal stand der rote Ford vor der Haustür. Die Werkstatt war noch zu und so klingelte Sandra.

„Hey! Da sieh einer an. Baby, hast du Sehnsucht nach mir?" Dave sah verkatert aus. Schon bereute sie es, dass sie Onkel John gefragt hatte.

„Erstens bin ich nicht dein Baby, zweitens hast du ein Baby, um das du dich kümmern solltest, und drittens werde ich Kenny heiraten", empörte sie sich.

„Jaja, schon gehört. Komm herein. Ich habe auch schon gehört, dass du dich so rührend um Billy gekümmert hast." Seine Betonung gab den Worten einen schalen Beigeschmack. Zu dem üblen Geruch der Wohnung kam dieses Mal noch Daves Alkoholfahne dazu.

„Hör zu, Dave. Ich bin nur gekommen, weil ich dich fragen wollte, ob du wieder auf der Ranch arbeiten könntest. Wir brauchen dringend Hilfe", flunkerte sie.

Dave schien anscheinend wirklich überrascht. „Ich ... Na ja." Er sah sich zu Mrs Richter um, die wieder auf dem Sofa lag. „Eigentlich, was hält mich hier noch? Klar, ja! Ich komme morgen." Er schaute zu dem Babykorb in der Ecke. „Der Kleine wird morgen von der Fürsorge geholt. Dann haben die Richters endlich ihre Ruhe."

Sandra schluckte. „Dave, macht dir das denn gar nichts aus? Er ist doch dein Sohn."

„Er macht nichts wie Ärger, schreit die ganze Zeit und seine Mutter hat sich aus dem Staub gemacht." Sandra war entsetzt über seine Ausdrucksweise. Nach einer Pause meinte er: „Ich weiß nicht, was ich mit ihm anfangen soll."

Das klang für Sandras Ohren nicht so, als wollte er das Baby nicht, eher, als wäre er mit der Situation überfordert. „Wir nehmen ihn mit!" Was hatte sie da gerade gesagt? Verrückt. Wie damals, als sie aus Deutschland wegging. Verrückt, ohne nachzudenken.

„Hey! Was soll ich auf der Ranch mit dem Balg?", fragte er und sah sie dabei an, als hätte sie nicht mehr alle beisammen.

„Ich werde mich um ihn kümmern." Sandra wusste, dass ihr Mundwerk schon wieder schneller war als ihr Verstand. Wie sollte sie das der Familie auf der Ranch beibringen? Und vor allen Dingen, wie sollte sie das Kenny beibringen? „Ich nehme ihn gleich mit." Kurzerhand suchte sie ein paar Sachen zusammen und ehe sie sich versah, saß sie mit dem Baby im Auto. Nachdem sie noch einige Dinge eingekauft hatte und heimwärts fuhr, ergriff sie ein Anflug von Panik. Berechtigt, wie es sich herausstellte.

Zum ersten Mal erlebte sie Tante Margret sprachlos. Wenn auch nur für kurze Zeit. Erst stand sie eine Weile mit offenem Mund da. Dann fragte sie entsetzt: „Ja, Kind. Bist du denn von allen guten Geistern verlassen? Du kannst uns doch nicht einfach dieses Kind ins Haus holen!" Sie war etwas zu laut geworden und so erwachte der Kleine und fing gleich an zu schreien.

„Er braucht sein Fläschchen." Sie drückte Tante Margret das Kind in den Arm und lief in die Küche. Erstaunlicherweise war Billy sofort still. Während Sandra ihm die Flasche gab, versuchte sie zu erklären, warum sie den armen kleinen Wurm mitgebracht hatte. Sie weinte fast. „Sie hätten ihn sonst in ein Heim gegeben. Der Kleine kann doch wirklich nichts dafür!"

„Sandra, natürlich kann er nichts dafür. Er ist ja auch ein drolliges Kerlchen, aber im Heim würde es ihm doch bestimmt besser gehen als bei den Richters. Wie willst du das John erklären, und wie Kenny?"

„Es ist doch nicht für immer. Vielleicht lernt Dave ihn ja doch noch lieben", verteidigte sie ihr Verhalten.

„Ja, und vielleicht lernen Kühe fliegen. Und dann? Er muss auf der Ranch arbeiten. Soll er ihn vor sich auf den Sattel setzen, wenn er Pferde einfängt?" Ihre Tante schüttelte noch einmal den Kopf. „Du bist wirklich ein Engel, aber du kannst keine Wunder vollbringen. Ich möchte nicht, dass du unter deiner Gutmütigkeit leiden musst."

In Sandra machte sich Angst breit. Nachdem der Kleine gewickelt war, ging sie mit dem Baby zu Moon hinüber. „Kannst du mich wenigstens verstehen?", fragte sie.

„Ja! Dein Herz ist so groß. Das habe ich schon gespürt, als du damals zu uns gekommen bist. Aber es war trotzdem unüberlegt."

Der Kleine weinte wieder. „Ich weiß nicht, was er hat. Ich habe ihn gerade gefüttert und gewickelt."

Moon nahm ihr das Baby ab. „Der Kleine ist völlig unterernährt. Er hat Blähungen."

„Moon", Sandra war fast den Tränen nahe. „Was wird Kenny dazu sagen?"

Ihre indianische Freundin war ebenfalls ratlos. „Ich glaube, er wird nicht begeistert sein. Dein Herz bringt dir noch viel Kummer." Das waren in etwa die gleichen Worte, die Tante Meggy vorher zu ihr gesagt hatte. „Aber lass den Kleinen erst mal hier."

„Aber, ich habe Billy hierher geholt. Jetzt muss ich doch auch dazu stehen." Sie versuchte sich zu beherrschen, um nicht loszuheulen.

Inzwischen war es Abend geworden. Sie hatten den Tumult auf dem Hof nicht gehört. Kenny war hereingekommen. Erfreut ging er auf Sandra zu und küsste sie. „Was ist das?" Er war sehr überrascht, als er das Bündel auf Moons Arm sah.

„Ein Baby. Das sieht man doch. Daves Baby", gab sie gereizt zurück. Ganz nach dem Motto: Angriff ist die beste Verteidigung.

„Sandra, du kannst ihn doch nicht einfach mit hierher bringen. Ein Baby hat auf einer Ranch nichts verloren."

„So? Was ist mit Caren? Ach, und ich dachte, du wolltest auch mal Kinder haben? Und bist du nicht auch als Baby hierhergekommen?"

„Das ist doch etwas anderes. Außerdem, du hättest doch vorher mit mir reden können."

Sandra war ganz aufgekratzt: „Klar hätte ich das, und was hättest du geantwortet?"

„Ich hätte dir davon abgeraten."

„So, jetzt ist gut. Streitet euch nicht", mischte sich Moon ein. „Lass Billy erst einmal hier. Wir werden gemeinsam überlegen, was zu tun ist."

Leider sah es ganz danach aus, als wäre es zwischen Sandra und Kenny zum ersten Krach gekommen.

Drüben im Ranchhouse war alles ganz still. Eigentlich viel zu still. Onkel John war von Tante Margret eingeweiht worden. Er schaute Sandra nur an. Dieses Mal konnte sie nicht in seinen Augen lesen, aber das Funkeln hatte bestimmt nichts Gutes zu bedeuten. Der Rest der Familie hüllte sich in ebenfalls in tiefes Schweigen. Jeder starrte hypnotisch auf seinen Teller. Die Stimmung war gespannt. Während des Abendessens wurde nicht gesprochen, was außerordentlich ungewöhnlich war. Sandra wollte sich danach gleich in ihr Zimmer zurückziehen.

„Sandra! Wo willst du hin?", fragte Onkel John scharf.

Kleinlaut gab Sandra Antwort: „In mein Zimmer."

„Hast du da nicht etwas vergessen?"

„Ich ... Nein ... Was? ..."

„Wo ist das Baby?", unterbrach John ihr Stottern.

„Bei Moon."

„Hol es!", befahl er. „Du hast das Kind hergebracht. Du wirst dich auch darum kümmern. Auf jedem Fall wirst ‚du' bei Nacht aufstehen und es versorgen." Dieses ‚du' betonte er besonders und schoss es mit gestrecktem Zeigefinger auf sie ab.

„Wenn du tagsüber was zu arbeiten hast, kannst du es zu Moon bringen. ‚Du' wirst lernen, dass du dir da kein Haustier aus Mitleid heimgeholt hast. Und auch kein Spielzeug. ‚Du' wirst ganz allein die Verantwortung dafür tragen." Bei jedem du konnte sie fast spüren, wie sich der imaginäre ausgestreckte Zeigefinger in ihre Magengrube bohrte. Eigentlich wollte Sandra widersprechen. Sagen, dass sie wusste, dass Billy kein Spielzeug war und kein Haustier. Doch im Moment hielt sie es für besser, zu schweigen. So hatte sie Onkel John wirklich noch nie erlebt.

Kenny war nicht da, als sie das Kind holte. Sie hielt sich nicht lange bei Moon auf. Sie gab ihm dort noch ein Fläschchen, ging dann aber gleich mit ihm hinüber und direkt in ihr Zimmer. Sandra erlebte eine schlaflose Nacht. ‚Horrible', das englische Wort für ‚schrecklich', traf die Situation schon eher. Jedes Mal, wenn sie gerade am Einschlafen war, schrie der kleine Billy erneut. Sie trug ihn durchs Haus, gab ihm die Flasche, wickelte ihn und hoffte inständig, dass Onkel John nicht aufwachte. Am Morgen war sie fix und fertig, aber sie wollte sich nichts anmerken lassen und aufgeben würde sie erst recht nicht so schnell.

Kenny ging ihr aus dem Weg. Das hatte sie schon einmal erlebt. Nur dieses Mal machte es sie unendlich traurig, weil sie ihn so liebte. Alle liefen mit zerknitterten Gesichtern durchs Haus. Das Gebrüll, das oft die ganze Nacht durchging, ließ auch die anderen Bewohner nicht schlafen. Onkel Johns Blicke straften sie jedes Mal, wenn er an ihr vorüberging, und sie riefen ihr immer wieder „böses Mädchen!" zu.

Dave fragte in der ersten Woche nicht ein einziges Mal nach seinem Kind.

Am Wochenende, als sie mit Billy auf dem Arm spazieren ging, weil er wieder so brüllte, sah sie, wie Kenny gerade zum Hof hinausritt. Er hatte die Satteltaschen voll. Wahrscheinlich ritt er hinauf zur Hütte, dachte sie wehmütig. Seit sie aus Deutschland zurück waren, war er nur ein Mal in den Bergen gewesen und da hatte er sie mitgenommen. Sie ging zu Moon. „Was soll ich nur tun?" Ihre Augen füllten sich mit ungeweinten Tränen und glitzerten wie grüne Bergseen. „Kenny geht mir aus dem Weg. Onkel John ist sauer. Dave will von seinem Sohn nichts wissen und der Kleine schreit nur. Ich habe die letzten drei Nächte nicht geschlafen."

Moon schmunzelte. „Du musst seinen Bauch massieren. So, siehst du." Sie machte es ihr vor und strich in kreisförmigen Bewegungen über das kleine Bäuchlein. „Außerdem, ist dir aufgefallen, dass er nun fast ein Dreivierteljahr alt ist und noch keinen Zahn hat?" Sie fühlte in seinem Mund. „Ja, Zähnchen bekommt er auch bald. Er sieht aber schon etwas besser aus, seit du ihn hast."

„Ja, und er schreit auch schon viel lauter", gab Sandra ironisch zurück.

„Ich werde dir etwas Salbe machen für sein Zahnfleisch. Gib ihm öfters mal Brotrinde zum Draufrumkauen. Das hilft, damit die Zähnchen besser durchkommen."

Sandra verließ Moon nur wenig getröstet. Kurz entschlossen holte sie den Schlüssel von ihrem zukünftigen Heim und machte sich mit dem Jeep auf den Weg. Zum ersten Mal schloss sie das Haus auf. Aufgrund der Ereignisse waren weder sie noch Kenny hierhergekommen. Mit Billy auf dem Arm ging sie hinein. Im schummrigen Licht sah sie die Silhouette von den abgedeckten Möbeln. Nachdem sie die Läden geöffnet hatte, schien alles viel freundlicher. Sandra legte eine Decke auf den Fußboden und platzierte Billy darauf. Er drehte sich zwar noch nicht von allein, aber sie hatte dennoch Bedenken, ihn ohne Aufsicht auf das Sofa zu legen. Allerdings hielt er die Brotrinde schon allein in seinen kleinen Fäustchen und lutschte schmatzend daran. Sie öffnete die Fenster und deckte die Möbel ab. Die Tücher legte sie zum Lüften über das Geländer der Veranda. Der Strom war abgestellt und so musste sie erst Feuer machen, um die Flasche von Billy zu wärmen. Gott sei Dank war noch Brennholz da. „Oh! Was mache ich nur mit dir, kleiner Mann? Du bringst mein Leben total durcheinander. Ich möchte dir so gerne helfen, aber du machst es mir richtig schwer." Sie drückte den Kleinen an sich. Er wimmerte vor sich hin. „Pssst, es gibt ja gleich was", versuchte sie ihn zu beruhigen.

Sie hatte den ganzen Tag im Haus gearbeitet. Babynahrung und Windeln hatte sie genug dabei. Draußen vor dem Haus gab es in Hülle und Fülle Äpfel und Birnen. Schade um das viele Obst. In Deutschland gab es öffentliche Mostereien, in denen man Früchte zu Saft verarbeiten lassen konnte. Sie wollte Onkel John danach fragen, ob es hier auch so was gab. Verkaufen lohnte sich wahrscheinlich nicht. Aber sie konnte Mus kochen und vielleicht einen Kuchen auf der Ranch backen. Es schien ihr, als würde ein bisschen Drachenfutter nicht schaden. Zunächst wollte sie erst mal über Nacht bleiben. So konnten wenigstens die anderen eine ruhige Nacht verbringen. Sie hatte ihr Handy mitgenommen. Sicherheitshalber. So rief sie auf der Ranch an und gab Bescheid. Im Hintergrund könnte sie hören, wie Onkel John brummte: „... kann ich in meinem eigenen Haus endlich wieder einmal eine Nacht durchschlafen ..."

Sandra fand wieder keine Ruhe. Zum einen, weil Billy immer wieder zu schreien anfing, und zum anderen, weil ihr das Bett, das ihnen nach der Hochzeit als Ehebett dienen würde, fremd war. Wahrscheinlich musste sowieso ein neues her, denn die Federn waren durchgelegen und sie rutschte mit dem Hintern immer in eine Kuhle, sodass sie meinte, in einer Hängematte zu liegen. Sie war verzweifelt und zornig. Auf wen, wusste sie nicht genau. Wahrscheinlich aber am meisten auf sich selbst. Aber sie tat das, was sie immer tat, wenn sie so drauf war. Sie schuftete. Sie putzte das ganze Haus. Fegte sogar den Stall, obwohl dort noch niemand Einzug gehalten hatte. Als sie damit gegen Mittag fertig war, pflückte sie einen Korb Äpfel. Sie hatte Billy gerade die Flasche gegeben. Er lag ein Stück abseits im Gras und quengelte. „Kind, Kind. Du machst mich völlig fertig. Weißt du das?" Sie legte sich zu ihm. Erst legte sie ihn auf ihren Bauch und streichelte ihn. Dann sang sie ihm etwas vor und schließlich schlief sie, das Kind in ihrem Arm liegend, ein. Ausnahmsweise wurde sie nicht von dem Geschrei des Kindes geweckt. Ein Pferd schnaubte. Sie war sofort hellwach.

Kenny saß neben ihr im Gras. „Na? Ausgeschlafen?", fragte er. „Man hätte dich ja wegtragen können."

Sandra strahlte ihn an. Sie war so froh, dass er wieder mit ihr redete. „Ich habe nicht viel geschlafen in letzter Zeit." Ein Blick auf Billy genügte. Aber Kenny hätte es auch so gewusst.

„Weißt du", sagte er, „eigentlich ist es ja das, was ich an dir liebe. Du bist so ein guter Mensch, eben ein Engel." Er beugte sich zu ihr und gab ihr einen Kuss. „Aber wie stellst du dir das vor, du kannst doch nicht die ganze Welt retten!" Er legte sich auf die Seite ins Gras, stützte den Kopf mit der Hand und sah sie an. „Hast du dir überlegt, wie es mit Billy weitergehen soll? Dave macht sich darüber bestimmt keine solchen Gedanken wie wir."

„Ja, das glaube ich allerdings auch", pflichtete ihm Sandra enttäuscht bei. „Ich sollte mit ihm darüber reden. Außerdem sollte er etwas zum Unterhalt des Kleinen beitragen."

Kenny wechselte das Thema. „Wie ich sehe, warst du fleißig. Ich war schon im Haus. Du wirst uns ein wunderschönes Heim zaubern. Ich freue mich schon richtig darauf, hier einzuziehen. Oder wollen wir gleich hierbleiben?"

„Am liebsten ja, aber wir sollten vielleicht doch erst heiraten. Lass uns Pläne schmieden", schlug Sandra vor. So spekulierten sie, wie er sein könnte, ihr großer Tag ...

Auch auf der Ranch beruhigten sich die Gemüter wieder. Moons Medizin half. Billy wurde etwas ruhiger und nahm an Körpergewicht zu. Sandra hatte sich ein paar Übungen ausgedacht, die sie mit Billy wiederholte, und so drehte er sich nach einer Woche zum ersten Mal von alleine auf den Bauch und wieder zurück. Außerdem griff er viel fester nach ihren Fingern. Seine Haut hatte eine natürliche Farbe angenommen, weil sie viel an der frischen Luft mit ihm war. Gestern hatte sie sogar beobachtet, wie Onkel John an seinem Korb stand, ihn mit den Fingern krabbelte und irgendwelche Laute in der Babysprache brabbelte.

Am Donnerstag war es endlich so weit. Sie erwischte Dave im Stall. „Dave, kann ich mit dir reden?", sprach sie ihn an.

„Aber immer doch, Schätzchen", gab er frech zurück. Auch er hatte sich erholt und sah wieder etwas besser aus.

„Dave, es ist wegen Billy! Er ist dein Sohn! Meinst du nicht, du solltest dich auch einmal etwas mit ihm beschäftigen? Damit er seinen Vater wenigstens kennenlernt." Sie machte eine Pause. „Außerdem wäre es schön, wenn du auch einmal Windeln und Babynahrung kaufen würdest."

Dave sagte nichts. Er sah Sandra nur an. Diese Art Blicke gefielen ihr gar nicht. „Weißt du", er griff nach ihrem Arm.

„Ich würde mich lieber mehr mit dir beschäftigen." Er zog sie zu sich heran.

„Dave, lass mich!" Sie bekam Angst und schrie ihn fast an. Doch er zog sie nur fester an sich und versuchte sie zu küssen.

„Nein!" Sandra riss sich los und stolperte rückwärts. Fast wäre sie gefallen. Dave war sofort wieder bei ihr. Doch als er sie gerade wieder packen wollte, sprang Kenny ihn regelrecht an. Beide gingen zu Boden und Kenny versetzte Dave einige böse Hiebe gegen das Kinn. Dann war Dave plötzlich auf ihm. Sandra konnte später nicht mehr sagen, wie es dazu kam, aber auf einmal hatte Dave ein Messer in der Hand. Wie unter Schock sah sie, wie er auf Kenny einstach. Im gleichen Augenblick kamen ein paar Cowboys in den Stall. Sofort rissen sie Dave von Kenny weg. Sandra stürzte auf ihren Verlobten zu: „Kenny, oh Gott, Kenny", stammelte sie.

Blut strömte aus einer Wunde an seiner Schulter. Der Baumwollstoff seines Hemdes sog das Blut auf und sie konnte zusehen, wie der Fleck größer und größer wurde.

„Schnell. Lauf doch einer zum Boss. Wir brauchen das Flugzeug."

Zwei Männer hielten Dave zwischen sich fest, der sich immer noch auf Kenny stürzen wollte. Die anderen waren regungslos dagestanden.

Kenny war bei Bewusstsein. „Mach dir keine Sorgen, das wird schon wieder." Er versuchte ein schwaches Lächeln. „Sandra, bist du in Ordnung?"

„Ja, mir geht es gut!" Aber dem war nicht so. Sandra war fix und fertig. Sie war den Tränen nahe und zitterte am ganzen Körper. Wegen Kenny riss sie sich zusammen so gut es eben ging.

Im Stall war plötzlich ein riesiger Aufruhr. Die gesamte Familie war da. Moon lief zu ihrem Sohn und es hatte den Anschein, als hätte sich die ganze Mannschaft der Ranchbewohner im Stall versammelt. Onkel John aber bewahrte die Ruhe. Er gab ruhige und konkrete Anweisung und so saß Sandra zehn Minuten später mit Kenny im Flugzeug. Tim flog und bestellte vom Flugzeug aus einen Krankenwagen. Sandra saß neben Kenny, sein Kopf ruhte an ihrer Brust. Sie presste ihm eine Kompresse auf die Wunde. Es hatte auch schon aufgehört zu bluten. Sie hatte gesehen, als Moon ihm das Hemd geöffnet hatte, dass die Stichwunde nur etwa zwei Zentimeter lang war. Hoffentlich war sie nicht zu tief. Als sie im Krankenhaus ankamen, war es fast dunkel.

Der Stich ging bis auf den Schulterknochen, wie sich herausstellte, und Kenny hatte sehr viel Blut verloren. Er wurde genäht und musste über Nacht im Krankenhaus bleiben. Die Ärzte sagten, es sei nur zur Beobachtung wegen dem Blutverlust. Am nächsten Tag dürfte er wieder mit nach Hause.

Nachdem Tim auf der Ranch angerufen hatte, beschlossen sie, im Hotel zu übernachten. Sandra schlief wenig in dieser Nacht. Sie stand immer noch etwas unter Schock. Die Beruhigungstabletten, die ihr der Arzt zugesteckt hatte, halfen ihr wenig. Was hätte Dave wohl mit ihr gemacht, wenn Kenny nicht im richtigen Moment dazugekommen wäre. Sie machte sich Sorgen um ihn. Außerdem dachte sie auch ein wenig an Billy. Wo er wohl heute Nacht schlief und wie es jetzt weitergehen sollte? Es war alles eine echte Misere.

Trotz allem ging auch am anderen Morgen wieder die Sonne auf. Kenny wurde noch einmal untersucht und durfte dann mit nach Hause. Allerdings sollte er die nächsten zwei Wochen nicht arbeiten und nach zehn Tagen mussten die Fäden gezogen werden. Als das Flugzeug zum Landeanflug ansetzte, fiel Sandra auf, dass der rote Ford weg war. Intuitiv hatte sie danach gesucht. ‚Billy ...‘, dachte sie. Sie begleitete Kenny zu

Moon. „Ist Billy bei dir?“, fragte sie nach einer kurzen Begrüßung.

„Nein, die Chefin hat ihn geholt“, gab Moon zurück. Sie verzog das Gesicht zu einem weisen Grinsen. „Sie hat gesagt, es ist nur, damit ich meine Arbeit machen kann.“ Sie machte eine Pause. „Dave ist gestern weg. Gleich nach der Geschichte hat er sich in sein Auto gesetzt und ist wie ein Verrückter vom Hof geprescht.“

Sandra gingen so viele Dinge durch den Kopf. Sie nahm wahr, was Moon sagte. Doch war sie nicht sicher, ob sie es begriff. Sie ging hinüber ins Ranchhouse und ließ Kenny und Moon in der Küche zurück. Er fühlte sich so schwach, dass er sich gleich wieder hinlegen musste. Tante Margret saß da und schaukelte den kleinen Billy auf ihrem Schoß. Sandra konnte es kaum glauben, wie liebevoll sie das Kind ansah. „Hallo, Tante Margret. Wir sind zurück.“

„Oh Sandra, Mädchen. Wie geht es denn Kenny?“, fragte sie besorgt.

Sandra setzte sich zu ihr. „Ganz gut. Er hat es gut überstanden. Aber er muss sich jetzt zwei Wochen schonen, denn er hat viel Blut verloren und die Wunde ist sehr tief, bis auf den Knochen. Durch den Blutverlust fühlt er sich sehr schwach. Ich glaube, er hat sich wieder hingelegt.“

„Der Arme ...“ Sie streichelte dem Kind über den Kopf.

‚Ob sie das Kind gemeint hat oder Kenny‘, fragte Sandra sich.

„Wie soll es denn jetzt weitergehen? Dave ist weg. Wird Kenny ihn anzeigen?“, fragte Tante Margret.

„Das glaube ich eigentlich nicht. Tante Margret, ich habe so ein blödes Gefühl.“ Sie stockte. „Was ist, wenn Dave nicht zurückkommt? Was wird aus Billy?“

„Tja, das Problem mit Billy wirst du wohl alleine lösen müssen. Du hast ihn hierher gebracht. Ich denke, dass das Jugendamt sich dann schon bei dir melden wird. Wundert mich sowieso, dass noch niemand da war, nachdem Billy verschwunden war, als sie ihn bei den Richters abholen wollten. Schätze, Dave hatte sich auf der Gemeinde nicht abgemeldet, als er wieder auf die Ranch kam."

Sandra dachte nach. „Tante Margret, am liebsten wäre es mir, wenn Kenny und ich auch bald heiraten würden. Ich habe noch nicht mit ihm gesprochen, aber ich weiß, dass Kenny keine große Hochzeit will. Mir wäre das auch lieber."

„Dann habt ihr also doch miteinander darüber gesprochen?", wurde sie unterbrochen.

„Nein. Das heißt über den Termin nicht, aber über die Hochzeit schon." Sie nahm Billy auf den Arm, da er langsam unruhig wurde. „Wir werden erst einmal standesamtlich heiraten. Kirchlich würde ich auch gerne, aber ohne großes Trara. Wir sind uns aber einig, dass wir eine kleine indianische Hochzeitszeremonie möchten in dem Dorf, aus dem Kenny kommt. Er meint, sein Onkel würde das organisieren. Er hat das schon oft gemacht."

„Deinem Onkel wird das aber gar nicht gefallen, mit dieser stillen Hochzeit." Sie dachte nach. „Könntet ihr euch nicht eine Doppelhochzeit vorstellen? In fünf Wochen."

Das mit den fünf Wochen hätte sie sich sparen können. „Mal sehen", sagte sie nur. „Tante, kannst du noch eine Weile auf Billy aufpassen. Ich muss noch mal zu Kenny." Sie wartete gar nicht auf Antwort, sondern stürmte zur Tür hinaus.

Kenny war noch auf dem Stuhl in der Küche gesessen, wollte aber gerade in den Schlafraum hinübergehen, um sich hinzulegen, als Sandra zur Tür hereinstürmte. „Kenny, ich muss mit dir reden." Er lächelte sie herzerfrischend an. Sie sah einfach

zum Anbeißen aus. Ihre Wangen waren vor Aufregung gerötet.
„Du, wir sollten so schnell wie möglich heiraten."

Mit einem Rums plumpste Kenny auf den Stuhl zurück.
„Hoppla! Wie kommt das so plötzlich?" Er war wirklich überrascht.

„Weißt du, ich habe schon darüber nachgedacht, als ich in unserem Haus sauber gemacht habe. Aber jetzt bin ich mir ganz sicher, dass ich ganz schnell mit dir dort leben möchte." Als sie geendet hatte, sah er sie immer noch fragend an.

„Ja, ich habe auf der Hütte auch darüber nachgedacht. Aber warum so plötzlich?"

„Na ja, das mit Dave", sie stockte, „... und überhaupt." Klar, sie wollte Kenny heiraten. Sie liebte ihn doch über alles. Aber sie konnte ihm doch nicht sagen, dass sie die schnelle Hochzeit auch wegen Billy wollte. Wenn das Jugendamt käme, würden sie ihn wahrscheinlich mitnehmen und in ein Heim stecken. Sie wusste ganz genau, dass sie bessere Chancen hatte, ihn zu behalten, wenn sie verheiratet wäre.

„Sandra", sagte Kenny aber nur, „gib mir noch ein paar Tage Zeit. Ich glaube, ich muss mich erst einmal hinlegen."

Sie ging enttäuscht davon. Es war alles sehr blöd gelaufen. So hatte sie es sich wirklich nicht vorgestellt. Kein Kuss, keine Umarmung. Ein ganz trockenes Gespräch über die wichtigste Sache in ihrem Leben. Sandra war traurig.

Kenny war nicht gleich zu Bett gegangen. „Mutter, weißt du, was da jetzt gerade gelaufen ist?", fragte er Moon.

Sie zuckte ratlos mit den Schultern. „Ich kann mir nur denken, dass das mit dem Schock von gestern und der Sorge um dich zu tun hat." Sie saßen schweigend am Tisch. „Kenny, liebst du Sandra?", fragte Moon.

„Ja, das weißt du doch."

„Willst du sie heiraten?"

„Ja, das weißt du doch auch."

„Dann heirate sie!"

Billy schlief. Sie nahm ihn mit hoch in ihr Zimmer und legte sich ins Bett. Erst als Billy wieder schrie, wachte sie auf. Es war spät am Nachmittag. Beim Abendessen sah Tante Margret Sandra fragend an. Sie sagten jedoch nichts zur Familie. Sandra zuckte nur mit den Schultern. Zu allem Übel lag sie mit ihrer Sorge wegen dem Jugendamt richtig. Es ging alles viel schneller, als sie gedacht hatte. Zwei Tage später, es war etwa um die Mittagszeit, fuhr ein silberner Van in den Hof.

Kenny versuchte gerade einen kurzen Spaziergang zur Koppel, wo er sich auf das Gatter setzen wollte, um den Pferden zuzusehen. Billy war bei Moon und Sandra war mit den Männern draußen beim Heuwenden. Sie brauchten jede Hand, jetzt wo er ausgefallen war.

Ein Mann und eine Frau in Stadtkleidung stiegen aus. Kenny war auf sie zugegangen. „Kann ich Ihnen helfen?"

„Ja, das können Sie", antwortete die Frau, während der Mann einen Aktenkoffer aus dem Auto holte. „Wir suchen Miss Sandra Weidner."

„Sandra ist meine Verlobte. Darf ich fragen, um was es geht?"

„Es geht um Billy Couwly. Mister Couwly, sein Vater, hat ihn zur Adoption freigegeben."

„Miss Weidner ist im Moment nicht da. Sie ist draußen arbeiten." Kenny zeigte in Richtung Prärie.

„Wann kommt sie denn wieder?" Die Frau tat etwas ungeduldig. „Und vor allen Dingen, wo ist das Kind?"

„Der Junge ist bei meiner Mutter. Wollen Sie ihn sehen?"

„Ja, und wir nehmen ihn gleich mit", erkläre sie.

Kenny schluckte. Das würde Sandra das Herz brechen. Außerdem hatte auch er sich an den Kleinen gewöhnt. „Aber das geht nicht!"

Jetzt mischte auch der Mann mit. „Warum soll das nicht gehen?", fragte er. „Sein Vater ist weg und er hat das Kind zur Adoption freigegeben."

„Aber er könnte doch hierbleiben, bis sich Adoptionseltern gefunden haben", warf Kenny ein. „Meine Verlobte hat sich seither mehr um ihn gekümmert, als seine leibliche Familie es je getan hat. Sie liebt das Kind."

„Das mag ja sein. Es spricht ihr niemand ab, dass sie sich gut um ihn gekümmert hat und dass sie ihn mag. Aber meinen Sie, der Abschied fällt ihr später leichter, wenn wir ihn noch hierlassen?" In diesem Punkt hatte der Typ wahrscheinlich sogar recht. Es würde nicht leichter für Sandra werden. „Außerdem müssen wir jedes Mal vier Stunden hier herausfahren. Nein. Es tut uns leid, wir nehmen ihn gleich mit."

‚Das tut dir gar nicht leid', dachte Kenny. ‚Typisch Bürokrat!' Erst überlegte Kenny noch, ob man Sandra vielleicht holen sollte, damit sie sich noch von Billy verabschieden konnte. Er war zum Reiten aber noch zu schwach. Vielleicht war es sogar besser, wenn sie Billy mitnahmen, jetzt wo sie nicht dabei war. Obwohl er es auch nicht richtig fand, ihr das Kind wegzunehmen, ohne dass sie sich von ihm verabschieden konnte.

„Können wir jetzt zu dem Kind?", drängelte die Lady.

Moon packte mit Meggy die Sachen für das Kind zusammen. Es war besser, wenn alles weg war, wenn Sandra zurückkam. Kenny beobachtete das Treiben vom Küchenstuhl aus. Er wollte seine Kräfte für Sandra aufsparen.

Sie sah vom Traktor aus nur noch den silbernen Van vom Hof fahren. Kenny lief ihr entgegen. „Wer war denn das?", fragte sie ihn. Er legte den Arm um sie. Wie sollte er ihr das nur beibringen. Bevor er etwas sagen konnte, meinte sie: „Warte, ich muss erst nach Billy sehen."

Kenny hielt sie fest. „Sandra, Billy ist nicht mehr hier." Sie stand sprachlos da und sah ihn ungläubig an. „Das war das Jugendamt. Dave hat ihn zur Adoption freigegeben. Ich konnte sie nicht davon abhalten, ihn mitzunehmen."

„Aber ..." Sie spürte, wie ihr die Tränen in den Augen brannten und zur gleichen Zeit unendlich viel Zorn in ihren Adern zu pochen begann. „Aber das können die doch nicht einfach machen. Sie dürfen ihn doch nicht einfach wegholen und ihn in ein Heim stecken." Sie lehnte sich an ihn.

„Ich habe ihnen gesagt, wir würden uns um ihn kümmern, bis sich Pflegeeltern gefunden haben. Aber sie sagten, der Weg wäre zu weit, um immer hier herauszufahren."

Abrupt ließ Sandra Kenny stehen und lief davon. „Ich muss morgen in die Stadt." Sie lief zum Haus. „Onkel John! Ich muss morgen in die Stadt!", rief sie, kaum dass sie in der Tür stand. Kenny war ihr gefolgt.

John wusste schon Bescheid. „Sandra, ich habe mich an den kleinen Wurm wirklich gewöhnt. Aber glaube mir, Kind, es ist besser so." Sie sah ihn entsetzt an. „Er wird gute Eltern bekommen, die sich liebevoll um ihn kümmern."

Aber Sandra konnte ihn nicht verstehen. Sie hatte sich doch auch liebevoll um ihn gekümmert. Sie hatte sich dich Nächte um die Ohren geschlagen. Sie liebte ihn doch. Sie lehnte sich wieder an Kenny und weinte. Wusste er, wie sie sich fühlte? Man hatte ihr das Kind weggenommen, den kleinen Jungen, den sie liebte wie ihr eigenes.

„Wir gehen ein bisschen spazieren, komm!", sagte Kenny und zog Sandra aus der Tür. Er wusste, wie sie sich fühlte. Und er wusste, dass es wohl an der Zeit war, dass Sandra ein eigenes Kind bekommen sollte. Immerhin gingen sie beide auf die dreißig zu und er hatte gesehen, dass sie in der Mutterrolle voll aufblühte. Ein Leuchten war von ihr ausgegangen, wenn sie mit Billy zusammen war. Er dachte wieder an das Bildnis der „Madonna mit Kind". „Ich habe darüber nachgedacht." Sie waren ein Stück gegangen und saßen auf einem Holzstapel. Kenny fühlte sich erschöpft und er brauchte seine ganze Kraft auf, um es nicht zu zeigen. „Du bist die Frau, die ich liebe. Die Frau, mit der ich ein Leben lang zusammen sein will, und darum denke ich, wir sollten so schnell wie möglich heiraten."

Sie lehnte sich an ihn, sagte aber nichts. Im Moment war ihr das nicht so wichtig wie der Gedanke an Billy.

Er war fest davon überzeugt, dass es das Beste war, wenn sie so bald wie möglich schwanger werden würde. Er wusste zwar, dass man Billy nicht einfach ersetzen konnte. Aber in Gedanken sah er sie auf der Wiese unter dem Apfelbaum sitzen mit einem Baby auf dem Arm und einem kleinen Mädchen, das durchs Gras tollte. Jedoch hütete er sich davor, seine Gedanken im Moment laut auszusprechen.

„Meinst du, ich kann ihn besuchen?", unterbrach sie seine Gedanken.

Kenny dachte einen Augenblick nach. „Keine Ahnung, aber ich glaube, dass es nicht gut für dich wäre." Er strich ihr übers Haar. „Du wirst jedes Mal neu leiden, wenn du ihn siehst. Ruf doch öfter dort an und erkundige dich nach ihm. Wenn er dann bei seinen neuen Eltern lebt und es ihm gut geht, kannst du ihn vielleicht besuchen."

„Vielleicht hast du recht." Sandra schmiegte sich an ihn.

„Au!" Sie hatte sich auf seine Wunde gelehnt. „Was ist jetzt? Willst du mich heiraten?"

Sie sah ihn fest an mit ihren traurigen verweinten Augen. „Ja!" Zur Bestätigung nickte sie mit dem Kopf. „Ja, ich will."

Langsam ging die Sonne unter. „Du weißt, dass ich keine

große Hochzeitsfeier möchte? Wir können mit Nat und Janet in der Kirche heiraten. Am Tag vorher Standesamt. Wenn die Kirche dann aus ist, fahren wir ins Reservat. Dort werden wir dann eine indianische Hochzeitszeremonie machen. Bist du damit einverstanden?" Er wiederholte damit genau das, was sie schon zu Tante Meggy gesagt hatte.

„Ja, so machen wir es! Genau so!" Sie dachte nach. „Dann haben wir aber eine ganze Menge zu tun in den nächsten paar Wochen. Mit dem Umzug und so und all dem, was man sonst noch so braucht."

„Dann müssen wir morgen nach Kingston. Wir müssen so schnell wie möglich das Aufgebot aufgeben." Als Kenny ausgesprochen hatte, wurde Sandra wieder traurig.

„Bleibst du heute Nacht bei mir?" Eigentlich wollte sie fragen, ob sie bei ihm schlafen dürfte, aber Kenny schlief ja mit den anderen Cowboys zusammen. „Ich weiß, du bist müde. Du siehst erschöpft aus. Wenn du willst, kannst du auch gleich nach oben gehen. Ich will heute Nacht nur nicht allein sein."

Kenny nickte stumm. Langsam gingen sie zurück. Zuerst wurde Moon in die Neuigkeiten eingeweiht. Sie würde Billy auch vermissen, gleichzeitig hatte sie aber auch eine Sorge weniger. Sie ahnte, dass Kenny und Sandra sehr glücklich sein würden.

Am Abend gab es im Ranchhouse noch ein großes Palaver. Vor allem Tante Margret versuchte Kenny und Sandra zu überzeugen, ob sie nicht doch etwas größer feiern wollten. Aber jeder Versuch war zwecklos. Onkel John war etwas enttäuscht, aber er versuchte es erst gar nicht, sie umzustimmen. Die beiden gingen früh nach oben und planten weiter an ihrer kleinen privaten Hochzeit. Aber Kenny war bald darauf eingeschlafen.

Sie fuhren erst einen Tag später nach Kingston. Er musste zum Arzt zur Nachuntersuchung. Außerdem gingen sie noch bei Geigers vorbei, um den Mietvertrag fest zu machen. Das Aufgebot wurde bestellt. Kenny hatte schon bei seinem Onkel Bescheid gesagt wegen der Hochzeit. Seine Familie war natürlich hoch erfreut.

Jetzt gab es kein Zurück mehr. Aber Sandra hielt noch eine andere Überraschung bereit. Seit einiger Zeit fühlte sie sich am Morgen unwohl. Manchmal auch tagsüber. Sie hatte schon seit einer Woche den Verdacht, dass sie schwanger sein könnte. In ein paar Tagen müsste sie eigentlich ihre Regel bekommen. Vorher wollte sie nicht zum Arzt gehen und vorher wollte sie auch Kenny gegenüber noch nichts äußern. Bisher konnte sie ihre Übelkeit auch noch gut verbergen. Wäre die Situation nicht so traurig gewesen, als man Billy geholt hatte, hätte sie bestimmt lachen müssen, als Kenny ihr von seinem Kinderwunsch erzählt hatte.

Sandra rief eine Woche, nachdem man Billy geholt hatte, in der Stadt auf dem Jugendamt an. Man gab ihr die Auskunft, dass in zwei Tagen ein Ehepaar aus Toronto kommen würde, das sich für den Kleinen interessierte. Interessieren, wie sich das anhörte. Billy war doch keine Ware! Die Dame am Telefon beruhigte Sandra. Sie solle sich keine Sorgen machen. Man würde immer wieder Kontrollen durchführen und Sandra könnte sicher sein, dass es Billy gut gehen würde. Aber sie müsse Verständnis dafür haben, dass man ihr Name und Anschrift der Familie nicht geben darf.

Nein, sie hatte kein Verständnis dafür. Doch bevor sie auflegte, kam ihr noch eine Idee. Sie bat darum, den Leuten auszurichten, dass sie sich um ihn gekümmert hatte, aus welcher Situation sie ihn herausgeholt hatte und ob sie Sandras Adresse weitergeben könnte, damit sich seine neuen Eltern bei ihr melden könnten. Die Frau vom Jugendamt versprach ihr, das zu tun. Aber Sandra machte sich keine allzu großen Hoffnungen.

Wenn sie nüchtern darüber nachdachte, war es natürlich besser so für ihn. Sie hoffte, dass ihn die neue Familie mindestens genauso lieben würde, wie sie ihn geliebt hatte. Im Moment konnte sie jedenfalls nichts weiter für ihn tun, als für ihn zu beten. Wie hatte ihre Oma immer gesagt: Der Herr wird es schon recht machen. Bisher, so musste sie im Nachhinein feststellen, hatte er auch alles zum Besten geführt.

Sandra war enttäuscht, als am anderen Tag ihre Blutung einsetzte. Zum Glück hatte sie Kenny noch nichts gesagt. Aber sie waren ja noch jung und immerhin auch noch nicht verheiratet. Die Tage vergingen. Sie hatte sich noch einmal auf dem Jugendamt erkundigt. Billy war tatsächlich vermittelt worden und die Dame erklärte ihr, dass sie ihre Adresse weitergeleitet und den Leuten die Situation erklärt hatte.

Sandra wachte manchmal in der Nacht auf, weil sie glaubte, Billy weinen zu hören. Dann war sie jedes Mal ganz traurig, weil es nicht so war. Tagsüber hatte sie nicht viel Zeit, darüber nachzudenken. Sie hatten viel zu tun. Kenny war oft in ihrem neuen Heim. Sandra hoffte, dass er sich nicht übernahm, denn er war seit der Messerstecherei etwas in seiner Bewegung eingeschränkt und manchmal schmerzte seine Schulter. Ihr wäre es lieber gewesen, er würde sich noch erholen. Den Rest konnten sie gemeinsam erledigen, wenn sie dort wohnten. Sie selbst verbrachte die meiste Zeit mit Tante Margret und Janet zusammen.

„Nein! Eigentlich brauche ich kein Hochzeitskleid für eine Stunde", versuchte sie ihre Tante zu überzeugen.

„Aber was willst du denn dann in die Kirche anziehen?" Sie schüttelte in einem Anflug von Verzweiflung den Kopf.

„Na, da wird sich schon was finden." Sie machte eine nachdenkliche Pause. „Weißt du, ich habe doch diese neue Lederhose, die ich immer zum Viehtreiben anziehe. Dann putze ich die Cowboystiefel, die ich letztes Jahr zu Weihnachten bekommen habe. Dazu vielleicht ein kariertes Hemd und vielleicht leiht mir Nat seine Fransenjacke." Sandra bemühte sich, Tante Margret ganz ernst anzusehen.

Diese schnaubte und prustete. „Kind, du bringst mich noch um den Verstand!"

Kathy war gerade hereingekommen. „Ja Mum, das wäre doch mal was anderes. Ich bin dafür. Sandra, du könntest dir doch diese Jeans von Lucy ausleihen, die mit den Löchern und Flicken." Sie grinste: „Du weißt doch noch, wie entsetzt sie war, als Mum sie wegschmeißen wollte? Und wie sie rumgestresst hat, als Mutter die Risse zugenäht hat?"

„Ja, und ich hätte da noch ein paar alte Basketballstiefel mit einem Loch drin", fing auch Janet an.

Alle blickten Tante Margret an. Die Arme sah richtig verzweifelt aus. So, als zweifelte sie plötzlich an ihrem eigenen Verstand. Die drei jungen Damen schauten die ältere etwas treudoof an. „Nein, das geht doch nicht, das ... das ...", stotterte sie. Die anderen sahen, dass sie es etwas zu weit getrieben hatten. „Das ... das ... So kannst du doch nicht in die Kirche gehen." Tante Margret schaute sie ganz ernst an und ging davon. Die Zurückgebliebenen wechselten betroffene Blicke.

Kathy ergriff zuerst das Wort: „Das war zu viel. Was machen wir jetzt?"

In diesem Moment kam Tante Margret wieder um die Ecke. Sie hielt die Hände hinter ihrem Rücken. „Ich ... ich weiß einfach nicht, was ich sagen soll." Sie zuckte mit den Schultern. Plötzlich, Sandra erschrak, flog ihr ein alter Stallstiefel entgegen und Tante Margret hielt ihr einen alten verschmierten Kittel vor die Nase. Sandra schrak zurück, sie kippte fast mit dem Stuhl nach hinten, als der stinkende Mantel vor ihrer Nase hin und her gewedelt wurde. Tante Margret brüllte vor Lachen los. „Wie wär's denn damit?"

Kathy und Janet begriffen zuerst. Schließlich konnten sich alle nicht mehr halten. Sie kicherten und lachten und jedes Mal, wenn eine sich krampfhaft das Lachen verkniff, prustete eine andere aufs Neue los. Kathy, die bisher gestanden hatte, setzte sich auf den Fußboden. Janet rutschte langsam vom Sessel, kroch auf allen vieren zu ihr hin und klopfte ihr auf die Schulter und wieder lachten alle los. Tante Margret hielt sich den Bauch und Sandra japste nach Luft. Als sie sich endlich etwas beruhigt hatten, blickte Sandra zur Tür. Sie meinte, dass sie einen Schatten gesehen hatte. Sie konnte keinen Ton sagen, eine Hand presste sie auf ihren Mund, um das Lachen zu unterdrücken, was ihr kaum gelang. Mit der anderen Hand zeigte sie zur Tür. Als die anderen Onkel John, Tim, Net und Kenny stehen sahen, entstand eine Pause, in der man eine Stecknadel hätte fallen hören können. Doch die Stille währte nur ganz kurz, bevor sie erneut loslachten. Noch nie hatten sie ihre Männer so sprachlos erlebt ... Selbst beim Abendessen mussten sie sich immer wieder das Lachen verkneifen.

Kathy hatte ihr am nächsten Tag einen Vorschlag gemacht: „Wenn du möchtest, kannst du mein Brautkleid anziehen. Komm doch mit rüber und probier es an."

Daran hatte sie noch gar nicht gedacht. Aber Kathy könnte genau ihre Größe haben. Na ja, sie hatte einen etwas größeren Busen, aber anprobieren konnte sie es ja mal. Als Sandra sich in dem großen Spiegel in Kathys Schlafzimmer sah, hüpfte ihr zum ersten Mal vor Aufregung das Herz. Sie konnte es kaum glauben. Ganz in weiß. Irgendwie fühlte sie sich wie eine Prinzessin aus dem Märchen.

„Du siehst wunderbar aus. Es passt wie angegossen. Und wenn wir dir noch einen Push-up-BH anziehen, wird das Körbchenproblem auch gelöst sein."

„Meinst du?", fragte Sandra skeptisch. Damit meinte sie aber eher, dass sie so ein Ding nicht anziehen wollte. „Das wäre doch Vortäuschung falscher Tatsachen und ich würde dann mit einer Lüge in die Ehe gehen, oder?", lachte sie.

„Nein, es fällt dann jedenfalls weniger auf, als wenn das Oberteil Falten schlägt. Was das andere betrifft, kannst du Kenny eh nichts mehr vormachen."

Das Übelste für Tante Margret war, dass sie Sandra nicht vor der Hochzeit in dem Kleid sehen durfte. Sie wollte doch auch ihren Senf dazugeben. Und für Sandra war es das Schlimmste, dass sie nicht wusste, was Kenny an ihrer Hochzeit anziehen würde.

Die letzte Woche vor dem großen Ereignis war der reinste Horror im Hause Aigner. Hilfskräfte wurden eingestellt. Tante Margret hing nur noch am Telefon. Dieses war zu bestellen, jenes zu richten. Die Musik musste organisiert werden. Die letzten Tischkärtchen, Blumen usw. Im ganzen Haus duftete es nach Kuchen und nach und nach trafen die ersten Geschenke ein. Natürlich bekamen Nat und Janet viel mehr Geschenke, weil sie bekannter waren. Aber das war Sandra egal. Sie freuten sich beide füreinander. Sandra war glücklich über Geschirr und Handtücher, alles was man so brauchte. Früher in Deutschland hatte sie einmal eine komplette Aussteuer gehabt. In der Zwischenzeit hatte sie aber auch ein beträchtliches kleines Sümmchen angespart. Denn eigentlich brauchte sie ja nichts hier draußen. So wollte sie nach der Hochzeit dann nur noch die nötigsten Sachen besorgen. Wahrscheinlich würde sie erst im Laufe der Zeit feststellen, was sie noch brauchte, nämlich dann, wenn sie es brauchte.

Kenny hatte Urlaub genommen und fuhr jeden Tag rüber zur Geiger-Ranch. Die Möbel, die dort waren, mussten fürs Erste genügen bis auf die neue Matratze. Ansonsten gab es genug anderes zu tun.

Sandra hatte drei Tage vor der Hochzeit noch einmal einiges in der Stadt zu erledigen. Es war ein Drama, sich in Kingston einen Push-up-BH zu kaufen. Aber letztendlich betrat sie in einer kleinen Seitengasse eine Boutique für junge Leute. Tatsächlich fand sie dort den Gegenstand ihrer Begierde und sie konnte ihre Oberweite von B auf C steigern. Sie hatte sich auch vorgenommen, Mrs Geiger noch einmal zu besuchen. Außerdem hatte sie sich doch einen Termin beim Arzt geben lassen, denn sie fühlte sich ab und zu ganz flau im Magen. Eigentlich wollte sie früh zurück sein, aber um fünf saß sie immer noch im Wartezimmer.

„Miss Aigner, bitte!", rief sie die Sprechstundenhilfe auf. Sandra war ganz und gar aufgeregt. Sie schilderte dem Arzt ihr Unwohlsein in den letzten Wochen, verschwieg ihm aber nicht, dass sie ihre Blutung regelmäßig bekommen hatte. Auch wenn sie schwächer war als sonst.

„Das kann schon mal vorkommen", meinte er trocken. „Sie müssen nicht zufällig gerade zur Toilette, dann könnte ich einen Schwangerschaftstest machen." Sie war froh, dass sie vorher nicht war, als sie so lange gewartet hatte. „Es dauert nicht lange", meinte Dr. Briggs. Als er aus dem Labor zurückkam, grinste er über beide Ohren. „Na, John wird sich freuen, wenn es wieder Nachwuchs gibt. Das geht ja bei euch da draußen wie bei den Katzen. Herzlichen Glückwunsch."

‚Schwanger, ich bin schwanger. Juhu! Ich bin schwanger.' Sie hatte nicht gewusst, dass sie sich so darüber freuen würde. Sie glaubte zu zerspringen. Bevor sie ging, machte sie dem Doktor noch klar, dass er es bitte für sich behalten sollte. Sie wollte es nach der Hochzeit erst Kenny sagen und dann dem Rest der Familie. Nach der Untersuchung meinte der Arzt, dass sie wahrscheinlich erst in der dritten oder vierten Woche sei. Sie machten einen Termin in zwei Wochen aus für eine erste richtige Vorsorgeuntersuchung. Dann schwebte sie wie auf Wolken hinaus. Sie hatte das Gefühl, jeder würde ihr die guten Nachrichten ansehen. Aber keiner sprach sie an. Niemand außer Kenny. In dieser Woche hatten sie sich kaum gesehen. Sandra hatte solche Sehnsucht nach ihm, dass sie nach dem Essen noch zu ihm ging. „Bist du arg geschafft?", fragte sie ihn. „Magst du noch ein bisschen mit mir spazieren gehen?" Sie legte ihren Arm auf seinen. Kenny ließ sie zappeln. Er sah ihr viel zu ernst in die Augen, aber sprach kein Wort. „Kenny, was ist? Kommst du mit?", sie schaute ihn bettelnd an. Er rührte sich nicht von der Stelle und schwieg. „Kenny bitte, ich hab solche Sehnsucht nach dir."

In diesem Moment ging ein Strahlen über sein Gesicht. „Genau das wollte ich hören!"

Er ging mit ihr hinaus. Hinter dem Stall riss er sie an sich. „Ich sehne mich jede Sekunde nach dir, in der ich nicht bei dir bin." Er küsste sie sanft unter dem linken Ohr und seine Zunge arbeitete sich hinunter zu ihrer Schulter. Das war zu viel. Sandra riss sich los und zog ihn mit sich. Seine Küsse brannten förmlich auf ihrer Haut und ganz deutlich fühlte sie die Schmetterlinge im Bauch. „Hey, nicht so schnell! Wo rennst du denn hin?"

Sie lief weiter in Richtung Bach. „Komm!"

Als sie etwa fünfhundert Meter vom Haus entfernt waren, zog sie ihn unter die tief hängenden Zweige einer alten Weide. Sie schob ihn mit dem Rücken gegen den Stamm und lehnte sich an ihn. „Kenny, oh Kenny!", stöhnte sie, „bitte, liebe mich!", flüsterte sie an sein Ohr.

„Hey, was ist denn heute mit dir los? Du bist ja ganz wild! Der Blick in deinen Augen ist mir vorher schon aufgefallen." Er grinste und fasste sie an den Hüften. „Man könnte meinen, dich sticht der Hafer!"

„Sei endlich still!" Sie zog seinen Kopf an den Haaren herunter und küsste ihn fordernd auf den Mund.

„Du machst es mir wirklich nicht leicht." Er streichelte mit seinen Händen ihren Rücken hinauf und wanderte dann nach vorne auf ihre Brust. Ihre Warzen streckten sich ihm hart entgegen. „Sandra", keuchte er, „eigentlich wollte ich erst wieder mit dir schlafen, wenn wir verheiratet sind." Er schluckte hart. „Du machst mich verrückt." Er öffnete stürmisch ihre Hose und streifte sie hinunter. Langsam rutschte er am Stamm der Weide hinab und öffnete auch seine Hose. Weiter kam er nicht. Sandra zog ihre Kleider aus. Sie riss an seiner Kleidung, damit er endlich sein Gesäß hob und sie ihm die Beinkleider abstreifen konnte. Dann setzte sie sich auf ihn. Viel zu schnell ging ein Aufbäumen durch seinen Körper und er zitterte vor Erregung. „Wow! Entschuldige, Sandra! Ich konnte mich einfach nicht beherrschen. Aber ich verspreche dir, nach unserer Hochzeit im Tipi werde ich dich die ganze Nacht verwöhnen." Er befreite sich von ihr. „Oder quälen", neckte er sie.

„Eine Mischung aus beidem wäre vielleicht nicht schlecht", gab sie keck zur Antwort.

„Kannst du es so lange aushalten?"

Sandra seufzte: „Muss ich ja wohl, oder?"

„Ja, das musst du!" Er nahm sie in den Arm und liebkoste sie noch eine Weile, bevor sie zurückgingen.

Am Freitagvormittag gegen 11 Uhr fanden sich beide Paare auf dem Standesamt in Kingston ein. Nat und Janet waren Trauzeugen für Sandra und Kenny und umgekehrt genauso.

„Zwei Worte möchte ich Ihnen ans Herz legen, das Wörtchen ICH, das in Zukunft für Sie in den Hintergrund treten wird, und das Wort WIR, das von nun an im Vordergrund stehen wird ...“ Er erklärte auf Englisch, dass ‚I‘ für Ich ein harter Konsonant sei und dass das ‚We‘ doch viel weicher wäre. In Gedanken ließ sie sich die Worte durch den Kopf gehen und merkte, dass er recht hatte. Diese Worte bekämen noch mal eine andere Bedeutung, wenn die Frau schwanger wäre. Fast hätte Sandra kichern müssen, denn beide Frauen, die hier standen, waren schwanger. Bei Janet konnte man schon was sehen. Ja, und wenn Kinder da wären, hätte das Wort ‚We‘ noch mal eine neue Bedeutung. In einer Ehe denkt man nicht mehr an sich allein, sondern an den Partner und die Familie.

Keine zehn Minuten später war Sandra eine verheiratete Frau. Tante Margret – wie konnte es auch anders sein, weinte im Hintergrund still in ihr Taschentuch.

Nach der standesamtlichen Trauung gingen die Boltons, die Aigners und Moon zusammen zum Mittagessen und danach trennten sich alle. Völlig unromantisch. Janet ging mit ihren Eltern nach Hause und Kenny verabschiedete sich bis zum nächsten Tag von Sandra.

Samstag, ihr großer Tag. Es wurde ein stressiger, aber aufregender Morgen. Mit stolzgeschwellter Brust führte Onkel John Sandra zum Traualtar, um sie Kenny zuzuführen. Sandra blieb fast das Herz stehen. Er sah hinreißend aus. Er trug eine schwarze Hose, ein schwarzes Hemd und ein weißes Sakko darüber. Seine Haare fielen ihm lose über die Schultern. Auch Kenny musste schlucken, als er Sandra in dem weißen Brautkleid sah. Ihr Brautstrauß bestand aus einer einzelnen lachsroten Rose, die mit weißem Zittergras und einer Perlenkette gebunden war.

Gemeinsam traten die Brautpaare vor den Altar, als von der

Empore klar und hell das Ave Maria erklang. Sandra war aufgeregt, ihre Hand zitterte in der seinen. Kenny drückte sie sacht und mit so viel Zärtlichkeit, sodass sie langsam ruhiger wurde. Wie in Trance knieten sie vor dem Altar nieder. Der Pastor sagte die altbekannten Worte und beide gaben sich das Jawort.

Sandra wusste nicht, ob sie sich jemals an den schönsten Tag ihres Lebens erinnern würde. Sie erlebte alles wie im Traum, so, als würde sie nur zuschauen. Erst als Kenny sie vor der Kirche küsste und die umherstehende Menge applaudierte, erwachte sie.

„Jetzt ist gut. Ihr müsst euch auch mal wieder loslassen." Onkel John kam auf sie zu, der erste Gratulant.

Tante Margret hatte ganz verweinte Augen. Auch Janet hatte geweint. Das alles und so viel mehr war einfach an Sandra vorübergegangen. Für die Bevölkerung von Kingston war diese Doppelhochzeit ein Volksfest. Alle, die nicht auf der Ranch eingeladen waren, bekamen im Gemeindehaus einen Sektempfang und einen kleinen Imbiss. Der Rest setzte sich in einem Konvoi in Richtung Ranch in Bewegung. Erst am Nachmittag trafen sie dort ein. Ein Fotograf machte auf der Ranch Hochzeitsfotos und als die beiden Paare endlich zum Kaffeetrinken ins Haus gingen, wurde es Sandra furchtbar schwindelig. Sie hielt Kenny von hinten am Jackett fest und als er sich umdrehte, erschrak er über ihr leicht gerötetes Gesicht, auf dessen Wangen sich weiße Flecken zeigten.

„Das Brautkleid ... Halt mich!" Kenny fasste sie fest um die Hüften und zog sie auf der Veranda neben sich auf die Hollywoodschaukel. Aber Sandra lächelte schon wieder, sie fühlte sich zwar immer noch miserabel, aber sie fand es komisch, dass ihr einziger Gedanke in den letzten Sekunden war, dass das Brautkleid schmutzig werden würde, wenn sie zu Boden ging.

„Hey Misses Brown, geht's wieder?", fragte er sie besorgt.

„Lass uns noch ganz kurz sitzen bleiben. Ich glaube, es ist nur ..." Sie schluckte. „Ich habe Durst und wenn ich etwas gegessen habe, geht's mir bestimmt gleich besser."

Er stützte sie mehr, als es nötig war, als er sie nach drinnen führte, weil er Angst hatte, Sandra würde doch noch zusammenbrechen. In der Tat ging es ihr aber nach einer Tasse Kaffee und einem Stück Kuchen wieder besser. Sie blieben länger, als sie eigentlich vorgehabt hatten. Nach dem opulenten Mahl am Abend mussten sie mit Nat und Janet noch den Tanz eröffnen. Tante Margret bestand darauf. Kenny war ein wundervoller Tänzer. Sie fühlte sich wie auf Wolken, als sie mit ihm im Walzertakt dahinschwebte. Nacheinander musste sie noch mit Onkel John, Tim und Nat tanzen, während Kenny mit den Damen des Hauses das Tanzbein schwang. Dann aber drängten beide darauf, zu gehen.

Hier konnten sehr viele Leute ein Flugzeug steuern und auch Sandra hatte vor, irgendwann den Pilotenschein zu machen. Janets Bruder hatte sich schon vor Tagen angeboten, sie ins Reservat zu fliegen. In weniger als zwei Stunden würde er wieder auf der Ranch sein.

In der kleinen Cessna kuschelte sich Sandra an Kenny. Er hielt sie im Arm, streichelte sie und bevor sie im Reservat ankamen, war sie fast eingeschlafen. Kenny spielte an ihrer Hand mit dem Ring, den er ihr vor wenigen Stunden angesteckt hatte. „War alles etwas viel für dich. Hm?"

„Nein, keine Angst. Ich bin nur so glücklich. Wahrscheinlich ist mir vor lauter Glück so schwindelig geworden." Sie wusste ja, dass die Aufregung des heutigen Tages nicht der alleinige Grund für ihr Unwohlsein war.

Als das kleine Flugzeug auf einer Wiese in der Nähe der Indianersiedlung landete, erwartete sie eine echte Überraschung. Einige Leute hatten sich dort versammelt und jemand fotografierte, wie sie mit gerafften Röcken ihres Brautkleides aus der Maschine stieg. Alle drängten sich um sie und gratulierten. Sandra kannte die wenigsten. Ihre Tante Kaya hatte sie fest an sich gedrückt und als sie sich wieder umwandte, wurde sie sofort von zwei Paar Armen gleichzeitig umringt. „Herzlichen Glückwunsch zu deiner Hochzeit."

„Nein! Das ist ja spitze! Ich kann's gar nicht glauben." Sie starrte zweifelnd auf Christine und Ingo. „Ihr beiden hier?", fragte sie immer noch ungläubig. „Das ist die größte Überraschung!" Das stimmte zwar nicht, denn die nächsten Tage sollten noch mehr Highlights bringen, aber das wusste sie ja noch nicht.

Sandra war sehr enttäuscht, als Kenny sich eine Stunde nach ihrer Ankunft im Haus seiner Tante verabschiedete. Tränen glitzerten in ihren Augen, als ihr Mann sie auf die Stirn küsste. Sandra brachte kein Wort heraus und Kenny ahnte, dass sie nicht nur traurig, sondern auch wütend war, weil er sie verließ. Auch Kennys Tante Kaya spürte die Flut ihrer Gefühle. „Sei nicht enttäuscht. Freue dich! Ab morgen hast du ihn für immer. Nur noch eine Nacht und irgendwann später bist du vielleicht froh, wenn du ihn ab und zu auch mal wieder loswirst."

Auch die scherzhaften Worte konnten nicht verhindern, dass Sandra zwei große Tränen aus den Augen kullerten. Der einzige Trost war, dass Christine und Ingo noch eine Weile bei ihr blieben, bevor sie zurück ins Hotel fuhren. Vorher aber hatte Ingo um die Erlaubnis gebeten, dass er das morgige Hochzeitsritual filmen durfte.

Sandra hatte sich getäuscht, wenn sie geglaubt hatte, dass der gestrige Tag ihrer kirchlichen Hochzeit der aufregendste ihres Lebens war. Es gab noch eine Steigerung.

Doch zunächst zog sich der Tag bis Mittag zäh dahin. Kaya ging ihrer Arbeit nach, wie jeden Tag. Sandra konnte es kaum glauben, dass sie so ruhig war. „Sandra, jetzt setz dich doch mal hin. Du musst geduldig sein", forderte sie.

„Aber Kaya, erzähl mir doch, was passiert. Ich habe Angst, ich mache was falsch, wenn es soweit ist." Sie flehte die alte Indianerin förmlich an.

„Du wirst schon noch früh genug unter seiner Decke liegen." Ihre Augen blinzelten sie wissend an, aber es kam kein Wort mehr über ihre Lippen.

Um ein Uhr mittags nach einem kurzen Imbiss war Sandra fast so weit, dass sie sich hinlegen wollte, aber als sie sich schon dem Haus zuwandte, kam ein Indianer mit ledernen Beinlingen, Lendenschurz und geflochtenen Haaren den Weg herabgeritten. Sein Oberkörper war nackt und seine Muskeln glänzten in der Sonne. Er ritt ohne Sattel und führte ein ebenso ungesatteltes Pferd am Zügel. Die Schimmelstute war viel größer als die des jungen Indianers und sie trug Hufeisen. Noch bevor er das Haus erreichte, rannte Sandra ungestüm auf das Pferd zu. Sie zog die bunte Decke etwas beiseite und erblickte knapp oberhalb vom Widerrist eine schwarze eingeflochtene Strähne in der Mähne. Das Pferd trug eine Bemalung, aber diese schwarze Strähne war echt. „Sheila! Kaya, das ist Sheila! Das ist mein Pferd aus Deutschland!"

Kaya lächelte still, während Sandra sich an den schlanken Hals des Pferdes lehnte. Sie hatte Sheila als Fohlen bekommen und selbst aufgezogen und zugeritten. Als Sandra keine Anstalten machte, das Pferd loszulassen, begann der Indianer zu sprechen: „Tei-Wa-ken-ha-ka schickt dir dieses Pferd. Er möchte es Puma-ta-mei zum Geschenk machen. Wenn Puma-ta-mei dieses Geschenk annimmt, bringe ich sie zu seinem Wigwam. Tei-Wa-ken-ha-ka möchte Puma-ta-mei fragen, ob sie seine Frau wird."

Sandra hörte gebannt auf die Worte. Tei-Wa-ken-ha-ka, das war Kenny. Sie hatte den Namen zwar schon vergessen, erinnerte sich jetzt aber daran. Puma-ta-mei, Sandra wusste, damit war sie gemeint. Sie hatte einen indianischen Namen bekommen, hatte aber keine Ahnung, was er bedeutete.

„Kaya", wandte sie sich um, „was bedeutet Puma-ta-mei?"

„Kenny hat uns erzählt, wie er dich in Deutschland bei den Löwen gefunden hat. In Nordamerika, wo unsere Sprache herkommt, gibt es keine Löwen und auch in Kanada nicht. Wir kennen kein Wort dafür. Aber Puma ist ein indianisches Wort. Die Weißen haben es übernommen. Puma-ta-mei bedeutet ‚die mit dem Puma spielt'." Kaya lächelte die ganze Zeit vor sich hin.

„Nimmst du das Geschenk an?", drängte der Indianer leicht ungeduldig.

„Ja ja, ich nehme das Geschenk an." Sie nickte bestätigend mit dem Kopf, während sie antwortete.

„Dann bringe ich dich jetzt zu ihm." Er wandte sich zu ihr, um ihr aufs Pferd zu helfen.

„Aber Kaya, ich kann doch nicht so gehen." Sie dachte an die Jeans und die Turnschuhe, die sie trug.

„Doch, du kannst." Kaya blieb ganz ruhig. „Geh mit Seminol. Ich werde da sein, wenn du kommst." Kaya drehte sich um und ging ins Haus.

Sandra winkelte ihr linkes Bein an und der junge Indianer Seminol hob sie hoch. Sanft ließ sie sich auf den Pferderücken gleiten. Er selbst schwang sich ohne Mühe auf das andere Pferd. Wie selbstverständlich nahm er wieder die Zügel von

Sheila und führte sie schweigend neben sich her. Sandra konnte nichts weiter tun, als das herrlich Wetter und die wunderbare Landschaft um sich herum zu genießen.

Schon von Weitem entdeckte sie Kayas Wagen auf dem Parkplatz unterhalb des Indianerdorfes. Durch die Bäume sah sie die Spitzen der Tipis und den Rauch, der von mehreren Lagerfeuern aufstieg. Vor dem Tipi des Häuptlings saß Kenny ebenfalls in Jeans und Turnschuhen im Schneidersitz auf dem Boden. In einiger Entfernung stand Ingo mit seiner Kamera im Anschlag. Christine winkte ihr fröhlich zu. Seminol half ihr vom Pferd und führte sie zu einer Stelle an dem Feuer gegenüber von Kenny. Sandra sah ihn an und ein Gefühl gebot ihr zu schweigen. Das tat sie dann auch. Jedoch konnte sie Kennys Blick nicht standhalten und so hypnotisierte sie den Boden zu ihren Füßen. Einige Minuten später kamen Kennys Onkel, der Häuptling, Kaya und noch einige andere Personen aus dem Zelt und setzten sich zu ihnen. Die Frauen auf Sandras Seite des Feuers und die Männer auf die andere Seite.

Der Häuptling im Lederdress und mit einer Adlerfeder geschmückt begann zu sprechen. „Tei-Wa-ken-ha-ka erscheint heute vor dem Rat, weil er Puma-ta-mei als seine Frau in seinen Wigwam führen möchte. Warum begehrt mein junger Freund diese Frau?" Er wies mit der Pfeife in seiner Hand, die nicht angezündet war, von Kenny zu Sandra. „Wir hören deine Worte Tei-Wa-ken-ha-ka."

Kenny schluckte. Dann begann er zögerlich, den Blick geradeaus auf Sandra gerichtet: „Diese Frau kam mit schwerem Herzen nach Kanada. Viele Sorgen lasteten auf ihr. Aber sie ging aufrecht und beugte sich nicht. Sie ist stark und fleißig." Er machte eine Pause und schluckte erneut. „Puma-ta-mei hat ein starkes Herz. Sie versucht in ihren Feinden erst das Gute zu sehen und versucht ihnen zu helfen, auch wenn sie angegriffen wird. Sie besitzt viel Stärke im Herzen und auch ihr Körper ist stark." Sandra rührten seine Worte so sehr, dass sie sich beherrschen musste, um nicht zu weinen. Weil er merkte, wie sie sich fühlte, bemühte er sich, den Häuptling anzuschauen. „Puma-ta-mei ist mutig, sie kann auch kämpfen und sie hat einen wachen Verstand. All das habe ich gesehen und ich möchte mit dieser Frau in meinem Wigwam leben. Ich möchte mit ihr Kinder haben, die genauso sind wie sie, und ich möchte mit ihr alt werden." Er hatte sich in Rage geredet und Sandra konnte die Tränen bei seinen Worten nicht mehr zurückhalten. Sie saß aufrecht, ohne mit den Schultern zu zucken, aber ab und zu stahl sich eine kleine Träne aus ihren Augenwinkeln.

„Und was bist du bereit, ihr zu geben?", fragte der Häuptling und wies wieder in ihre Richtung.

„Ich möchte ihr ein Heim geben. Ich möchte sie und meine Familie ernähren. Ich möchte ihr Kraft geben, da wo ihre Stärke aufhört." Kenny blickte Sandra über das Feuer hinweg an. „Ich möchte mich selbst geben." Dann schwieg er.

Zwischen den Männern und Frauen in der Runde begann ein Palaver auf Indianisch. Kenny konnte zwar die Worte verstehen, aber sie war sich nicht sicher, ob er überhaupt zuhörte. Er sah sie nur verlangend an. Kurz darauf wurde es still. Sandra hatte schon befürchtet, was jetzt kommen würde.

Der Häuptling wandte sich an sie. „Puma-ta-mei, du hast das Geschenk von Tei-Wa-ken-ha-ka angenommen. Was sagst du zu seinem Begehren? Möchtest du mit Tei-Wa-ken-ha-ka gehen?"

Ihre Stimme klang fest und klar, als sie antwortete. „Ja, das will ich!"

„Warum willst du seine Frau werden?", bohrte er weiter.

„Kenny", sie konnte seinen indianischen Namen nicht aussprechen. „Er steht in meinem Leben wie ein Baum. Ich kann mich an seinen Stamm lehnen und mich ausruhen, wenn ich müde bin. Ich kann mich an seiner Rinde wärmen, wenn mir kalt ist. Ich finde Schutz und Deckung unter seinen Zweigen und wenn ich hungrig bin, nähren mich seine Früchte." Sie dachte an den Abend unter der Weide und die Worte fielen ihr geradewegs zu. „Ohne ihn könnte ich nur noch dahinvegetieren." Der letzte Satz war nicht viel mehr als ein Flüstern. Sie sah Kenny mit ihren tränenfeuchten Augen an und bemerkte, wie er sich verstohlen mit der Hand über das Gesicht wischte.

Alle in der Runde waren ergriffen. Das hatte Sandra nicht beabsichtigt. Christine, die immer noch ein Stück weg stand, griff sich bewegt ans Herz und Ingo ließ seine Kamera sinken und küsste sie. Schließlich fragte der Häuptling weiter: „Was bist du bereit zu geben?"

„Alles was der Baum braucht, um wachsen zu können. Denn ich lebe von ihm und er lebt von mir." Ihre Antwort war kurz und bündig. Es war die reine Wahrheit. Sie fühlte es mit jeder Faser ihres Herzens und alle anderen auch.

Wieder erhob sich das Palaver. Jedoch nur kurz.

„So sei es!", verkündete der Häuptling. Er erhob sich und verließ den Platz.

Auch Kenny erhob sich, wandte sich um und ging mit den anderen Männern davon. Kaya kam zu Sandra, die nun ebenfalls aufgestanden war, und führte sie vom großen Platz weg. „Komm mit! Nun folgt die Reinigung für deine Hochzeit mit Kenny." Sandra sah sie fragend an.

„Wir werden gemeinsam mit den anderen Frauen in das Schwitzzelt gehen, danach wirst du gewaschen, geschmückt und für das Fest angekleidet. Deine Freundin wird auch mitkommen."

„Aha", war alles, was Sandra zustande brachte, aber sie folgte brav. Kenny erlebte das gleiche Ritual in einem anderen Zelt.

„Sandra, das, was du da gesagt hast, war einfach toll." Christine hatte den Arm um sie gelegt. „Ich bekam eine richtige Gänsehaut und hab vor Rührung geheult. So was liest man normalerweise nur in einem Buch."

Sandra lächelte. „Ist mir einfach so eingefallen, aber ich schwöre, es ist die reine Wahrheit." Und dann flüsterte sie ganz nah an Christines Ohr: „Erst vor ein paar Tagen haben wir uns unter einer riesigen alten Weide geliebt." Mit Christine hatte sie früher schon ihre intimsten Gedanken geteilt.

In einem großen Tipi, das etwas abseits stand, entkleidete sich Sandra, wickelte sich in eine Decke und wurde hinüber in ein kleineres Zelt gebracht. Sandra musste unwillkürlich kichern, denn irgendwie kam ihr bei dem Anblick der Gedanke an eine Hundehütte. Aus einem Loch in der Zeltwand stieg dichter Nebel empor. Als sie das Fell über dem Eingang zurückschlug, nahmen ihr die Hitze und der Geruch der ätherischen Kräuter fast den Atem. Sandra hustete und in ihren Augen brannte der Schweiß. Sie schloss die Augen und bemühte sich, ihre Atmung zu kontrollieren. Allmählich erreichte sie einen meditativen Zustand, in dem ihre Panik, die kurz aufgeflammt war, keinen Platz mehr hatte. Kaya zerrte sie zurück in die Gegenwart.

„Es wird Zeit. Jetzt waschen wir dir den Schweiß ab."

In dem großen Zelt stand eine Schüssel mit kaltem Wasser. Die anderen Frauen tauchten Tücher hinein und begannen Sandra zu waschen. Es war ihr peinlich, aber schließlich ließ sie es doch zu. Sie erschrak, als eine alte Indianerin ein Messer aus der Scheide zog und ihre Beine zu rasieren begann. Schließlich musste sie die Arme heben und auch hier wurden die nachwachsenden Haare abrasiert. Die Indianerin arbeitete flink und sie schnitt Sandra kein einziges Mal. Auch nicht, als Sandra zitternd vor ihr stand und sie das dunkle Haar auf ihrem Venushügel abrasierte. Nachdem sie abgetrocknet war, flocht Kaya ihr zwei dicke Zöpfe mit einem Lederband, auf das Perlen gefädelt waren. Anschließend wurde ihr Körper komplett eingeölt. Sie bestand aber darauf, die empfindlichsten Stellen zwischen ihren Oberschenkeln selbst einzureiben. Das Öl mit Karotin und Rosenöl verbreitete einen betörenden Duft und hinterließ auf ihrer Haut einen bronzenen Glanz.

„Sandra, schau!" Sie drehte sich sofort zu Kaya um. Vor Staunen blieb ihr der Mund offen stehen. „Die Frauen aus dem Dorf und ich, wir haben dein Kleid genäht." Kaya hielt das schönste Indianerkleid hoch, das Sandra je gesehen hatte. Helles Hirschleder mit wunderschöner Perlenstickerei. Vom Halsausschnitt bis hinunter an den Rand ein blauweißes geometrisches Muster in der Mitte. Abwechselnd waren Sonnen und gelbe Blumen auf die weißen Quadrate gestickt. Das gleiche Muster verlief über den Schultern zu den Ärmeln hinab.

Sandra war begeistert. Ihre Augen leuchteten: „Es ist so wunderschön. Ich danke euch." Das Sprechen viel ihr schwer.

Doch zunächst kamen die Beinlinge. Sie zog die Lederstrümpfe hoch bis zu den Hüften. Sie wurden über Kreuz mit Lederbändern gebunden. In Höhe der Fesseln waren mehrere Reihen Muscheln befestigt, die bei jeder Bewegung rasselnde Geräusche machten. Muscheln, das hatte sie früher schon einmal gehört, waren ein Zeichen der Fruchtbarkeit. Dann zog sie die Mokassins an. Zuletzt streifte man ihr das Kleid über den nackten Körper. Sie fühlte das weiche Leder zart und warm auf ihrer Haut und fragte sich, wie sie jemals wieder normale Stoffkleidung tragen sollte. Unterwäsche gab es nicht, aber das störte sie nicht weiter. Um die Hüften band man ihr einen gleich bestickten Gürtel mit einem Lederbeutel, auf den ein Puma gestickt war.

„So", Kaya betrachtete sie von oben bis unten. „Jetzt bekommst du noch eine Tanzdecke und einen Fächer." Sie nahm Sandra bei der Hand und zeigte ihr, wie sie den rechten Arm halten sollte, über den sie die Decke legte, und in ihre linke Hand gab sie ihr einen Fächer aus Federn. Das Kleid und alles Zubehör, so schön es auch war, wog einiges an Gewicht und Sandra hoffte, dass sie es schaffte, alles zu tragen. „Du wirst es nicht die ganze Zeit tragen müssen", entschärfte Kaya ihre Bedenken. „Nur zum Tanzen. Wenn Kenny und du, wenn ihr euch hinsetzt, wirst du die Decke auf den Boden legen und ihr setzt euch darauf." Sie machte eine Pause. „Zuerst werden die Frauen tanzen. Wir gehen im Kreis. Kannst du Twostepp? Es geht ähnlich. Du machst mit dem rechten Fuß einen größeren Schritt und mit dem linken zwei kleine. Wir laufen gegen den Uhrzeigersinn. Schau mir einfach auf die Füße. Ich werde vor dir tanzen. Dann kommen die Männer dazu. Sie werden einen äußeren Kreis um uns bilden und gehen mit dem Uhrzeiger. Schau nicht auf ihre Füße, denn sie laufen einen anderen Schritt. Schließlich gehen wir aus dem Kreis und die Männer tanzen allein weiter. Wenn Kenny zu dir kommt, legst du die Decke so", sie faltete sie einmal demonstrativ auseinander, „auf den Boden und ihr setzt euch darauf. Gemeinsam schauen wir dann den Funny-Dancern zu, das sind Freudentänze, die die Kinder und Jugendlichen vorführen. Anschließend wird gegessen. Kenny und du, ihr esst gemeinsam, aber nie gleichzeitig. Er wird dich bedienen und du wirst ihn bedienen. Wenn du Brot gegessen hast, gibst du ihm dein Brot. Er wird dir von seinem Fleisch geben." Sie sah Sandra an in dem Wissen, dass das alles etwas viel für sie war. „Hast du das alles verstanden?"

„Ja, ich glaube schon." Sandra hatte alles verstanden. Sie hoffte nur, dass sie nichts vergaß.

Sie verließ hinter Kaya das Zelt und wunderte sich, dass der Platz im Dämmerlicht der untergehenden Sonne dalag und es schon so spät war. Kenny stand schon vor dem Zelt des Häuptlings. Sandra war geschockt und begeistert zugleich. Er trug ebenfalls lederne Beinlinge, darüber einen Lendenschurz. Er hatte im Gegensatz zu ihr ein buntes Hemd an und darüber eine Weste aus Hirschleder. Auf die Weste waren geschnitzte Knochenröhren genäht. Sie waren so dicht, dass sie bei jeder Bewegung aufeinanderklapperten, wie sie später beim Tanz bemerkte. Er hatte die Haare offen, nur an seiner rechten Seite war ein dünner Zopf geflochten, und er trug ein Stirnband. Um jeden Fuß trug er ein Schellenband.

Kenny ging es wie ihr. Er sah sie an, als würde er ihr am liebsten sofort die Kleider vom Leib reißen. Diesen begehrenden Blick hatte sie vorher noch nie so stark bei ihm wahrgenommen.

Selbst Christine und Ingo trugen nun indianische Kleidung. Sandra konnte nicht anders, sie gab ihnen ein Zeichen mit dem Daumen nach oben, um ihnen zu zeigen, dass sie es gut fand. Das Einzige, was nicht dazu passte, war die große teure Kamera.

Sandra begann zu tanzen. Sie bewegte sich mit den anderen Frauen im Kreis. Und jedes Mal, wenn sie Kenny anschauen konnte, bemerkte sie, dass er sie hypnotisiert anstarrte. Schließlich traten die Männer in die Runde und der Zustand der Spannung baute sich immer mehr auf zwischen Kenny und Sandra. Als er endlich vor sie trat und sie die Decke auf den Boden legte, berührte sie zufällig seinen Arm und es traf sie wie ein Stromstoß. Nach dem Essen standen sie auf ein Zeichen des Häuptlings auf. Sandra wollte die Decke wieder aufheben, aber Kenny deutete mit einem leichten Zug an ihrer linken Hand, die er ihr zum Aufstehen gereicht hatte, dass sie sie liegen lassen sollte. Gemeinsam traten sie vor den Häuptling.

„Wir haben euch beobachtet und geprüft. Der Rat der Ältesten hat beschlossen, dass das, was von Geburt an fremden Blutes war, soll nun ein Blut werden. Tei-Wa-ken-ha-ka und Puma-ta-mei werden nach dem Rat der Geister eins werden."

Jemand brachte ein Messer und Kenny hob dem Häuptling seine rechte und Sandras linke Hand entgegen. Er hielt ihre Hand mit sanfter Gewalt, als der alte Mann einen zwei Zentimeter langen Schnitt in ihre Handfläche ritzte. Er war nicht tief und es dauerte eine Sekunde, bis sich Blut durch die Ritze zwängte. Gleichzeitig begann der Schnitt leicht zu brennen. Sandra hatte leicht gezuckt, aber jetzt verzog sie keine Miene mehr. Kenny hielt dem Stammesoberhaupt die rechte Hand entgegen, dann legte er seine blutende Handfläche auf Sandras und der Häuptling fesselte beide Handgelenke mit einem Lederband zusammen. „Der große Geist hat euch beide für immer miteinander verbunden. Möge einer in den Mokassins des anderen gehen und euer Weg immer leicht sein. Möge der Große Geist euch viele Kinder schenken und euch mit Frieden segnen." Er nahm Kennys und Sandras Hand in seine schwieligen Hände und drückte sie noch einmal. Dann entließ er die beiden mit einem Lächeln.

Kenny zog Sandra noch einmal zu dem Platz auf der Decke. Es war schwierig, sich mit zusammengebundenen Händen zu setzen. Als Kenny schon Platz genommen hatte, zog er seine Hand ruckartig an und sie fiel auf seinen Schoß. Sogleich verschloss er ihren protestierenden Mund mit einem Kuss. „Das war gemein", nuschelte sie, während die Menge lachend klatschte.

„Ich will dich, jetzt gleich", flüsterte er an ihrem Ohr, „aber es wäre unhöflich, jetzt schon zu gehen." Mit den Fesseln konnte er sie nicht mal in den Arm nehmen. So saßen sie nur schweigend nebeneinander. Kenny kraulte mit seinen Fingern ihre Hand, während sie den Tänzern zuschauten.

Wenn das Hinsetzen schon problematisch war, so entpuppte sich das Aufstehen noch als viel schwieriger. Sie schafften es nur gemeinsam, zusammen hoben sie die Decke auf, legten sie zusammen und drapierten sie über Sandras rechten Arm. Mit einem Kopfnicken in die Runde verabschiedeten sie sich. Kenny brachte Sandra in ein Zelt in der Nähe. Räucherstäbchen verbreiteten einen angenehmen Duft.

Als das Fell wieder vor den Eingang gefallen war, nahm Kenny sie endlich zärtlich in den Arm. „Ich liebe dich so sehr, dass es schon körperlich wehtut." Er küsste sie sanft auf den Hals, um dann zärtlich ihre Lippen zu berühren. „Jetzt lasse ich dich nicht mehr allein. Nie wieder." Dabei streichelte seine Hand ihren Nacken. Er hob ihre gefesselten Hände an den Mund und nestelte mit den Zähnen den Knoten auf. Immer und immer wieder küsste er sie, während er die Fesseln löste. Als er sich endlich wieder frei bewegen konnte, hob er ihr Kleid und zog es ihr über den Kopf. Sandra wollte nach seiner Weste greifen, ihn an sich ziehen, damit sie ihn endlich für sich hatte. „Nein, lass mich machen." Er hielt ihre Hände fest. Seine Stimme klang rau. „Lass mich alles alleine tun. Ich will dich heute verwöhnen. Du sollst gar nichts machen, nur alles mit dir geschehen lassen." Er machte eine Pause und zog sich die Weste und den Blouson aus. „Und du sollst alles genießen." Er hatte es ihr versprochen, als er vor ein paar Tagen unter der Weide über sie hergefallen war, ohne dass sie zum Höhepunkt gekommen war.

Kenny führte sie zum Lager aus weichen Fellen und Decken. Sandra ertrank in einem Meer aus Küssen. Schließlich hob er sie auf die Arme und legte sie auf das Lager. Langsam küsste er sich über ihren Busen und ihren Bauch nach unten, um dann an ihren Füßen von Neuem zu beginnen. Er zog ihre Mokassins aus, ließ seine Zunge über ihre Füße gleiten und liebkoste ihre Zehenspitzen. Dann öffnete er mit den Zähnen die Bänder der Beinlinge und arbeitet sich langsam nach oben. Sandra glaubte zu explodieren. Es war eine süße Qual und sie ließ sich gerne auf diese Art von ihm quälen. Sie genoss seine Hände auf ihrem Körper und seine Zunge an ihren intimsten Stellen. Wellen wie von leichten Stromstößen zuckten durch ihren Körper und sie stöhnte laut auf. Kenny war sofort über ihr und presste ihr die Lippen auf den Mund, während sie Befriedigung ihrer Qualen erlangte. „Pst, mein Engel. Wir sind hier in einem Zelt", er lachte und Sandras Strahlen zeigte ihm mehr als alles andere, dass sie glücklich war. „So, jetzt haben wir die anderen lange genug warten lassen", sagte er geheimnisvoll und Sandra hatte schon Angst, dass sie sich jetzt wieder anziehen müsste und der fantastische Augenblick vorüber wäre. „Heb mal dein Hinterteil." Sandra verstand die Bitte nicht, tat es aber, nachdem er an dem weißen Tuch zerrte, auf dem sie lag. Das war ihr vorhin gar nicht aufgefallen. Aber Sandra lag tatsächlich auf einem Tuch, das ihre Unschuld nachweisen sollte. Sie hielt sich die Hand vor den Mund und lachte. Kenny nahm das Messer, das wie zufällig neben den Räucherkerzen lag, und ritzte sich damit noch einmal in die Hand. Dann wischte er die mühsam herausgequetschten Blutstropfen an dem Tuch ab und warf es kurzerhand aus dem Zelt hinaus. Gleich darauf ertönte draußen lauter Jubel und es schien Sandra, als würde dort das Fest erst beginnen. Die Trommeln begannen wieder rhythmisch zu schlagen und sie spürte das gleichmäßige dumpfe Stampfen der Tänzer auf der trockenen Erde.

Sie lachten beide, als Kenny sich endgültig von seiner verbliebenen Kleidung trennte und sich wieder neben sie legte. „So macht man das halt schon seit hunderten von Jahren." Er zuckte mit den Schultern und nahm sie wieder in den Arm. „Hat dir mein Geschenk gefallen?" Er hatte das Pferd gemeint.

„Ja, es hat mir alles gefallen. Ich habe mich sehr gefreut. Über Sheila, über den Besuch von Christine und Ingo, über das, was du gesagt hast, und über gerade eben."

„Kannst du das näher beschreiben? Das, was du mit gerade eben meinst?" Er wollte sie etwas in Verlegenheit bringen, aber stattdessen streichelte sie ihn. Unterhalb des Bauchnabels musste sie plötzlich innehalten. Sie setzte sich auf, um genauer zu sehen, was sie gefühlt hatte. Seine Männlichkeit war aufgerichtet, aber ringsherum war er ebenfalls rasiert. „Du siehst schockiert aus", stellte er fest.

„Hm, nur ein kleines bisschen." Sie begann ihn wieder zu streicheln.

„Es wird ein Erlebnis für uns, wenn die Haare wieder wachsen. Was meinst du, wie das juckt!"

„Siehst du, dann können wir uns gegenseitig kratzen. Wie die Affen im Dschungel."

Und mit einem Zwinkern fügte er hinzu: „und unsere Wunden lecken." Er grinste sie an. „So, und jetzt raus mit der Sprache, was hast du nun gemeint mit ‚gerade eben'?"

„Das kann ich dir nicht sagen." Sie setzte sich auf ihn. „Aber ich kann's dir zeigen, damit die Fragerei endlich aufhört." Nachdem sie gemeinsam zum Höhepunkt gekommen waren und Kenny immer noch unter ihr zitterte, legte sie sich auf ihn und schmiegte den Kopf an seine Brust. „Ich habe auch ein Geschenk für dich. Etwas, das ich von dir bekommen habe."

Kenny schaute sie fragend an. „Etwas, das du von mir gekommen hast?"

Sie hob den Kopf und sah, wie er überlegte. „Was hast du von mir bekommen, was du mir nun schenken könntest? Sag mir, was es ist", drängelte er gespannt.

Sandra wälzte sich von ihm herunter auf den Platz neben ihm. Sie nahm seine Hand und legte sie auf ihren flachen Bauch. „Es ist hier drin."

Er zögerte kurz, bis er es endlich begriffen hatte. Er nahm sie in den Arm und Sandra sah in seine Augen, die feucht im Dunkeln schimmerten. „Du bist schwanger? Sandra, du bist wirklich schwanger? Wir bekommen ein Baby!" Er stieß einen Jubelschrei aus. Draußen wurde es kurz still, dann hörte man Lachen und Händeklatschen von draußen, bevor die Feier weiterging. Kenny bekam einen roten Kopf und Sandra schüttelte sich vor Lachen.

„So viel zum Thema Zelt", japste sie und Kenny fiel in ihr herzerfrischendes Kichern mit ein. Als sie sich wieder beruhigt hatten, bettete er seinen Kopf auf ihre Brüste.

„Sandra, du machst mich zum glücklichsten Mann auf der Welt. Ich habe fast Angst, dass es zu viel für einen Menschen allein ist und ich muss wieder etwas davon abgeben."

Draußen wurde es langsam still. Kenny und Sandra lagen eng aneinandergekuschelt und jeder genoss das ihnen geschenkte Glück. Es war weit nach Mitternacht, bis beide endlich Arm in Arm eingeschlafen waren.

Die Sonne stand schon hoch am Himmel, als sie am nächsten Morgen durch lautes Gewinsel aufgeweckt wurden. „Kenny, nein", murmelte Sandra und drückte Kenny sacht von sich weg, als sie eine nasse Zunge auf ihrem Gesicht spürte.

Kenny war gleich hellwach. „Tut mir leid, Sandra. Ich bin das nicht."

Sie schlug die Augen auf und da war Arno über ihr, ihr Hund. Sie wusste nicht, wen sie zuerst umarmen sollte, den Hund oder Kenny.

„Wacht endlich auf, wir wollen uns verabschieden", rief Ingo von draußen. Christine und ihr Verlobter wollten noch einen

Kurztrip in die Vereinigten Staaten machen und in zwei Wochen noch einmal für ein paar Tage bei Sandra und Kenny vorbeischauen.

Am Nachmittag waren sie zurück auf der Ranch. Tim hatte sie abgeholt, aber er war ganz froh darüber gewesen, dass Kenny sich angeboten hatte, das Flugzeug zu steuern. Er schien etwas verkatert zu sein. Arno nahmen sie gleich mit und Sheila würde Sandra in drei Tagen mit dem Anhänger holen.

Mit dem alten, aber gut erhaltenen Geländewagen, den ihnen Onkel John zur Hochzeit geschenkt hatte, fuhren sie zu ihrem eigenen Haus. Sie musste im Auto sitzen bleiben und als Kenny aufgeschlossen hatte, kam er zurück, hob sie aus dem Sitz und trug sie die Stufen zur Veranda hinauf. Er stellte sie erst wieder auf dem Boden ab, als sie im Haus waren. Sie sah ihm in die Augen und die Worte brannten in ihrem Herzen: ‚Denn ich lebe von ihm und er lebt von mir‘, und lächelnd sagte sie zu ihm: „Endlich daheim ...“